btb

Aus Freude am Lesen

Emil ist erst 13 und hat doch schon mehr gesehen, als ein Kind je sehen sollte. Ohne Papiere hat er sich mit seinem Vater von Rumänien bis nach Italien durchgeschlagen. Doch als der ausgewiesen wird, ist er ganz auf sich allein gestellt. Seine einzige Hoffnung: Er muss seinen geliebten Großvater finden, den er nur aus Briefen kennt, und der mit seiner Artistentruppe in Berlin gastiert …

Fabio Geda, 1972 in Turin geboren, arbeitete viele Jahre mit Jugendlichen und schrieb für Zeitungen. Bereits sein erster Roman »Emils wundersame Reise« war in Italien ein Überraschungserfolg; das Buch »Im Meer schwimmen Krokodile« brachte ihm auch international den Durchbruch.

Fabio Geda bei btb
Im Meer schwimmen Krokodile. Eine wahre Geschichte (74488)

Fabio Geda

Emils wundersame Reise

Roman

Aus dem Italienischen
von Christiane Burkhardt

btb

Die Originalausgabe erschien 2007 unter dem Titel
»Per il resto del viaggio ho sparato agli indiani«
bei Instar Libri, Turin.

MIX
Papier aus verantwortungsvollen Quellen
FSC® C083411

Verlagsgruppe Random House FSC® N001967
Das für dieses Buch verwendete FSC®-zertifizierte
Papier *Lux Cream* liefert Stora Enso, Finnland.

1. Auflage
Genehmigte Taschenbuchausgabe Januar 2014,
btb Verlag in der Verlagsgruppe Random House GmbH, München

Umschlaggestaltung: semper smile, München,nach einem
Entwurf von bürosüd°, München
Illustration: bürosüd°, München
Druck und Einband: CPI – Clausen & Bosse, Leck
SL · Herstellung: sc
Printed in Germany
ISBN 978-3-442-74677-4

www.btb-verlag.de
www.facebook.com/btbverlag
Besuchen Sie auch unseren LiteraturBlog www.transatlantik.de

Tod und Teufel!

Tex Willer zu Kit Carson in:
»Das Tal des Schreckens«
(»La valle del terrore«)

1

Während ich über die Isabella-Brücke rannte – der Fluss Po zehn Meter unter mir – und verzweifelt versuchte, nicht zu stolpern, dachte ich: *Manche Menschen haben ein Leben wie der Mississippi: fließend, bedächtig, fruchtbar. Doch andere wie Tex gehen Tag für Tag das Risiko ein, in der Salzwüste zu verdursten, sich bei einem Sturz sämtliche Knochen zu brechen oder in einem Schneesturm zu erfrieren.*

Warum ausgerechnet ich, Emil Sabau?, dachte ich. *Ich bin nicht Tex, auch wenn ich gern wäre wie er. Ich bin erst dreizehn Jahre alt. Ich muss abhauen, verschwinden, Turin und Assuntas Wohnung verlassen, die ihr ehrlich gesagt sowieso nicht gehört, sondern dem Architekten.*

Und der Architekt?

Heilige Paraskeva, bitte mach, dass er nicht tot ist! Wenn sich das Nasenbein ins Gehirn bohrt, stirbt man, das weiß ich aus einem Film. Ich muss mich beeilen, einen Pulli, Unterhosen, Comics, Socken, eine Zahnbürste, Geld, Pflaster und Bepanthen mitnehmen. Das kommt alles in meine Jansport-Tasche. Marek! Heute Abend kann ich zu ihm gehen.

Und dann würde ich aufbrechen, nach Rumänien zurückkehren. Meinen Vater finden und aus dem Gefängnis holen. Meinen Vater, Gheorge Vasile Sabau, den größten Klappenkonstrukteur Transsylvaniens. Den Besten überhaupt.

Und während ich so dahinrannte und verzweifelt versuchte, nicht über die Schnürsenkel meiner braunen B-Boy-Etnies zu stolpern, die mir der Architekt zum Geburtstag geschenkt hatte, dachte ich: *Die Etnies waren alles andere als ein gutes Geschäft.*

Ich lief den Corso Casal hinunter.

Es war nicht dunkel, aber Licht brannte auch keines.

Auf den Straßen lag Schnee.

Ein Weihnachtsmann, der vor einem Pralinengeschäft saß, lächelte freundlich. Er roch nach Zuckerwatte, nach all den schönen und süßen Dingen, die es an Weihnachten gibt. Er rief mit einer warmen, tiefen Stimme nach mir, die sich anhörte wie in einem Kupferkessel gekocht.

Ich sah das Blut des Architekten auf meinem Handrücken.

Wie kommt man verdammt noch mal nach Rumänien?, dachte ich und rannte weiter.

Die Wohnung, die der Architekt Assunta und mir überlassen hatte, war groß und hell und hatte Parkettboden. Der Flur war lang und glänzend, und wenn man Wollstrümpfe anzog, konnte man ihn ganz entlangschlittern. Ich betrat die Wohnung und schloss die Tür. Indem ich sie zuknallte. In der Küche sang Gianni Morandi *Sei forte papà*. 1976, also in Assuntas Geburtsjahr, war das Lied mehrere Wochen in den Top Ten gewesen, und deshalb mochte sie es. Assunta stand auf dem Balkon. Mit einer Schere befreite sie Pflanzen von vertrockneten Blättern. Wenn Assunta nicht beim Architekten war, vertrieb sie sich mit allem Möglichen die Zeit. Zum Beispiel damit, dass sie Gläser, die niemand benutzt hatte, aus der Vitrine holte, sie abstaubte und wieder zurückstellte.

Oder damit, dass sie die Zuckerdose auf dem Tisch ausleerte, mit Haushaltspapier reinigte und den Zucker wieder hineinschüttete.

»Emil?«

Ich antwortete nicht.

Ich war blitzschnell.

Noch bevor sie begriff, was ich da eigentlich tat, hatte ich bereits die Hälfte meiner Kleidung in die Sporttasche gestopft und die Keramikspardose, die die Form einer Telefonzelle hatte, geleert. Darin befanden sich meine sämtlichen Ersparnisse. Dem Architekten hatte ich die Geldbörse mit ungefähr dreihundert Euro geklaut. Ich ging ins Bad. Von der Küche aus sah Assunta, wie ich mit der Sporttasche vorbeiging. Sie legte die Schere weg und drehte das Radio leiser.

»Was machst du da?«

Die Badezimmertür war angelehnt. Ich versetzte ihr einen so heftigen Tritt, dass das Regal an der linken Wand mitsamt den Parfümfläschchen zwischen Dusche und Messinghandtuchhalter fiel. Der Lärm war ohrenbetäubend.

Immer wenn Assunta an ihren Zitrusdüften schnupperte, murmelte sie halblaut Wörter wie »Mutter«, »Strandpromenade«, »rote Erde vor dem Haus« vor sich hin, betupfte sich die Handgelenke damit und rieb sie aneinander. Führte sie an ihre geweiteten Nasenflügel. Mein Vater runzelte dann immer nur die Stirn und wandte sich kopfschüttelnd ab. Ich dagegen ließ Assunta nicht aus den Augen. Ich war neugierig und fragte mich, was es da zu träumen gab, nachdem sie sie so behandelt hatten. *Wie armselig!*, dachte ich.

»Ich habe dich gefragt, was du da verdammt noch mal machst.«

Assunta wurde laut. Angst und Verblüffung schwangen in ihrer Stimme mit.

Ich lief zum weißen Medizinschrank, beugte mich übers Waschbecken, drehte den Hahn auf und wusch mir das Blut des Architekten ab. Es rann wie Farbe in den Abfluss. Ich kniff die Augen zu und zog die Nase hoch, um die Tränen zurückzuhalten. Aus der alten Pioneer-Stereoanlage in der Küche kam *Banane e lampone*. Assunta war ganz verrückt nach Morandi, sie besaß zwei oder drei Kassetten mit seinen größten Hits. Sie waren einer Fernsehzeitschrift beigelegt gewesen, glaube ich. Kassetten! Wer außer ihr hörte heute noch Kassetten!

Assunta hieß mit Nachnamen Dulau. Ein merkwürdiger Zufall, denn auf Rumänisch bedeutet *dulau* Hund. Und genau das war sie für mich: eine läufige Hündin.

Aber das war nicht immer so gewesen.

Nur am Schluss. Und wie!

Assunta kam aus Sardinien. Ihre Eltern und Großeltern stammten aus Cabras, wo sie auch nach wie vor lebten. Na ja. Und mit derselben Wahrscheinlichkeit wie ich …

a) Marek und Delia immer treu sein,

b) niemals Rote-Bete-Salat – das einzige Gericht auf der ganzen Welt, von dem ich umgehend kotzen muss – essen und

c) meinen Vater und meine Mutter immer lieben werde, und zwar unabhängig davon, was sie mir Gutes oder Schlechtes getan haben …

Also mit derselben Wahrscheinlichkeit, die vielmehr eine Gewissheit ist, wird Assuntas verdammte Sippschaft auch in

Cabras sterben. Womit Assunta die Einzige aus ihrer Familie ist, die versucht hat, ihr Glück auf dem Festland zu machen, wie sie immer so schön sagt.

Glück.

Assunta war das sechste von acht Kindern. Ihre Brüder machten in Cabras beim Barfußlauf mit. Ja, die Männer aus der Familie Dulau machten dort nicht nur mit, sondern gehörten sogar zu den glühendsten Anhängern dieses Rituals.

Ich kenne mich aus mit diesem Barfußlauf.

Assunta erzählte häufig davon, vor allem, wenn sie ihren Kaffee so sehr mit San Simone verdünnte, bis kaum noch Kaffee übrig war, und sie eine Fahne hatte. Aber da ich dank ihr und dem San Simone eine Eins in Erdkunde geschrieben habe, kann ich mich darüber schlecht beschweren.

Der Barfußlauf funktioniert folgendermaßen:

Während des Festes zu Ehren des Schutzpatrons San Salvatore wird die Statue des Heiligen aus der Stadt in die kleine Kirche San Giovanni auf der Sinis-Halbinsel getragen. Von barfüßigen jungen Männern, die sich gegenseitig abwechseln. Sie tragen den Heiligen auf den Schultern. Sechs Kilometer weit, mit aufgeschürften, blutenden Füßen voller Blasen und eitriger Wunden. Aber sie sind allen Ernstes glücklich dabei, zumindest hat Assunta mir das so erzählt. Als ihre Brüder dann feststellten, dass Assunta ausgerechnet an diesem Tag einen AirOne-Flieger bestiegen hatte (den mit dem Reiherlogo, denn auf Italienisch heißt *airone* Reiher) und mit Antonello Tanna, einem vorbestraften Nichtsnutz, den alle am liebsten in der Kanalisation ertränkt hätten, zum Flughafen Sandro Pertini aufgebrochen war, war Assunta für sie gestorben.

Sie verbrannten ihre Bettwäsche und ihre Kleider und verstreuten die Asche auf den Feldern.

Löschten ihren Namen mit Gebeten und Fürbitten aus.

Schon nach wenigen Monaten machte Antonello ihr ein Kind, zwang sie, es abzutreiben und sich für einen Hungerlohn zu prostituieren. Und an einem Tag wie jeder andere setzte er sie einfach aus. Wie einen *dulau*. In Turin. Ohne einen einzigen Cent in der Tasche. Ohne ein Dach über dem Kopf. Nicht einmal eines ihrer heiß geliebten Parfümfläschchen war ihr noch geblieben. An die kam sie erst wieder durch diesen Scheißkerl von einem Architekten.

Assunta war sechsundzwanzig und hatte Titten so groß wie Heißluftballons. (Was Heißluftballons sind, weiß ich, weil ich auf der Suche nach meinem Großvater jede Menge davon gesehen habe.) Eines Sonntagnachmittags hatten mein Vater und ich sie am Corso Quintino Sella bei einer Armenspeisung in völlig durchnässtem Zustand getroffen. Auch wir waren an jenem Sonntagnachmittag völlig durchgeweicht gewesen.

Erst vier Tage zuvor waren wir von einem Laster mit parboiled Reis gestiegen, der uns über die Grenze gebracht hatte. Ich weiß, dass viele mit dem Floß oder dem Schlauchboot nach Italien kommen, aber wir kamen mit einem Parboiled-Reis-Laster.

Mein Vater und ich.

Und zwei Taschen, eine grüne und eine gelbe.

Die grüne war für Klamotten und die gelbe für alles, was wir sonst noch aus Brasov mitnehmen wollten. Aber nicht nur: Die gelbe, zerrissene Tasche uferte schier aus vor lauter *Tex*-Western-Comics, die ich in Bozen geklaut hatte. (Sagt man so, *ausufern*? Ich habe das Wort in einer Tageszeitung im Zusammenhang mit Flüssen gelesen.)

Ein Sozialarbeiter hat mir mal gesagt, dass *Tex* für mich das ist, was die Schmusedecke für Linus ist. Da habe ich ihn gefragt, wer dieser Linus ist.

Aber wie dem auch sei, wir lernten Assunta bei der Armenspeisung kennen. Mein Vater und ich konnten noch nicht mal Italienisch. Mein Vater vielleicht ein paar Brocken, aber das war so gut wie nichts. Assunta übersetzte für uns und behauptete, ihr Rumänisch von einem Klappenhändler gelernt zu haben.

Die Frau von der Armenspeisung sagte: »Du meinst bestimmt von einem Lappen- oder Lumpenhändler, Liebes.«

Woraufhin Assunta erwiderte: »Nein, von einem Klappenhändler, Schätzchen.«

Daraufhin mein Vater: »Ich baue Klappen. Hydraulikklappen.«

Und während wir Würstchen in Tomatensauce aßen, fasste Assunta meinem Vater unauffällig zwischen die Beine.

Aber so war sie eben.

Heute kann ich besser Italienisch als sie, und das will was heißen.

Banane e lampone ging zu Ende, und nach einem lauten Knacken verstummte das Radio. »Verdammt noch mal, was machst du da?«, wiederholte Assunta. Sie klang immer beunruhigter und spielte mit dem Stoff ihres Rockes.

Leck mich!, dachte ich und schleifte die Sporttasche am Tragegurt über die Badezimmerfliesen. Sie blieb am Messinghandtuchhalter hängen. Ich zerrte daran, und sie folgte mir winselnd wie ein kleiner Hund, dem ich verboten hatte, das Bein zu heben. Es war eine rot-schwarze Sporttasche. Meine Mitschüler aus der 3f hatten sie mir zum Geburtstag geschenkt.

Am 7. Mai.

Es hatte ein riesiges Fest gegeben.

Das schönste meines Lebens.

In meinem Zimmer hatte ich die Tasche so voll wie möglich gestopft, in erster Linie mit Klamotten. Mit warmen Kleidern für den Winter. Du bist verfroren, hat mein Vater immer gesagt. Aus dem Bad brauchte ich nur noch meine Zahnbürste, Zahnpasta und ein Handtuch.

Assunta hörte nicht auf zu brüllen, wollte wissen, was ich da tue. Sie drohte fast zu explodieren.

Mein Vater reparierte seit seinem sechzehnten Lebensjahr Hydraulikklappen. Dann kam ein deutscher Konzern und ersetzte die zweihundert Arbeiter durch sechs oder sieben Roboter wie aus *Krieg der Sterne* oder *Das fünfte Element*. Anschließend organisierte die Firma für die Mitarbeiter ein Bocciaturnier. Man konnte eine Reise nach EuroDisney gewinnen. Mein Vater weigerte sich mitzumachen, und ich war völlig verzweifelt, denn mein Vater ist wirklich ein Gott im Bocciaspielen.

Die Idee, mir eine Jansport-Tasche zu schenken, kam von Delia Zanardi.

»Potz Blitz!«, sagte ich. »Das war deine Idee.«

Sie stritt alles ab.

Delia.

Sie trug dermaßen tief sitzende Hüfthosen, dass ich mich während des Unterrichts fragte, wie sie es anstellte, sie nicht zu verlieren, und woran sie wohl befestigt waren. Ich zermarterte mir echt das Hirn deswegen (*sich das Hirn zermartern* habe ich eines Morgens im 56er-Bus gehört. Aber was ich im 56er zu suchen hatte, darf ich nicht sagen, denn das ist ein Geheimnis). Vor allem in den Naturwissenschaften. Ich mag keine Naturwissenschaften. Ich konnte mich gar nicht mehr vom Logo auf Delias Slipbündchen losreißen. Es ging einfach nicht. Ich kannte alle ihre Slipmarken.

Wenn sie sich einen neuen Slip gekauft hatte, fragte ich sie gleich nach Betreten des Klassenzimmers: Warst du shoppen?

Sie verstand, zog nur die Brauen hoch und sagte: »Wieder mal den Blick auf Halbmast, was, Kleiner?«

Was für eine Frau! Echt abgefahren.

Ich werde sie nie mehr wiedersehen, dachte ich.

Papa, dachte ich.

Von allen, die ich in Italien kennengelernt habe, werden mir Delia und Marek am meisten fehlen.

Ich schnappte mir die Zahnbürste und ein Zahnpastapröbchen – eines der Marke Quovis mit Bikarbonat für blendend weiße Zähne, das Assunta mal irgendwo geschenkt bekommen hatte – und steckte beides in die Jansport-Außentasche. Dazu ein kleines Handtuch. Das große wollte ich nicht, ich warf es auf den Boden, auf die zu Bruch gegangenen Parfümfläschchen.

Verdammte Scheiße!, dachte ich und trampelte darauf herum. Fuhr mir mit dem Handrücken über die Augen. *Ist das der Anfang oder das Ende von allem?* Der beißende Zitrusgestank bescherte mir eine völlig weiche Birne, so wie Grapefruitsaft Lachs weich kocht.

»*Ma frends, Ricky.*«

Ich heiße nicht Ricky. Ricky ist ein Scheißname. Ich heiße Emil Constantin Sabau. Ich bin 1,58 Meter groß, zumindest war ich das, als ich mich das letzte Mal am Türstock gemessen habe. Auf die Tür habe ich ein Halbporträt von Tex gemalt. Er kneift gerade ein Auge zu, um besser zielen zu können. Ich habe Wind im Haar und das Meer in den Augen. Diesen Quatsch mit dem Wind und dem Meer schreibe ich nur, weil Marek mir dazu geraten hat. Sei poetisch!, hat er gesagt und dann noch hinzugefügt: »Ein Künstler will das Herz der Menschen erreichen.«

Klar, Marek. Logisch!

Mein Vater heißt Gheorge Vasile Sabau. Meine Mutter hieß Agnieszka. Das ist ein komplizierter Name, ein polnischer, weil meine Mutter polnische Wurzeln hatte. Mein Vater hat sie Agnies genannt, ganz leise, und ihr dann mit dem Handrücken über die Wange gestrichen. Daraufhin hat sie ganz sanft den Kopf geneigt. »Agnies«, hat er wiederholt. Mir war ihr Name egal, denn ich nannte sie Mama. Dann hat sie hohes Fieber bekommen und ist gestorben. Verlöscht wie ein Kohlebecken, nachts, am Tag der Einheit. Damals war ich elf Jahre alt. Nie hätte ich gedacht, dass ich so lange weinen kann. Der Tag der Einheit ist im Dezember. An ihm feiert man die Vereinigung Transsylvaniens mit Rumänien, die am 1. Dezember 1918 stattfand. Nur für den Fall, dass das irgendjemanden interessiert.

»*Ma frends, Ricky.* Da bist du ja. Ich suche dich schon seit einer Stunde.

»Leck mich!«

»Sie warten schon bei der landwirtschaftlichen Genossenschaft auf uns.«

»Ich habe keine Lust.«

»Obwohl du ein T-Shirt von Steaua Bukarest anhast?«

»Ich habe noch was vor.«

»Verstehe, du machst dir in die Hosen vor Angst.«

»Ich mache mir nicht in die Hosen.«

»O doch, du machst dir in die Hosen vor Angst. Wegen des Rottweilers, der dir letzten Samstag den Arsch aufgerissen hat. Da hast du dir auch in die Hosen gemacht …«

»Warst nicht du derjenige, der anschließend neben dem Teich gejapst hat?«

»Vielleicht, ich kann mich nicht mehr daran erinnern. Aber jetzt gehe ich wieder dorthin, das habe ich Traian und seinen Jungs versprochen. Sie wollen eine Revanche. Ich sehe ihn schon vor mir …«

In Rumänien war Mihai mein bester Freund gewesen. Er hatte mich immer damit geärgert, dass er mich *Ma frends, Ricky* nannte, denn angeblich hatte ich Ähnlichkeit mit dem Schauspieler Ricky Schroder aus einer amerikanischen Fernsehserie, die vor den Nachrichten und nach den Zeichentrickfilmen lief.

Ich sah keine Zeichentrickfilme mehr, denn wer mit elf noch Zeichentrickfilme schaut, ist echt schwul. Aber Comics sind was anderes. Comics lesen auch Erwachsene.

Auf einmal veränderte sich das Licht in Assuntas Bad. Wahrscheinlich waren draußen die Straßenlaternen angegangen. Das Steaua-Bukarest-T-Shirt hatte ich zum Trocknen aufgehängt. Ich streckte mich danach. Mein Vater hat es mir geschenkt. Ich steckte es mitsamt der hölzernen Wäscheklammer in die Sporttasche.

Man weiß schließlich nie!

Assuntas Schatten wurde immer länger. Wie der von Tex' Erzfeind Mephisto. Noch einmal stieß sie heiser hervor: »Was machst du da, Emil?«

Sie versuchte, die Tür aufzudrücken, wurde aber durch das heruntergefallene Regal daran gehindert. Sie bückte sich, um es beiseitezuschieben. In ihren Augen waren Adern geplatzt, so als hätte sie jemand in die Mikrowelle getan.

Ich schniefte und atmete tief durch.

»Ich hau ab«, sagte ich.

»Versuch's gar nicht erst!«

»Sieh's positiv …«

»Vergiss es!«

»Warum denn?«

»Warum wohl?« Assunta lud ihre Smith & Wesson durch. Ihre Augen waren nur noch zwei schmale Schlitze. Sie bewegte die Lippen und traf mitten ins Schwarze. »Weil es keinen Ort gibt, wo du hingehen kannst, deshalb.« Dabei hätte sie auch sagen können: Weil ich dich gern habe. Aber Assunta sah der Wahrheit gern ins Gesicht. »Du bist mutterseelenallein auf der Welt, falls du das noch nicht gemerkt hast.«

Ich versuchte, meine Tränen und meine Wut zurückzudrängen. »Ich habe einen Vater, Gheorge, schon vergessen? Der, mit dem du unter der Bettdecke rumgemacht hast …«

»Ja und? Willst du ihn vielleicht im Gefängnis besuchen?«

»Ich warte auf ihn.«

»Dein Vater hat dich reingelegt, Süßer«, sagte sie. »Du weißt ja nicht mal, in welchem rumänischen Drecksloch er einsitzt.« Nur, um dann noch hinzuzufügen: »In fünf Jahren wirst du ihn nicht mehr wiedererkennen.« Sie zischte es mehr, als dass sie es sagte, und ein kalter Luftzug streifte mein Herz. »Er hat dir geschrieben, dass du ihn nicht suchen sollst. Dass du hierbleiben sollst.«

»Aus dem Weg!«, schrie ich. »Scheiße noch mal, geh mir aus dem Weg!«

Ich spuckte die Worte förmlich aus. *Goku*, dachte ich. *Energiewelle.*

Mit der Faust schlug ich auf den weißen Medizinschrank ein, bis er von der Wand flog. Es tat höllisch weh, und mir kamen die Tränen.

Assunta schlug die Hände vors Gesicht und sagte: »Er wird mich auch rauswerfen. Von mir will er nichts.«

Plötzlich herrschte in der Wohnung die gleiche Stille wie nachts in der kalifornischen Salzwüste. *Von ihr will er nichts,* dachte ich und konzentrierte mich auf jedes einzelne Wort. Von. Ihr. Will. Er. Nichts.

Dann hob ich langsam den Kopf.

»Mit anderen Worten …«, sagte ich gedehnt.

Mit anderen Worten, mehr nicht.

Und während mein Brustkorb unter dem Rage-Against-The-Machine-T-Shirt anschwoll, als hätte man ihn mit einer Hydraulikpumpe aufgepumpt (was eine Hydraulikpumpe ist, weiß ich genau, weil es auf dem Genossenschaftsgelände eine gab), verwandelte sich Assunta in einen Wackelpudding. Sie trat einen Schritt zurück. Ihr Pantoffel landete in der Parfümpfütze. *Knack!*, machte eine Glasscherbe unter der Gummisohle.

»Ich …«, sagte Assunta.

Ich, mehr nicht.

Weil sie begriffen hatte, dass ich begriffen hatte.

Jetzt war mir alles klar.

Ich steckte die Hand in die Tasche, spürte den rauen, zerknitterten Brief meines Vaters zwischen den Fingern. Assunta starrte währenddessen verzweifelt zu Boden. Ich hängte mir die Jansport-Tasche über die rechte Schulter und trat ganz nah an sie heran, sodass mein Gesicht nur noch eine Handbreit von ihrem entfernt war. Ich hatte große Lust, ihr wie dem Architekten die Nase zu brechen. Sie überragte mich kaum, obwohl ich für meine dreizehn Jahre nicht gerade groß war. Ich dachte an die letzten beiden Jahre zurück. An mich und meinen Vater, Gheorge Vasile Sabau, den größten Hydraulikklappenkonstrukteur ganz Transsylvaniens. An die Fahrt mit dem Iveco-Transporter, an unser Versteck in je einer Kiste mit parboiled Reis. An die Kälte auf dem Simplonpass. An unsere Ankunft in Turin. An unser Zuhause. An die Briefe, die Mensa. An die Papiere und Schulen. Ich dachte an jeden einzelnen Moment zurück. Es ist schon erstaunlich, wie sehr die Zeit rückblickend zusammenschnurrt, ohne dass man den Überblick verliert. Innerhalb einer Sekunde erlebte ich die siebenhundertzweiundachtzig Tage noch einmal, vom Aufstehen bis zum Schlafengehen.

Ich hatte keine Tränen mehr.

Meine Wangen blieben trocken.

Wortlos ging ich an ihr vorbei und verließ die Wohnung.

Leiber Eiml,

um dem Pulbikum das Gefhül der Vreunsechirung und Vreleronheit zu vermtiteln, das Migranten haben, wenn sie den Hreausfodrerungen eines neuen Lnades begnegen, hbaen wir in diesem Mnoat in Belrin ein Multikulti-Festival der mündlichen Überlieferung ogranisiert. In meinem Atler fällt es mir lnagsam schwer, so veile Inatiitiven zu leiten, aber wie du wieẞt, kann ich ohne das Thaeter nicht leben. Und delhasb mahcen wir weiter. Ach, wenn du nur hier wräst! Ich habe Zigeuner krennengelent, die Gsechichten elzähren, dass sich noch einer Mumie die Necknahaare austfellen. So gorß-artig ezrählen sie von Ungreheuen und Legenden. Ein paar Knider unseres Vieterls wollten am nächtsen Tag schlufrei bekommen, nur um bis zum Ende der Aufführnug dabei sien zu können.

Soweit ich weiß, will dien Vtaer in Krüze nach Itlaien zuzückurkehren. Ich weiß, wie sehr er dir fleht. So, wie ich ihm fast sein gnazes Leben lang gefleht habe.

Ich dneke an dich.

Dein Großvater Viorel Vasile Sabau

Großvater Viorel mischte beim Schreiben die Buchstaben wie Spielkarten. Und zwar seit er entdeckt hatte, dass es genügt, wenn der erste und letzte Buchstabe am richtigen Platz sind, um ein Wort zu verstehen. Ganz einfach, weil unser Gehirn die Wörter jeweils als Ganzes erfasst. Unsere Familie liebt Sprachspiele. Ich auch. Ich ganz besonders. Trotzdem hielt ich Großvater Viorel für einen ziemlich durchgeknallten Alten. *Wie kann man sich bloß so was ausdenken?*, dachte ich mir.

Er schrieb mir jeden Monat. Nie einfach so, sondern immer am letzten Sonntag eines Monats. Und das seit meinem achten Lebensjahr. Seit er mir zutraute, dass ich seine Briefe auch verstand. Ich bin ihm nie begegnet. Er verließ unser Haus am Ortsrand von Brasov in meinem Geburtsjahr. Meinem Vater hinterließ er einen Zettel mit der Nachricht: *Wer einen Shon hat, barchut keinen Vtaer.* Er ging, um überall auf der Welt Theater zu spielen. Und das war ja wohl wirklich durchgeknallt: Jeder braucht einen Vater. Wäre er zu Hause geblieben, hätten wir nach dem Tod meiner Mutter Brasov vielleicht nicht verlassen müssen. Ich habe ihm nie geantwortet. Nicht ein einziges Mal. Trotzdem hat er nie damit aufgehört, mir zu schreiben. Nie einfach so, sondern jeden Monat. Auch als wir fortgingen und mal da und mal dort lebten. Mein Vater gab ihm unsere Adresse. Als wir nach Italien kamen, begann er, mir auf Italienisch zu schreiben, weil er wollte, dass ich die Sprache so schnell wie möglich lernte. Keine Ahnung, woher er Italienisch kann.

Scheirb zruück!

Mir blieb nichts anderes übrig, als zu Marek zu gehen.

Die Straßenbahn kam rasselnd zum Stehen, so als hätte der Fahrer erst im letzten Moment bemerkt, dass ein Baum über den Gleisen lag. In den *Tex*-Comics sind es immer mexikanische Banditen, die die Gleise mit Baumstämmen und Felsbrocken blockieren. Durch die abrupte Bremsung fiel einer alten Dame im grünen Mantel die Einkaufstasche aus der

Hand. Ich bückte mich, um die zwischen die Sitze gerollten Orangen einzusammeln, und gab sie ihr.

Die Dame lächelte mir zu und sagte: »Danke.«

Ich wackelte mit den Ohren (das kann ich nämlich gut!) und zuckte nur die Achseln. So nach dem Motto: keine Ursache. Dann gingen die Türen auf, und ich stieg aus.

»Ja?«

»Emil.«

»Emil wohnt nicht mehr hier.«

»Depp.«

»Warte.«

Mareks Stimme, die aus der Gegensprechanlage kam, entfernte sich. »Mama, Emil ist da. Soll ich runtergehen, oder darf er hochkommen?«

Ich klopfte an die Gegensprechanlage.

»Komm runter!«, sagte ich.

»Von mir aus. Für eine halbe Stunde.«

»Grüß ihn von mir!«, hörte ich Signora Mazzucchelli sagen. Sie war eine Art zweite Mutter für mich.

Marek war etwas größer als ich. Er hatte glänzende schwarze schulterlange Haare und auf der Wange ein erdbeerrotes Muttermal in der Form Siziliens. Er mochte es nicht, wenn man ihn darauf ansprach. Am ersten Schultag hatte ihn in der Pause ein Typ in Levi's- und Ralph-Lauren-Klamotten gefragt, ob man ihn auch in Palermo hören könne, wenn er etwas sagte. Vier Verwaltungsangestellte, die mit einer Flöte bewaffnete Musiklehrerin und der stellvertretende Direktor mussten die beiden voneinander trennen. Sie riefen den Krankenwagen.

Marek kam aus der Haustür, und wir grüßten uns wortlos, indem wir das Kinn hoben. Wir bogen in eine Parallelstraße ein und liefen unter Leuchtbuchstaben durch. Sie erinnerten die Bewohner des Viertels daran, dass ihnen der vierte Bezirk frohe Weihnachten wünschte.

Marek war ein halber Pole.

Sein Vater kam aus Apulien.

Er sprach nicht viel.

Wir betraten einen mexikanischen Imbiss: El Comandante.

Der Besitzer, ein ehemaliger Boxer, knetete den Teig, als wollte er seine Frau massakrieren.

»Hunger?«

Marek schnupperte bejahend. Mit dem Geld des Architekten kaufte ich uns beiden Burritos. Wir setzten uns auf eine Bank. Zwei etwa acht oder neun Jahre alte Jungen spielten im Schein der Straßenlaternen mit einem Drachen. Auf einmal wurde er vom Wind fortgerissen und fiel vor uns auf den Boden. Marek stellte seinen Fuß darauf. Daraufhin nahmen die Kinder die Beine unter den Arm. An der Ecke, wo die Kaserne steht, drehte sich der Kleinere von beiden um und zeigte uns den Stinkefinger.

Marek verschlang mich mit seinen Blicken.

Die Nacht brach schnell und lautlos über Turin herein. Autoscheinwerfer erhellten Rutsche und Schaukel. Unsere Nasen und Wangen wurden ganz rot vor Kälte. An unseren Handgelenken klebten Erbsen und Käse vom Burrito. Wir kauten eifrig. Langsam entspannte ich mich.

Immer noch kauend erzählte ich vom Architekten.

Und von Assunta.

Ich erzählte ihm, wie ich erfahren hatte, dass mein Vater in Rumänien im Knast saß, weil er versucht hatte, mit einem gefälschten Pass nach Italien einzureisen.

Ich erzählte und erzählte, bis es nichts mehr zu sagen gab. Aber ich wollte weiterreden, um so unter Umständen eine Lösung zu finden. Einen Weg durch die Wüste.

»Mit dreihundert Euro kommst du nicht weit.«

»Mehr hatte er nicht.«

»Gehst du zurück nach Rumänien?«

Er klang traurig, als er das fragte, und das tat mir gut.

»Keine Ahnung.«

»Entscheide dich, bevor du dein Geld für Burritos rauswirfst.«

»Es ist nur so, dass ich in Rumänien … Was soll ich da? Ich weiß nicht, wo mein Vater ist.« Schweigen. »In Turin kann ich natürlich unmöglich bleiben, nach dem, was ich dem Architekten angetan habe.« Ich starrte auf meine Füße, wie um mich zu vergewissern, dass ich noch welche hatte. »Wo, zum Teufel, soll ich mich bloß in Turin verstecken?«

»Bei mir.«

»Danke, Marek, du bist ein echter Freund, aber …«

»Denk an Delia.«

»Das tue ich schon die ganze Zeit«, sagte ich. »Mehr, als mir lieb ist.«

Ich suchte in der Sporttasche nach meiner Mütze. Plötzlich war mir kalt. Den Geldbeutel des Architekten gab ich Marek. Er wischte sich die Hände an der Hose ab und inspizierte neugierig den Fitnessstudio- und Videothekausweis sowie die Visitenkarten.

»Dein Großvater ist doch gerade in Berlin, oder? Geh nach Berlin!«

»Und wie soll ich dahin kommen, verdammt noch mal?«

»Scheiße, woher soll ich das wissen? Geh zum Bahnhof. Nimm einen Zug.«

»Und an der Grenze? Ich bin dreizehn. Ich kann unmöglich allein durch Europa fahren.

»Und jetzt?«

»Tja, keine Ahnung.«

»Hier ist seine EC-Karte. Klauen wir ihm noch mehr Geld.«

»Kennst du seine Geheimzahl?«

»Nein.«

»Warum redest du dann solchen Unsinn?«

»Vielleicht gehört er ja zu den Idioten, die ihr Geburtsdatum, ihre Telefonnummer oder so was verwenden.«

»Die Geheimzahl sucht man sich nicht selbst aus. Die bekommt man.«

»Woher willst du das wissen? Hast du etwa eine EC-Karte?«

»Wer von uns hat denn die Burritos bezahlt?«

»Du bist wirklich ein Arschloch.«

»Nein, du bist das Arschloch.«

Auf der anderen Seite des Parks gab es eine Bank. Wir gingen hin, und Marek steckte die EC-Karte in den Bankomatenschlitz.

»Versuchen wir's mit 1234«, sagte er.

»Warum 1234?«, fragte ich.

»Weil das eine Geheimzahl ist, auf die niemand kommt.«

»Klar, ganz einfach weil es eine Scheißgeheimzahl ist.«

Ich gab die Zahlen ein. Ich liebe das Verb *eingeben*. Auf dem Bildschirm erschien: GEHEIMZAHL NICHT KORREKT.

Genervt zog ich die Brauen hoch. »Hast du noch eine andere Idee?«

»Versuch's du doch.«

Ich gab 7589 ein.

»Warum?«

»Einfach so.«

»Aha, na klar. *So* eine Geheimzahl ist natürlich viel wahrscheinlicher als 1234.

GEHEIMZAHL NICHT KORREKT. Marek versuchte es erneut. Auf dem Bildschirm erschien zum dritten Mal GEHEIMZAHL NICHT KORREKT und noch etwas, das ich allerdings nicht mehr lesen konnte, weil der Automat so merkwürdig piepte. Da wurde mir klar, dass er die EC-Karte verschluckt hatte. *Die Polizei!*, dachte ich. Ich wusste nicht, was passiert, wenn die EC-Karte eingezogen wird. Ich versetzte Marek einen Stoß vor die Brust, und wir rannten weg. Die Straßenlaternen spiegelten sich im Asphalt. Marek lachte. Er versuchte, mich zu Fall zu bringen, indem er auf die Schnürsenkel meiner Etnies trat. Ich humpelte, schlimmer als auf der Isabella-Brücke. Meine Knie schlugen gegen die Sporttasche.

»Warte hier!«, sagte Marek, betrat sein Treppenhaus und ging nach oben.

Von den Balkonen hingen Weihnachtslichterketten, die aussahen wie Quallententakel. Ein pockennarbiger Junkie bog um die Ecke und fragte mich, ob ich eine Zigarette für ihn hätte.

»Nein, Bruder, ich rauche nicht«, sagte ich.

»Du bist nicht mein Bruder. Mein Bruder ist groß, den würde ich wiedererkennen. Außerdem ist er tot.«

»Das war doch bloß so dahingesagt.«

»Verarsch mich nicht.«

»Ich verarsche dich nicht.«

»Willst du mich etwa verarschen? Warum hast du eine deutsche Flagge an der Schulter? Bist du Deutscher?«

Für einen Moment, ähm, verschwand ich mit Händen, Schultern, Kopf und Sporttasche in meiner Jacke. Ich ließ auch meine Angst darin verschwinden. Eigentlich bin ich vollkommen furchtlos, ehrlich. Aber Junkies sind wirklich zu allem fähig. Die Haustür ging auf, und Marek kam laut vor sich hin summend heraus. Er ließ den Schlüsselbund mit den Garagenschlüsseln wie einen Hula-Hoop-Reifen um den Zeigefinger kreisen.

»Arschloch!«, sagte der pockennarbige Junkie. »Man verarscht die Leute nicht.« Er kratzte sich am Ohrläppchen und verschwand im Nebel. Seine rosa-schwarzen All Stars hatten offene Schnürsenkel. Genau wie meine Etnies.

»Probleme?«

»Alles in Ordnung«, sagte ich und lächelte angestrengt.

Marek gab mir einen Klaps auf die Schulter. Einen ziemlich heftigen. Ich revanchierte mich. Das bereitete mir eine diebische Freude. Wir gingen eine Kellertreppe hinunter: Neonröhren an der Decke, Uringestank.

»War da eine Ratte?«

»Eine Ratte? Seit wir hier wohnen, habe ich hier noch nie eine Ratte gesehen.«

Die Garage war leer. Das Auto seines Vaters stand nicht

dort, ganz einfach weil sein Vater kein Auto mehr hatte. Seit einem Jahr. Seit dem Tag, an dem er es um einen Autobahnpfeiler gewickelt hatte, auf Höhe der Ausfahrt Venaria. Marek musste mit sieben Stichen genäht werden. In der Nähe seines rechten Ohrs, unweit von Messina.

»So!«, sagte ich.

Wir hatten ein weiches, etwa einen halben Meter hohes Podest gebaut, bestehend aus zwei staubigen Lederkoffern, jeder Menge staubiger Kartons, einer Plane – der staubigen Bodenplane eines Zeltes, um genau zu sein (dass es Bodenplane heißt, weiß ich aus der Werbung) –, aus einigen staubigen alten Kleidern, zwei Kissen eines Sofas, das Staub und Spinnweben mittlerweile vollständig zerstört hatten, und aus einigen staubigen grünen Stoffsäcken, deren Inhalt mir verschlossen blieb. Ich musste an Tex denken, an Nächte am Lagerfeuer unterm Sternenhimmel. Und dass mir eine Mundharmonika fehlte, auch wenn ich sie nicht spielen konnte.

»Hast du eine Mundharmonika?«, fragte ich.

»Nein. Aber vielleicht schaffst du es, auf dieser Unterlage zu schlafen.«

»Na hoffentlich. Sind das Flöhe?«

»Vielleicht, aber… ta-ta!« Mit großer Geste zauberte Marek ein blaues Laken unter seinem Pullover hervor, das frisch gewaschen duftete. Begeistert vergrub er seine Nase darin.

»Du erinnerst mich an diese Schlampe Assunta und ihre Parfümfläschchen.«

»Lavendelduft vom Lenor-Kuschelbär. Darf ich dich Kuschelbär nennen?«

»Darf ich dir den Arsch aufreißen?«

Wir mussten lachen.

»Soll ich dir morgen was zum Frühstücken vorbeibringen?«

»Einen Cappuccino mit wenig Schaum und ein Cornetto. Danke schön.«

»Und was ist mit Saft?«, fragte er.

Ich träumte, ich sei auf einem Boot. Ich träumte von meinem Vater, Gheorge Vasile Sabau. Er strich mir mit dem Handrücken über die Wange. Mein Gesicht verwandelte sich in das meiner Mutter. Ich träumte von einem Zug. Von einer Explosion. Ich träumte von Quallententakeln. Von einer Nabelschnur. Einer brennenden Kerze. Einem Heißluftballon. Im Korb befand sich mein Vater. Er bediente den Brenner und rief: »Klappen, nicht Lappen!«

Als ich die Augen wieder aufmachte, war die Garage jahrmarkthell erleuchtet.

Ich war eingeschlafen, ohne das Licht auszumachen. Ich hatte Kopfschmerzen. Meine Wangen waren klebrig, so als hätte ich im Schlaf geweint. Ich konnte mich aber nicht daran erinnern. Ich wusste nicht, wie spät es war. Ich besaß keine Uhr. Ich besaß nicht mal ein Handy. Weil das von Siemens in jener Nacht kaputtgegangen war, als sich mein Vater mit diesem Arschloch geprügelt hatte. Das daraufhin ins Krankenhaus ging und ihn anzeigte. Ganz einfach, weil das Arschloch eine Aufenthaltsgenehmigung hatte und mein Vater nicht

Und dann war plötzlich die Polizei da und suchte nach meinem Vater. Sie fand ihn auch, weil er nicht der Typ ist, der sich versteckt. Er kam in eine Abschiebehaftanstalt. Eine von der Sorte, die die Sozialarbeiter auflösen wollen, um alle Insassen zu befreien. Leute wie mein Vater, aber auch andere. Denn dort gibt es Gute und Böse.

Ich hatte versucht, ihm am Abend der Schlägerei auf dem Dachboden in der Via Madama Cristina beizustehen, als der Typ behauptete, mein Vater habe ihm zu wenig Geld zurückgegeben.

Ich trat näher und sagte: »Das stimmt nicht, das weiß ich genau. Ich war auch dabei.« Aber das Arschloch gab mir einen solchen Tritt in den Hintern, dass ich einen Meter weit durchs Zimmer flog. Daraufhin flippte mein Vater aus, und das passiert nur, wenn ich in Gefahr bin oder es mir schlecht geht. Ich war mit der Hüfte gegen einen Tisch geprallt, und dabei war das Handy kaputtgegangen. Mein Vater packte den Tisch und ließ ihn auf den Rücken des Arschlochs niedersausen.

Damit waren wir quitt.

Ich packte meine Sachen und verließ Mareks Garage.

Langsam wurde es hell.

Ich lief zum Brunnen im Park, um mir das Gesicht zu waschen. Ich spürte, wie es mir gefror. Ich hielt es in die Sonne, die in diesem Moment hinter einem Haus hervorkam. Auf der Bank lagen noch die Burritoreste vom Vorabend. Es roch nach verbranntem Holz wie in Bran auf dem Land, wo meine Großeltern lebten.

Im Grunde kann ich auch gleich zum Bahnhof gehen, dachte ich.

Ein Floh hatte mich in die Hand gebissen.

Während ich auf die Straßenbahn wartete, fragte ich mich, ob Assunta mich wohl vermisst gemeldet, der Architekt den Diebstahl seines Geldbeutels oder seine gebrochene Nase angezeigt und eine Überwachungskamera Marek und mich am Bankautomaten gefilmt hatte.

Assunta wird mich nicht suchen. Der Architekt kann mich nicht anzeigen, weil… Der Bankautomat kann mich am Arsch lecken! Und gleich darauf: *Ich werde es nie bis Rumänien schaffen. Aber ich muss unbedingt nach Rumänien, weil ich nicht weiß, wo ich sonst hinsoll. Leck mich. Leck mich. Leck mich. Leck mich. Leck mich. Leck mich. Leck mich. Leck mich. Leck mich. Leck mich. Leck mich. Leck mich,* dachte ich hundertmal hintereinander und kratzte an meinem Flohbiss, bis er anfing zu bluten.

Als ich den Porta-Nuova-Bahnhof betrat, schwitzte ich wie ein Heizer auf einem Dampfboot. In der Straßenbahn war es heißer gewesen als im Hamam des Architekten. Plötzlich waren wie aus dem Nichts zwei Polizisten aufgetaucht. Sie hatten einen deutschen Schäferhund an der Leine, so groß wie ein Grizzly. Ich erschrak, weil ich davon überzeugt war, dass sie mich suchten. Daher stieg ich an der Haltestelle Via Nizza aus und tat so, als ob nichts wäre. Ich pfiff *Merry Christmas* vor mich hin, bog in den Corso Vittorio ein und betrat die freundlich erleuchtete Bahnhofshalle.

Ich sah mich vorsichtig um, konnte aber nichts Bedrohliches entdecken. Nur einen riesigen Weihnachtsbaum.

Ich war noch nie allein Zug gefahren.

Ich schaute auf den Abfahrtsplan. Ich bestaunte ihn lange, so als könnte er mir weiterhelfen, als könnte jeden Moment eine Roboterstimme fragen: Wo willst du hin? Ich verstand nur Bahnhof. Ich versuchte es am Fahrkartenautomaten, aber es gelang mir nicht, die richtige Sprache einzustellen. Es kam immer Französisch. Ich kann kein Französisch, auch heute nicht. Ich suchte nach jemandem, den ich fragen konnte, und fand eine Frau mit einem Blumentopf im Arm. Sie zeigte auf ein Reisebüro. Meine Schulter, über der die Sporttasche hing, schlief langsam ein. Die kalte Luft unter den Arkaden bildete Strudel wie in einem Fluss.

Und da geschah es.

Ich sah unvermittelt zu Boden.

Und entdeckte ein Foto.

Das Herz schlug mir bis zum Hals.

Es. Zeigte. Meine. Mutter.

Da lag doch tatsächlich ein beschissenes Foto von meiner Mutter. Ich bückte mich und hob es auf. *Das kann doch nicht sein!*, dachte ich.

Es war auch nicht meine Mutter, sondern eine Frau, die ihr sehr ähnelte. Sie stand vor dem Schloss Bran, dem Schloss des Grafen Dracula, das nur wenige Kilometer von meinem Heimatort entfernt liegt. *Das kann doch nicht sein.* Es handelte sich tatsächlich um das Schloss von Vlad, dem Pfähler. Ich drehte das Foto um. Auf seiner Rückseite befand sich eine auf einen gelben Aufkleber gedruckte Adresse:

Abteilung Soziales und Gesundheit
Ausländerbehörde
Beratungsbüro für Sinti und Roma
Via Cottolengo 26, 10157 Turin
Tel. +39-011.4429412, Fax +39-011.4429400

»Lien lassen.«

(Genau so sprach sie es aus: Lien.)

Eine schmutzige Leguanhand riss mir das Foto aus den Fingern.

»Dich intreressieren?«

(Genau so: Dich intreressieren?)

Ich schüttelte den Kopf.

»Warum du dann lesen?«

Ich sah mich um, ob es noch mehr von ihnen gab. Zigeuner treten nämlich immer in Gruppen auf, und ich hatte mich bereits mit Romajungs geprügelt. Niemand. Ich stellte die Sporttasche ab. Mit all meinen Sachen. *Diese Sporttasche ist mein Zuhause*, dachte ich. *Wenn ich sie doch nur betreten könnte, um darin zu schlafen!*

Ich machte einen Schritt nach vorn und versetzte dem Mädchen, das mir das Foto entrissen hatte, einen Stoß, sodass es bestimmt zwei Meter in Richtung Erster-Klasse-Warteraum taumelte. Und zwar indem ich es an den Schultern packte. Wäre es ein Junge gewesen, hätte ich ihm einen Stoß vor die Brust versetzt. Ihm eine reingehauen. Ich sah mich erneut um. Jede Menge Leute: Koffer, Taschen, Aktenmappen. Einige drehten sich nach uns um. Niemand blieb stehen. Eine Frau, die in eine segelgroße Stola gehüllt war, sah mich über den Rand ihrer Brille hinweg an. Ich winkte ab: Kümmer dich um deinen eigenen Scheiß!

Ich presste die Lippen zusammen und wandte mich wieder dem Mädchen zu, das ich zu Boden gestoßen hatte. »Erstens: Mir nimmt niemand etwas weg. Zweitens: Wer seid ihr überhaupt? Drittens: Seht zu, dass ihr hier wegkommt. Ich habe auch so schon genug Probleme, verstanden?«

Es waren zwei Mädchen, etwa in meinem Alter. Sie waren mager und trugen lange Röcke aus verschiedenen Stoffflicken. Um den Kopf hatten sie bunte Tücher gewickelt. Baumwollzöpfe baumelten neben ihrem Hals herab. Die vermutlich Ältere hatte fast graue Augen. Sie half der anderen beim Aufstehen und fletschte wie ein wildes Tier die Zähne, die weiß waren und keine gelben Stummel wie sonst bei Zigeunern. *Komisch*, dachte ich.

»Das gehört uns.«

»Was? Das Foto?«, fragte ich.

»Ja.«

Aus dem Lautsprecher kam die Durchsage, der Zug aus Neapel fahre jeden Moment ein. Ich roch Frittierfett und bekam Hunger.

»Na und?«

»Was, na und?«

»Selbst wenn es euch gehört – es gefällt mir. Es zeigt meinen Geburtsort.«

Der Flohbiss brannte wie Jod. Ich kratzte mich und steckte mir das Foto so lange unter die Achsel.

»Wurdest du im Schloss gebroen?«

(Genau so: gebroen.)

»Nein, du Dummkopf. Nicht im Schloss, aber ganz in der Nähe.«

»Selbst Tummfkop«, sagte sie grinsend. *Warum grinst sie?*

»Tummfkop? Wie redest du denn?«

In diesem Moment spürte ich, wie mich jemand hochhob. Ich wusste nicht, wie mir geschah. Jemand hatte mich an der Hose gepackt. Und an der Jacke. Eine Hand hielt mir die Augen zu. Als sie wieder weggenommen wurde, fand ich mich inmitten von Schachteln und Koffern wieder. Ich riss meine Augen weit auf.

»Und jetzt?«

Das kam von einer kräftigen Männerstimme.

Scheiße!, dachte ich.

Ich fuhr mir über die Augen. Das Mädchen mit den grauen Augen wedelte mit dem Foto vor meiner Nase herum. Es saß auf einem Hocker, mit Aufklebern der Brauerei Moretti bedeckt. Das Licht war verdorben (das Wort *verdorben* habe ich aus einem Sexcomic).

»Entschuldige dich.«

Im Halbdunkel standen mindestens sechs Leute. Derjenige, der mit mir sprach, war zwei Handbreit von mir entfernt. Suchend sah ich mich nach meiner Tasche um, konnte sie aber nirgendwo entdecken.

Scheiße!, dachte ich. Da war alles drin. Kleider, Briefe, die beiden letzten, noch ungelesenen *Tex*-Hefte. Ich griff in die hintere Hosentasche. Das Geld des Architekten war noch da.

Besser, ich schlucke meinen Stolz hinunter und komme heil aus der Sache raus. Wenn sie mir meine Tasche wiedergeben, entschuldige ich mich.

»Ich finde nicht, dass ich mich entschuldigen muss, aber wenn es denn unbedingt ...«

Ich schaffte es nicht mehr, meinen Satz zu beenden. Eine Ohrfeige ließ meinen Kopf herumfahren. Meine Wange brannte – ein Brennen, das sich bis zur gegenüberliegenden Schläfe ausbreitete.

»Habe ich dich um einen Kommentar gebeten? Nein, ich sagte, entschuldige dich.«

»Ehrlich gesagt ...«

Eine zweite Ohrfeige traf mich genau an derselben Stelle, Brennen addierte sich zu Brennen. Dann bekam ich einen Tritt in den Rücken und ging zu Boden. Es hagelte Tritte, und ich wusste nicht, wie ich mich davor schützen sollte. Ich ringelte mich zusammen, stellte mir vor, zu Hause zu sein. Ich stellte mir vor, dass alles genauso war wie immer. *Agnies*, dachte ich. Ich sah, wie mein Vater seinen Handrücken mit den blauen, hervortretenden Adern auf die helle Wange meiner Mutter legte. Eine Lautsprecherdurchsage kündigte einen weiteren Zug an. *Lasst mich hören, wo er herkommt. Wohin fährt er?* Ich wünschte mir, in diesem Zug zu sitzen. Ich versuchte zu beten. Ich betete schon seit zwei Jahren nicht mehr. Seit der Nacht, in der meine Mutter gestorben war.

Es hat durchaus Zeiten gegeben, in denen ich an Gott geglaubt habe.

Am allermeisten glaubte ich an ihn, als ich meinen Flumi verlor, mit dem ich zu Hause immer spielte. Ich warf ihn gegen die Wand und fing ihn wieder auf, wobei ich aufs Sofa sprang. Ich träumte davon, Bogdan Lobont, mein Lieblingstorwart, zu sein. Der spielte für Ajax Amsterdam. Eines Tages prallte der Flumi so blöd von der Wand ab, dass ich ihn nicht mehr fand. Ich suchte ihn überall, den ganzen Nachmittag. Unter den Möbeln, zwischen den Kissen, im Regal. Vergeblich – er war und blieb verschwunden. Mein einziger Flumi. Draußen regnete es, es drang kaum Licht durch die Scheiben, und das Zimmer verformte sich im Schein des Kaminfeuers. Da kniete ich mich vor das blau gerahmte Madonnenbild hinter Plexiglas und faltete die Hände. Ich schloss die Augen und beugte mich vor.

Wenn du mich den Flumi wiederfinden lässt, werde ich Mihais Vorschlag, Steine nach der Glocke der Schwarzen Kirche zu werfen, ablehnen – auch wenn sie die größte von ganz Rumänien ist. Außerdem werde ich mit Vior nie mehr über du weißt schon was reden. Wenn er mich auffordert hinzusehen, gehe ich einfach. Ich schwör's! Zur Sicherheit machte ich viermal das Kreuzeichen. Dann legte ich mich so auf den Boden, dass meine Wange die kühlen Fliesen berührte, und kniff das gegenüberliegende Auge zu. Sofort tauchten die verschwommenen Umrisse des Flumis vor mir auf, zusammen mit Staubmäusen, und zwar hinter dem Fuß der Kommode.

Es gibt einen Gott!, dachte ich.

Aber als ich noch viel inniger betete, nämlich darum, dass er meine Mutter nicht sterben ließ und sie sich dann nach einem Röcheln, so als wäre sie erkältet, nicht mehr rührte, begriff ich, dass Gott ein Betrüger ist, den es nur gibt, wenn es ihm passt.

Die auf mich einprasselnden Schläge ließen mich ansatzweise zu meinem alten Glauben zurückfinden, und ich betete, dass es bald vorbei wäre.

Als dann eines der Mädchen »Scheise« sagte und vorschlug, lieber abzuhauen, dachte ich, entweder ich bin bewusstlos oder ich träume. Oder aber es verhielt sich genauso wie mit dem Flumi: Ich hatte Unseren Herrn in einer freien Minute erwischt.

»Los, Lufth, fass!«, sagte eine Mädchenstimme.

Ich ringelte mich noch stärker zusammen.

»Arscheloch.«

Jemand trat mir genau zwischen die Beine. Mein Schritt war nur noch Matsche, und ich konnte nicht anders: Ich musste laut wimmern und stand kurz vor dem Heulen.

»Los, fass sie, Lufth, fass sie!«

Plötzlich spürte ich nichts mehr. Nur das leise Kläffen eines Hundes.

Langsam kam ich auf die Knie. Eine Zunge leckte mir über den Kopf. Zähflüssiges, Ekel erregendes Blut lief mir aus der Nase und tropfte auf meine Lippen. Ich hielt mir einen Knöchel vor das Nasenloch, um die Blutung zu stoppen. Ich hörte, wie der Hund hechelte.

Die Mädchenstimme von vorhin sagte: »Hier, nimm!«

Ich wischte mir mit dem Handgelenk über die Augen und brauchte eine Weile, bis ich etwas erkennen konnte.

Der Kopf tat mir weh.

Das Mädchen streichelte einen großen Labrador. Es hatte das schmale, ovale Gesicht einer Elfe, lauter bunte Piercings, kurzes dunkles Haar und einen langen Hals. Es war stark geschminkt, seine Augen waren schwarz umrandet, und seine Haut war weiß. Es trug ein Kleid aus zig Stofffetzen, das irgendwie schottisch aussah.

Scheiße, sieht die gut aus!

Ich nahm das Taschentuch, das es mir reichte. Und verschloss damit mein Nasenloch.

»Alles in Ordnung?«, fragte das Mädchen.

Ich betastete meine Beine. Meinen Oberkörper, wie um zu überprüfen, ob noch alles dran war. »Ich glaube schon.« Ich steckte eine Hand in die Hosentasche, um meinen Schritt zu betasten. Die rechte Hosentasche hatte ein Loch. Ich massierte meine Hoden, um auf Nummer sicher zu gehen.

»Die kenne ich«, sagte das Mädchen. »Gesocks. Aber nicht alle Zigeuner sind so. Manche sind sehr nett. Aber diese hier … Man hat sie aus ihrem Lager am Lungostura verjagt. Jetzt treiben sie sich am Bahnhof herum.« Dann sagte es: »Du bist kein Italiener, stimmt's?«

»Warum? Sehe ich nicht italienisch aus?«

»Nein. Bist du Rumäne?«

Ich nickte.

»Ich heiße Asia. Und das ist Lufthansa.«

»Emil.«

Auf einmal wurde ich aschfahl.

»Was ist?«, fragte Asia.

Meine Tasche!

Wir liefen durch die Bahnhofspassage ins Freie.

Ich wusste wirklich nicht, was ich jetzt machen sollte. Angst verschlug mir den Atem, so wie der Kuss eines Dementoren einem den Atem raubt. Stammelnd versuchte ich Asia klarzumachen, warum ich hier war. Dass ich abhauen müsse, aber nicht wisse, wohin. Keine Ahnung, was ich getan hätte, wenn Asia nicht gesagt hätte: »Geh in aller Ruhe zum Informationsschalter, ich kümmere mich um deine Tasche.«

Ohne zu zögern, machte ich auf dem Absatz kehrt und humpelte zum Informationsschalter, den mir die Frau mit dem Blumentopf bereits gezeigt hatte. Ich sehnte mich nach jemandem, der mir sagte, was ich tun sollte. Ich hätte jede Anweisung befolgt.

Im Reisebüro duftete es nach Pfeifentabak. Ein Bahnangestellter in einer verknitterten Uniform musterte mich neugierig über den Rand seiner Brille hinweg. Er kratzte sich den Spitzbart. Er trank gerade einen Kaffee. »Was hast du denn da am Auge?«, fragte er.

»Mein kleiner Bruder hat mir einen Stoß mit dem Ellbogen versetzt«, erwiderte ich. »Er hat Geburtstag und zu viel getrunken.«

»Dein kleiner Bruder?«

»Ja.«

Er blies abwechselnd die linke und die rechte Backe auf und machte Pingpong-Geräusche. »Verstehe.«

»Können Sie mir sagen, wann ein Zug nach Bran fährt?«

»Nach Bran? Und wo soll das sein, Bran?«

»In Rumänien.«

»In Rumänien?«

»Ja, genau.«

Ich steckte eine Hand in meine kaputte Hosentasche und versuchte, die Schmerzen im Schritt zu lindern. Das Wort *lindern* kenne ich aus einem *Tex*-Comic. Es bedeutet, dass der Schmerz abnimmt, zum Beispiel, wenn Banditen auf Kit Carson geschossen haben und die Indianer seine Wunden anschließend mit Lindenblütensalbe einreiben. Linden und lindern gehört für mich irgendwie zusammen.

»Fehlanzeige. Tut mir leid. Warum lässt du mich nicht mit deiner Mutter oder deinem Vater reden? Habt ihr Alternativen?«

»Alternativen? Meine Eltern sind bei meinem Bruder. Sie wissen schon, der Geburtstag, das Auge … Er ist noch ganz klein. Er darf nicht alleine bleiben. Außerdem habe ich nur noch meinen Vater. Meine Mutter ist vor zehn Tagen gestorben.«

Ich verzog den Mund zu einem Lächeln und legte den Kopf schief.

Großvater Viorel wäre stolz auf mich!, dachte ich.

Der Eisenbahner trommelte mit den Fingerspitzen auf den Computer. »Ich kann dir sagen, wie du nach Bukarest kommst. Liegt Bran bei Bukarest?«

»Nicht wirklich. Es liegt näher an Brasov, das auch als Prag Rumäniens oder Krakau Transsylvaniens bezeichnet wird …«

Er schaute in seinem Computer nach. »Bis nach Bukarest fährt man 38 Stunden, ist dir das klar? Turin, Mailand, Verona, Kufstein, Wien Westbahnhof, Budapest Keleti, Bukarest Nord …«

Er beugte sich vor und sah mich an, als stünde mir etwas auf die Stirn geschrieben, was er nicht lesen konnte. Ich merkte, dass mir wieder Blut aus der Nase lief. Weil ich so gut wie überall Schmerzen hatte, spürte ich zumindest den Flohbiss nicht mehr.

Der Eisenbahner ließ die Brille auf die Nasenspitze rutschen und atmete hörbar ein. Dann sagte er: »Hör zu, du musst mindestens drei Grenzen überwinden. Am Brenner. In Kufstein. Und dann in Ungarn … Dir ist doch klar, dass dort sehr streng kontrolliert wird?« Nur um dann so seltsam vorwurfsvoll hinterherzuschicken: »Es gibt nicht zufällig etwas, das du mir sagen willst? Vielleicht kann ich dir helfen …«

»Danke«, sagte ich und verließ die Schalterhalle.

Asia lief kerzengerade wie eine Ballerina. Sie hatte die Hände auf dem vor meinen Augen verschwimmenden Po verschränkt: wie Asphalt, der bei starker Hitze flüssig zu werden scheint. Lufthansa hatte eine leere Bierflasche im Maul. Ich zeigte erstaunt darauf.

»Daran ist mein Bruder schuld. Er hat ihr beigebracht, das Bier unseres Vaters von der Veranda zu klauen.«

Sie ließ meine Jansport-Tasche vor mir zu Boden fallen.

»Wo war sie?«

»Neben einem Abfallkorb. Fehlt irgendwas?«

Ich brauchte sie nicht erst zu öffnen, um zu sehen, dass sie nicht mehr so prall und schwer war wie vorher. »Kleider. Zwei Hosen. Der gelbe Kappa-Pulli. Und meine Adiletten.« Die *Tex*-Comics waren noch da. Ich wühlte in der Innentasche.

»Was ist das?«

»Briefe. Von meinem Vater und meinem Opa.«

»Und? Fährst du?«

Ich überlegte.

Und überlegte.

Ich dachte an die Szene am Informationsschalter und an alles, was mir zustoßen konnte. Ich zählte Asias Piercings. Eines war das Peace-Zeichen, das aussieht wie der Mercedes-Stern. Lufthansa ließ die Bierflasche fallen und leckte meine Waden. Plötzlich blühte in mir Panik auf, so wie diese Blumen, die nur ganz kurz um Mitternacht herum blühen. Sie schwoll an wie ein Tsunami. Wie ein Tsunami entsteht, weiß ich aus dem Medienlabor der Ippolito-Nievo-Schule: Zuerst zieht sich das Wasser in Strandnähe zurück und bildet eine riesige Welle, die dann auf den Strand trifft und alles hinwegfegt – auch die Hotdogstände und die Affen auf den Palmen. Genauso legte mir die Panik Lunge, Hirn und Venen trocken und erzeugte eine Art Vakuum. So schlimm, dass ich fast gestürzt wäre. Dann raste die Welle auf den Porta-Nuova-Bahnhof zu, und meine Augen füllten sich mit Tränen, ohne dass ich etwas dagegen tun oder sie zurückhalten konnte. Ohne dass ich diese viel zu großen, sperrigen, peinlichen Augen schließen konnte. Ich ging in die Hocke und verbarg mein Gesicht zwischen den Knien.

Ich schämte mich. Ich schämte mich wahnsinnig.

Ich schlang die Arme um den Kopf. Die Sporttasche fiel auf den kalten Bahnhofsboden. Es war mir nicht gelungen, sie zu beschützen, und das war ganz allein meine Schuld. *Sollen sie doch kommen und sich meinen Skalp holen. Meine Pistole. Mein Pferd. Sollen sie mich doch aufhängen!*

Aus irgendeinem Radio plärrte *Banane und lampone.*

Mehr war nicht mehr von mir übrig.

Von mir, Emil, und meiner Tasche.

Ich war gezwungen, mich zu fragen: Und was jetzt?

Ich war gezwungen, mich zu fragen: Wo liegt meine Ranch?

Die kalte Luft funkelte kostbar. Überall diese mondartig schimmernde Weihnachtsbeleuchtung. Die Leute verkrochen sich tief in ihre Schals.

Ich habe noch nie in einem Zelt geschlafen, dachte ich.

Ich trank heißen Pfefferminztee. Wir saßen auf Barhockern in einem Dönerladen in der Via Nizza. Asia hatte darauf bestanden, dass ich etwas Heißes zu mir nahm.

»Noch nie in meinem Leben habe ich so einen verzweifelten Jungen gesehen.«

Meine Blicke folgten dem arabischen Besitzer. Er trällerte

vor sich hin. Er schien zu beten und säbelte Grillfleisch von einem Spieß.

»Du erinnerst mich an Akira.«

»Wer ist Akira?«

»Hast du nie *Akira* gelesen?«

»Nein.«

»Das ist ein japanischer Comic«, sagte sie. »Ein Manga.«

»Ich lese bloß *Tex*.«

Asia verdrehte die Augen. »*Tex*? Sag das noch mal! Meine Güte, *Tex?*« Dann meinte sie: »Mein Vater hat das gelesen.«

Ich zog die Brauen hoch. »Na und?«

»Ich muss bald gehen«, sagte Asia.

Ich löste meine Lippen von dem verzierten Glas und schluckte meinen Tee hinunter. Dabei machte ich ein fragendes Gesicht.

»Ich werde abgeholt.«

»Wo fährst du hin?«, fragte ich.

»Nach Berlin.«

»Nach Berlin?«

»Über Silvester.«

»Nach Berlin?«

»Hier gibt es so ein seltsames Echo.«

Es genügte eine Nanosekunde, und was das ist, weiß ich, weil ich einmal *Nathan Never* statt *Tex* gelesen habe. Aber der hat mir nicht gefallen. (Ich mag Hitze. Und Pferde. Bei meinen Großeltern in Bran gab es ein Pony, das die Ackerfurchen entlanglief, die die Bauern beim Pflügen ziehen. Es war nicht mein Pony, und es hieß Dschingis Khan. Aber wenn ich seinen Namen rief und es wieherte, fühlte es sich so an, als gehörte es mir.)

Eine Nanosekunde genügte, und meine letzte Gewissheit war dahin. Sollte ich zu meinem Vater nach Rumänien fahren? Um ihn zu retten? Sollte ich zu den Eltern meiner Mutter in Bran zurückkehren und auf Dschingis Khan reiten?

Da fiel mir eine Geschichte ein.

Mareks Mutter hatte sie mir erzählt, mitten in einer regnerischen Nacht, als ich nicht einschlafen konnte. Es musste gegen Mitternacht oder ein Uhr nachts gewesen sein, in jenem Winter, in dem sie mich und Assunta bei sich aufgenommen hatte. Bevor wir den Architekten kennenlernten. Sie war aufgestanden, um mir einen Kamillentee zu machen. Und als ich am Küchentisch saß und trank, begann sie auf einmal zu erzählen:

»Eines Abends vor hundert oder zweihundert Jahren fiel ein strenggläubiger Mann ins Meer. Er überquerte gerade den Ozean, um in einem damals erst entdeckten Teil der Erde eine neue Kirche zu gründen. Er klammerte sich an ein Stück Treibholz. Weit war er nicht vom Ufer entfernt. Am Horizont konnte er die Lichter einer kleinen Stadt erkennen. ›Herr, wenn du wirklich willst, dass ich diese Kirche gründe, um dich zu ehren und zu preisen und dein Wort zu verbreiten, dann rette mich bitte‹, betete er. Sofort hatte er das starke Gefühl, erhört worden zu sein. Innerlich sang er ein Loblied auf seinen Gott. Nach wenigen Minuten warf ein Fischerboot ganz in seiner Nähe Netze aus. Die Fischer entdeckten den Mann und eilten ihm zu Hilfe. ›Geht weg!‹, sagte der Mann. ›Ich brauche euch nicht, gleich kommt mein Gott, um mich zu retten, das weiß ich ganz genau.‹ Die Fischer waren schwer beeindruckt von der

Glaubensgewissheit des Mannes und segelten davon. Der Älteste schlug aber vor, in der Nähe zu bleiben, um helfen zu können, wenn der Gott des Mannes nicht rechtzeitig käme. Kurz darauf näherte sich dem Mann, dem im kalten Wasser schon langsam die Beine abfroren, ein zweites, kleineres Boot. Starrköpfig, wie er als Anhänger des einzig wahren Glaubens nun mal war, schickte er auch dieses Boot fort. ›Ich weiß, dass du mich erhört hast, mein Herr‹, sagte er und betete weiter. Bald war er wieder allein. Gegen fünf oder sechs Uhr morgens entdeckte ihn ein drittes Boot mit Tunfischfischern. Der Mann hatte im kalten Wasser schon fast das Bewusstsein verloren und krallte sich an das Stück Treibholz, das ihn fast die ganze Nacht über Wasser gehalten hatte. ›Halt dich am Bug fest‹, sagte der Besitzer des kleinen Bootes, dessen Segel schon ganz zerfetzt waren. ›Nein‹, erwiderte der Mann. ›Gleich kommt mein Gott, um mich zu retten.‹ Bei diesen Worten schien ihn jemand in die Tiefe zu ziehen. Er sank wie ein Stein und ertrank. Sein Gott hatte ihm drei Boote geschickt. Nicht nur eines, sondern gleich drei. Aber er hatte rein gar nichts verstanden.«

»Darf ich mitfahren?«, fragte ich Asia und versuchte, meine Verlegenheit zu verbergen.

»Mit mir? Nach Berlin?«

»Ja.«

»Und was willst du dort?«

»Mein Großvater. Der wohnt da.«

»Echt? Der mit den Briefen?«

»Der mit den Briefen.«

»Du hast doch gesagt, dass das ein alter Knallkopf ist.«

»Das geht auch nicht anders.«

Blinkendes Blaulicht von einem Streifenwagen erhellte das Lokal. Lufthansa verlagerte ihr Gewicht neugierig auf die Vorderbeine. Zwei Polizisten kamen herein. Sie betrachteten ein grünes Formular mit einem Foto, das der Ältere der beiden in der Hand hatte, musterten mich ein paar Sekunden und zogen anschließend erneut das Formular zurate. Dann bestellten sie zwei extrascharfe Döner und gingen wieder.

»Ich weiß nicht, ob das so eine gute Idee ist. Ich muss erst die anderen fragen. Was, wenn wir angehalten werden? Wir können schließlich keinen Minderjährigen einschmuggeln.«

Ich zog die Nase hoch.

Der Schritt tat mir höllisch weh.

»Bitte!«, flehte ich. »Wenn sie uns anhalten – egal, wer –, sage ich, dass alles meine Schuld ist. Dass ihr nichts davon gewusst habt. Ich kann mich in Luft auflösen. Vor zwei Jahren habe ich mich in Brasov in Luft aufgelöst und bin erst in Bozen wieder aufgetaucht. Ich kann nämlich zaubern. Ich kann sogar schweben. Was etwas ganz anderes ist als *schwelen* …«

Asia sah aus, als hätte sie gerade auf frittierten Orang-Utan gebissen. Sie beugte sich vor und fuhr mir mit der Spitze von Zeige- und Mittelfinger über das brennende Veilchen, das mein Auge zierte. Dann küsste sie mich plötzlich auf die Stirn. Lufthansa bellte. Das Piercing in der Mitte ihrer Unterlippe fand eine neue Heimat in der nackten Mulde zwischen Augen und Nase. *Stirnlappenlobotomie. Blutsbrüder*. Ich schnupperte an ihrem Hals, der nach Seife und Zimt duftete. Ich hätte ein Leben lang daran schnuppern können, vollkommen regungslos und beglückt von der metallischen Berührung durch das Piercing.

Doch sie stand auf.

»Gehen wir.«

Wir schrieben den 23. Dezember.

In zwei Tagen war Weihnachten.

Das Bein tut mir so weh, dass ich es am liebsten zerfleischen würde

Das Bein tut mir so weh, dass ich es am liebsten zerfleischen würde. Und das, obwohl die Operation sieben Jahre her ist – sieben strahlende, unvergessliche Jahre, in denen sich die Erde 2555-mal um sich selbst gedreht hat. In diesen sieben Jahren habe ich Erfolge erzielt, von denen ich niemals zu träumen gewagt hätte. Nicht zuletzt deshalb, weil es besser ist, mit geschlossenen Augen aufzusteigen: Denn wenn man dann fällt, tut es nicht so weh. Man denke nur an Orpheus. Man darf sich nie umdrehen. Abgerechnet wird am Ende.

Ich war ein naiver Studienanfänger gewesen, mit einem Lebenslauf, in dem an oberster Stelle ein Praktikum bei IKEA in Turin und ein Aushilfsjob bei Wal-Mart in Montreal standen. Aber seitdem hat sich so einiges getan. Ich habe einen anderen Haarschnitt, ich habe gelernt, mich zu kleiden, ich habe hartnäckig an mir gearbeitet, um der zu werden, der ich heute bin.

Ein echter Triumph.

Wenn das Bein nicht wäre, ja, wenn ich damals in Kanada auf der Route 327 nicht vom Motorrad geflogen wäre, würde mich nicht mal meine Mutter wiedererkennen – unter Umständen nicht einmal ich selbst.

Ich werde die Unfallfolgen mit ins Grab nehmen, so die Ärzte. Allerdings sind das dieselben, laut denen ich eigentlich tot oder querschnittsgelähmt sein oder wenigstens im

Rollstuhl sitzen müsste – in einem dieser Modelle mit Fernbedienung und Lämpchen an der Rückenlehne, wie Stephen Hawking einen hat. So gesehen darf man sich letztlich nicht wirklich auf sie verlassen. Stattdessen mussten sie alle mit mir auf das Wunder anstoßen. Nur Wetterwechsel rufen mir jenen herrlichen, strahlenden Nachmittag wieder in Erinnerung: Der Himmel war knallblau, und es schien die Sonne, gleichzeitig nieselte es, sodass man sich fragte: Wie kann es nieseln, wenn gleichzeitig die Sonne scheint?

Manchmal träume ich von dem Unfall: Ich sehe, wie der Fuß zurückschaltet, wie das Motorrad in die Kurve geht und wieder beschleunigt. Dann ist da auf einmal eine Art Luftloch, und die gelbe Triumph Speed Triple beschreibt einen hohen Bogen am Himmel, grell wie ein Komet. Kleine Funken und Windschildsplitter bilden seinen Schweif.

Ein erhabener Anblick.

Der Angestellte der Immobilienfirma schwitzt wie jeden Donnerstagvormittag, wenn er mir Häuser zeigt. Ich gebe mich schüchtern, aber nur, wenn ich glaube, dass es mir was nützt, und auch das überwiegend bei der Arbeit. Wenn ich will, kann ich auch sympathisch sein. Liebenswert. Der Nachbar, dem man seine Schlüssel anvertraut. Der Klassenkamerad, der abschreiben lässt. Der Bruder, den man gern gehabt hätte. Der imaginäre Freund. Aber wenn ich will, kann ich andere bewusst nervös machen, mit einem Blick dafür sorgen, dass sie sich unwohl fühlen. Dass ihr Puls steigt. Dass nervöse Ticks wieder auftreten, die sie seit der Pubertät für überwunden hielten.

»Und, was sagen Sie?«, fragt der Angestellte. Er ringt sich

ein Lächeln ab und biegt den Rücken durch, um selbstsicher zu wirken. Ich lasse den Blick vom Glaszement zu ihm schweifen, grinse kaum wahrnehmbar, kräusle meine Lippen. Sofort wendet der Angestellte den Blick ab. Er hyperventiliert und gibt vor, etwas in der Tasche seines schwarzen Kaufhausjacketts zu suchen. Er räuspert sich. Er weiß nicht, wie er reagieren soll.

Ich mache gerade das wichtigste Geschäft meines Lebens.

Ein Loft.

In Hanglage.

Die Atriumdecke werde ich abhängen müssen. Ich kann ein paar Artemide-Strahler darin einlassen, die dem Verlauf der Wand folgen und den Weg ins Wohnzimmer weisen. Wie viele? Sieben vielleicht. Alle siebzig bis achtzig Zentimeter. Ich strecke den Arm aus. Wie viel werde ich ausgeben? *Distributio, distributio*, flüstert mir Vitruv ins Ohr.

Genau das, wonach ich gesucht habe.

Ich schaue mich um.

Der Immobilienangestellte hat so ein nervtötendes Zucken in der rechten Hand. Sie zittert ununterbrochen. Außerdem trägt er furchtbare senfgelbe Schuhe. Ich messe die Länge des Raums mit Hilfe der Arme, breite sie aus und strecke die Finger.

»Ich nehme es«, sage ich.

Der Angestellte kann sein Glück kaum fassen und führt innerlich einen Freudentanz auf.

»Sie werden mir noch dankbar dafür sein«, sagt er.

»Das wohl kaum.«

Jenseits des Panoramafensters erstreckt sich zu meinen Füßen Turin. Bis zu den Bergen. Unvergänglich wie der Olymp. Wie ein zurückhaltender, reservierter Olymp. Turin ist meine Stadt. Turin ist nicht kalt oder unterkühlt, wie die Leute sagen. Nein, Turin ist intim und diskret. Würdevoll vielleicht. Wofür steht Turin? Mein Imperium wird von hier aus seinen Ausgang nehmen.

»Aber diesmal werde ich es nicht wieder verkaufen«, sage ich.

Keine Ahnung, warum.

Der Angestellte reißt die Augen auf. »Im Ernst?«

»Im Ernst.«

»Sie wissen schon, dass Sie Ihr Kapital durch eine angemessene Renovierung verdoppeln können? Wollen Sie das Loft selbst nutzen?«

»Ja.«

»Heiraten Sie?«

Er zwinkert mir zu, als hätte er einen sympathischen Scherz gemacht. Einen Moment lang befürchte ich, dass er mir einen Klaps auf die Schulter gibt. Das ist ja furchtbar. Ich schnaube und lächle, als hätten wir als Kinder im selben Schwimmbecken geplanscht und uns als Teenager dieselben Mädchen geteilt. Nur, um ihn nicht zu enttäuschen.

»Sind Sie verheiratet?«

»Ja.«

»Und, sind Sie glücklich?«

»Ja. Und Sie?«

»Ob ich glücklich bin? Ich denke schon. Wissen Sie, wann Sie glücklich sind?«

»Natürlich.«

»Im Ernst?«

»Im Ernst.«

»Und woher wissen Sie das? Hören Sie dann ein Klingeln? Ein Bimmeln? Erscheinen Ihnen schemenhaft tanzende Jünglinge? Säuseln sie Ihnen süße Worte ins Ohr? Schwillt Ihnen eine Ader im rechten Hoden?«

Er wird rot bis in die Ohrspitzen vor Scham. Er weiß nicht, was er darauf antworten soll. Er schafft es einfach nicht, die Hand ruhig zu halten. Seine Stimme klingt verrostet. Der Fernseher passt genau unter die Treppe. Ein Bang & Olufsen mit einem 42-Zoll-Plasmabildschirm, durchsichtige Stühle aus Polykarbonat. Die habe ich in Genua gesehen. Ein schwarzer maschinengewebter Teppich in der Mitte des Zimmers, dazu écrufarbene Bodenkissen aus indischen Stoffen. Keine Sessel. Aber ein Sofa muss sein. Wo hat Manuela ihres gleich wieder her? Das Sofa aus dem Fosbury-Apartment an der Piazza Castelli. Ich werde sie gleich heute Abend danach fragen.

Der Immobilienangestellte sucht nach einer Antwort auf meine sinnlose Frage und stammelt etwas noch Sinnloseres, das zahlreiche Ähs und Najas enthält.

»Woran ich merke, dass ich glücklich bin?«, fragt er.

Einige Tauben spielen Fangen über der Terrasse. Eine verlässt die unsichtbare Flugbahn, die sie sich mit den anderen teilt, und gleitet mit einem eleganten, präzisen Flügelschlag davon. Ich fahre sie mit dem Finger nach und hinterlasse einen Abdruck auf der Glasscheibe, der sofort wieder verschwindet.

»Ich merke es am Tränenkanal«, sage ich.

Es gibt so viel Schönheit.

»Am Tränenkanal?«, fragt er. »Und wo ist der genau?«

»Dort, wo die Lederhaut, also der weiße Teil des Auges, endet. Der Tränenkanal befindet sich im inneren Augenwinkel, neben der Nase.

Der Angestellte führt seine zitternde Hand an die Wange.

»Ja. Genau dort.« Ich nicke.

Warum hat er nicht die andere genommen? Ist das Absicht? Behinderungen stellt man nicht zur Schau, man erträgt sie im Stillen. Die Bandage, die mein Knie stabilisiert, sieht niemand, und die Nägel befinden sich unter der Haut. Nie im Leben würde ich damit hausieren gehen.

»Dort, wo die Tränen rauskommen.«

Ich nicke erneut. »Genau da.«

»Und sind Sie … dort glücklich?«

»Nein, aber dort juckt es mich, wenn ich glücklich bin.«

»Es juckt, natürlich …«

»Es ist nicht direkt ein Jucken, eher eine Art Kribbeln: So als würde mir jemand eine Feder ins Auge stecken. Eine leicht raue Feder, keine von den ganz weichen, um mich damit zu kitzeln.«

Er nickt zufrieden, tut so, als hätte er verstanden. Er sucht verzweifelt nach einem Ausweg. »Schauen Sie bei uns vorbei, um die Unterlagen abzuholen?

»Gibt es den Notar Prella noch?«

»Natürlich.«

»Dann bitten Sie ihn, den Vorgang abzuwickeln.«

»Gern.«

»Gehen wir?«

»Ich hole die Schlüssel. Die Rollläden funktionieren übrigens automatisch.«

Der Wohnzimmerboden besteht aus sandgestrahlter, rötlich gebeizter Lärche. Wände, Fensterrahmen und Möbel werden hell sein, um einen guten Kontrast zu bilden. Ich muss noch überlegen, was ich mit der geschwungenen Wand mache, die den Eingangsbereich diagonal unterteilt. Sie besteht aus Flusskieseln. Ich bin mir nicht sicher, ob man die anbohren kann. Ich werde Federico fragen. Kann nämlich sein, dass sie sonst bersten. Der weiß das bestimmt. Ich rufe ihn an. Wo sind wir verabredet? Dabei habe ich es mir doch irgendwo aufgeschrieben.

Das Handy klingelt. Mein Bruder.

Ich habe keine Lust, mit ihm zu reden.

Matteo liegt mir ständig damit in den Ohren, dass ich eine Sekretärin brauche. Vielleicht hat er recht. Ich werde eine Freundin von Manuela fragen. Vielleicht die Rothaarige mit dem kleinen Sohn. Jacopo. Ein wunderschönes Kind. Erhaben. Mit einem Vater, der … Ich müsste so ein Kind haben. Wie heißt sie gleich wieder? Giulia, glaube ich. Ja, Giulia. Jetzt, wo ich von zu Hause aus tätig sein werde, könnte sie für mich arbeiten und Jacopo ab und zu mitbringen. Falls ich Gelegenheit haben sollte, ein Kind zu beherbergen, muss ich mir was einfallen lassen. Etwas, das gefällt. Heute Abend werde ich von dem Loft erzählen. Alle müssen mir helfen. Matteo, Manuela und Federico.

Mein Zuhause.

Wie sagte Frank O. Gehry so schön? Wenn du sonst nichts hast, nimm dein Zuhause. Er hat auch so angefangen. Er hat sich irgendwo am Stadtrand ein kleines Häuschen gekauft – wo genau, weiß ich nicht mehr – und es verpackt. Fertig. Um den Leuten zu zeigen, dass Außen- und Innenleben nicht unbedingt zusammenpassen müssen – im Gegenteil. Er war damals noch jung. Er hat sein Holzhäuschen mit dem weißen, von Tom Sawyer angestrichenen Holzzaun, den Hamburger in der Gefriertruhe und den für den Super Bowl kalt gestellten Budweisern verpackt. Schon damals hatte er das Titandelirium eines Guggenheim-Museums in Bilbao und einer Disney Concert Hall in Los Angeles im Kopf.

Das Café Elsa ist halb leer. Ein paar Pärchen und wir drei lümmeln auf zwei Couchen und einem Sofa herum. Es riecht nach Vanille. Das Licht ist gedämpft. Matteo traut seinen Ohren kaum.

»217 Quadratmeter?«

»Ist das zu viel?«

»Soll das ein Witz sein?«

»Es gibt eine geschwungene Wand, die sich durch drei Viertel des Raums zieht und eine Art Eingangsbereich bildet.« Ich zeichne den Schwung mit dem Handrücken in die Luft.

»Hast du das gehört, Manuela?«

»Und ob! Ich sterbe vor Neid und Bewunderung für dieses kleine Genie, das wir das Glück haben, kennen zu dürfen.«

Manuela ist so wunderschön wie immer. Es gibt so etwas wie das perfekte Gesicht, den perfekten Körper. Manuela ist anders. Ihre Perfektion ist nicht von dieser Welt, sondern ergibt sich daraus, wie harmonisch sich all ihre kleinen, winzigen Makel zusammenfügen. Die etwas zu großen Augen. Die extrem gerade Nase. Die roten, verwuschelten Haare. »Du bist doof!«, sage ich.

Lächelnd nippe ich an meinem Greco di Tufo, während mein Blut vor lauter Freude dermaßen in Wallung gerät, dass ich Angst habe, an einer Embolie zu krepieren. Deshalb verlasse ich den Ozean falscher Bescheidenheit schleunigst wieder und plustere mich auf, koste meinen Triumph voll und ganz aus. Wie nebenbei sage ich: »Das wird meine Visitenkarte.« Und: »Manuela, von wem ist eigentlich das Sofa im Fosbury-Apartment?«

»Von Moikio.«

»Moikio? Wer ist denn das?«

»Wer *sind* Moikio! Das sind Finnen.«

»Finnen?« Matteo mischt sich wie immer im falschen Augenblick ein. Er konzentriert sich gerade darauf, etwas in seinen Palmtop einzugeben. Er benutzt das Zweifingersystem, und so wie er über die Tastatur gebeugt ist, hat er eine erschreckende Ähnlichkeit mit Schroeder, dem kleinen Pianisten der Peanuts.

»Hast du das bei IKEA gekauft?«, fragt er.

»Matteo, du kleiner, nutzloser Bürokrat: IKEA ist schwedisch.«

»Wenn ich so nutzlos bin, kannst du ja morgen allein aufs Katasteramt gehen.«

Sie lachen. Aus der Stereoanlage dröhnt Kraftwerk. Dem Greco di Tufo fehlt ein wenig Sternanis. »Ich mag die Finnen«, sage ich. »Die haben jede Menge Wasser. Sie sind strahlend und transparent – genau wie die Sachen, die mir gefallen.«

Ein plötzliches Stechen zwingt mich, das Bein zu strecken und meine Sitzposition zu ändern. Jedes Mal, wenn mir das passiert, sehe ich wieder den gelben Kometenschweif vor dem blauen Himmel Kanadas. Ich denke an die Kurve. Daran, wie ich sie stets eng und schnell nahm, obwohl ich wusste, wie gefährlich das ist. Ein Bekannter, ein gewisser Seymour Dufresne, genannt der Norweger, war dort erst wenige Monate zuvor tödlich verunglückt. Genau an derselben Stelle. Aber Gott, war diese Kurve perfekt! Ich war gerade auf dem Weg zur Uni und musste noch meine Mutter anrufen, um ihr zum Geburtstag zu gratulieren. Ich glaube, das war der erste, den wir nicht gemeinsam feierten. Ich hatte keine Eile, doch am Ende der Geraden legte mein Fuß automatisch den vierten Gang ein, und meine Hand gab Gas. Anschließend verwandelte ich mich in die Grafitspitze einer Kompassnadel, um eine schnelle, fließende Bewegung auf die Erde zu zeichnen, in der ein aufmerksamer Beobachter ein Gebet erkannt hätte.

Es war der elfte September. Eins und eins – eine Kombination, die etwas mit der Ordnung des Universums zu tun hat. Die Fibonacci-Folge beginnt so.

»Manuela«, sage ich. »Wie heißt deine rothaarige Freundin?«

»Giulia.«

»Genau, Giulia … Ich überlege, eine Sekretärin einzustellen.«

»Das sagst du schon seit Jahren.«

»Ihr habt mich endlich überzeugt.«

»Und da hast du an Giulia gedacht?«

»Ja.«

»Warum?«

»Einfach so. Sie ist mir eben eingefallen. Ist sie immer noch mit diesem Arschloch bei Peugeot zusammen?«

»Bingo!«

»Wie meinst du das?«

»Sie hat sich getrennt. Sie ist zu ihrer Mutter nach Venedig gezogen.«

»Mit ihrem Sohn?«

»Jacopo? Ihr Exmann wollte ihn haben, aber eines Tages hat sie ihre Koffer gepackt und ist mit dem Kind verschwunden, bevor er von der Arbeit zurückkam.«

Die Musik überschwemmt das Lokal, tropft träge aus kleinen, in Tonwürfeln versteckten Lautsprechern, die von der Decke hängen. Die roten Lämpchen flackern leicht wie Kerzen im Wind. Aber es sind keine Kerzen. Und es gibt keinen Wind. Kraftwerk hat Radiohead Platz gemacht. Auf einmal ertönt die durchdringende Stimme von Tom Yorke. Die Melodien überlagern sich. Dann sind Kraftwerk verschwunden.

»Wie geht es deinem Bruder?«, fragt Manuela.

»Keine Ahnung. Seit der Beerdigung haben wir nicht mehr miteinander gesprochen. Wer sind die beiden Jungs?«

»Welche Jungs?«

»Die da.«

»Einer ist der Sohn des Besitzers. Der andere ein Freund.«

Der Kleinere hat eine zierliche Nase und dichtes Haar, das ihm bis auf die Brauen fällt. Was hat er da an der Wange? Es sieht aus wie ein Kopfhörer oder ein Fleck. Wenn er lächelt, bildet sich direkt unter dem Lid ein Strich. Ein roter Strich, so rot wie das Licht in dem Lokal. Ich gebe ihm ein Zeichen. Ich möchte ihn mir aus der Nähe ansehen.

»Wetten, er hat dich angerufen?«, sagt Matteo. »Du bist derjenige, der nicht mit ihm reden will.«

»Das stimmt nicht. Er hat sich auch nicht gemeldet.«

»Dein Bruder ist ein netter Kerl. Er ist viel zu nett für ein Arschloch wie dich.«

Der Junge kommt näher. »Ja?«

»Einen Greco di Tufo.«

»Mit Eis?« Er ist ernst, korrekt.

»Nein, pur. Beziehungsweise mit einem Spritzer Sambuca, aber nur mit einem Spitzer. Lauwarm bitte.«

Während er sich entfernt, mustere ich seinen Gang: seine federnden Schritte, die kindliche Krümmung seiner Wirbelsäule, die sich wiegenden Schultern.

Er kommt zurück.

Stellt das Glas auf den Keramiktisch.

»Danke«, sage ich und will ihm Geld geben.

Er versteckt seine Hand unter der schwarzen Schürze.

»Wir dürfen leider kein Trinkgeld annehmen«, sagt er. »Wenn Sie möchten, finden Sie im Eingangsbereich einen Fisch aus blauem Glas. Er enthält ein gelbes Gel. Dort können Sie ein paar Münzen hineinwerfen. Das Gel sorgt dafür, dass sie nicht oxidieren. In anderen Lokalen nehmen sie Wasser, auch wenn ich das echt bescheuert finde …«

»Komm schon!« Ich bestehe darauf, ihm die Münzen zu geben. »Niemand wird davon erfahren.«

Er sieht sich um, wirft einen prüfenden Blick auf den Tresen, hinter dem der Besitzer hockt. Er hat keinen Kopfhörer an der Wange, sondern ein Muttermal mit den Umrissen Siziliens. Ein schwarzes Lederband mit einem Medaillon, das einen kiffenden Jamaikaner zeigt, ist dreimal um seinen

Hals geschlungen. Man kann seine Adern sehen. Plötzlich beugt er sich vor, um seine Schnürsenkel zuzubinden. Aber seine orangen Vans haben keine offenen Schnürsenkel. Er grinst und gibt mir ein Zeichen.

Ich lasse die Münzen fallen, lasse sie durch die Finger gleiten wie einen Rosenkranz.

Er sammelt sie heimlich auf und geht.

Matteo fragt mich nach dem Monterey-Auftrag, dann kommt er wieder auf meinen kleinen Bruder zu sprechen. Wenn er mir nicht den Großteil des mütterlichen Erbes überlassen hätte, so Matteo, hätte ich nicht das Geringste erreicht. »Er hat es nicht verdient, so behandelt zu werden.«

Ich wende mich an Manuela. »Glaubst du, Jacquardstoff passt?«

Manuela antwortet nicht. Sie zieht mich mit ihren Blicken aus, und ich höre das Geräusch eines Reißverschlusses, der meinen Körper öffnet wie einen Hosenschlitz. Ich bin nackt. Ich würde Matteo gern recht geben und sagen, dass es mein Bruder nicht verdient hat, so behandelt zu werden. Aber ich tue es nicht. Ich schaue auf und fixiere das andere Ende des Lokals. Der Junge bedeutet mir, zu ihm zu kommen.

»Wo willst du hin?«

»Ich bin gleich wieder da.«

Ich schlängle mich zwischen den Tischen hindurch, wobei ich leicht hinke.

»Was ist?«

Der Junge stellt einen Tumbler auf den Tresen und fährt sich durchs Haar.

»Für Sie«, sagt er.

Der Inhalt des Tumblers ist bernsteinfarben. Ich nehme

ihn zwischen Daumen und Zeigefinger. Ich rieche daran. Er riecht scharf und würzig. Talisker. Die einzige Destillerie auf der Insel Skye. 1830 gegründet, 1960 durch einen Brand teilweise zerstört und wieder aufgebaut. Ich habe die Pläne im Historischen Archiv der Biennale gesehen. Talisker verwendet vier Destillierkolben: zwei für den ersten Brand und zwei für den zweiten. Beim ersten Brand kehrt ein Teil des Alkoholdampfes in den Kolben zurück, um redestilliert zu werden.

Und genau das gibt dem Whisky seinen besonderen Geschmack.

»Talisker?«, sage ich.

Der Junge lächelt. Sein Lächeln ist niedlich. Er nickt. »Mit Anis. Tommasos Vater bringt gerade den Müll raus. Wenn er mich erwischt, schmeißt er mich hochkant raus. Beeilen Sie sich …«

»Möchtest du mal probieren?«

»Schon geschehen. Ich gehe jetzt nach Hause.«

»Ich auch. Es ist schon spät. Soll ich dich begleiten?«

»Ist schon gut.«

»Das macht mir überhaupt nichts aus. Ich hole nur schnell meine Jacke und verabschiede mich von den anderen.«

Am Tisch sehen mich Matteo und Manuela verstimmt an.

»Ich gehe«, sage ich.

Manuela steckt mir einen Zettel in die Jacketttasche. »*Bacio!*«, sagt sie. »Hast du dem Jungen Ärger gemacht?«

»Wieso?«

»Na ja, wenn der Besitzer seine Angestellten an den Haaren hinausschleift, ist das bestimmt keine Liebesbekundung.«

Wie bitte …?

Ich hinke zurück zum Tresen. Die Schmerzen im Bein werden schlimmer.

»Was ist hier los?«, frage ich.

Der Besitzer ist um die vierzig, hat einen Schnurrbart und aufgerollte Hemdsärmel. »Was hier los ist? Dass dieses kleine Arschloch hier zum zweiten Mal heimlich harte Sachen trinkt, das ist los! Wer für mich arbeitet, trinkt keine harten Sachen, kapiert? Schlimm genug, dass er überhaupt hier ist. Wissen Sie, was passiert, wenn ich eine Kontrolle kriege? Wissen Sie, welches Risiko ich eingehe, nur um meinem Sohn und der Mutter dieses Arschlochs einen Gefallen zu tun?«

»Ist ja gut, aber jetzt lassen Sie ihn doch los!«

»Entschuldigen Sie, aber wer sind Sie eigentlich? Ist das ein Freund von dir, Marek?«

»Sie tun ihm weh.«

»Na und? Wer sind Sie überhaupt?«

Er sagt es wütend, brüllt es beinahe und fixiert mich mit seinen schwarzen Augen. Ich zucke nicht mit der Wimper. Ich bleibe reglos, wie versteinert. Er versucht ebenfalls, sich ganz steif zu machen. Aber seine Pupillen flackern, sie verraten ihn, und nach wenigen Sekunden wandert sein Blick eingeschüchtert zu meiner Nase, dann zu meinem Hals und schließlich zu meinem Revers. Meine Worte sind kaum mehr als ein Flüstern.

»Ich sagte, Sie tun ihm weh.«

2

Leon fuhr sich durch die Dreadlocks und sagte mit ernster Stimme: »Du machst keinen Unsinn, okay?«

»Okay.«

»Du bleibst hinten und hältst den Mund. Unter den Decken.«

»Okay«, wiederholte ich leise, so als führte ich Selbstgespräche. Dann ringelte ich mich vor der letzten Sitzreihe auf dem Boden des VW-Busses zusammen. *Wie ein* Untoter *aus Nevada*. Ich las noch einmal Opa Viorels letzten Brief und presste ihn an meine Brust. Nerone griff zu seinem schwarzen Rucksack, auf dessen Außentasche das Logo der Skaband Askatasuna prangte, und tat mehr oder weniger das Gleiche: Er presste ihn an seinen Bauch, ließ ihn keine Sekunde aus den Augen und betastete ihn in regelmäßigen Abständen.

Asia stellte das Radio leiser. Leon nahm ihre Hand und schielte, um sie zum Lachen zu bringen. »Um diese Uhrzeit kontrollieren die nicht. Die sind müde und wollen nur, dass die Nacht endlich rum ist.« Dann stellte er mithilfe des Rückspiegels Blickkontakt zu Cora und Nerone her. »Lächelt und seid nett!«, sagte er.

Wir hatten die Grenze zwischen der Schweiz und Deutschland erreicht.

Cora seufzte sehnsüchtig auf, so als wäre sie verliebt. »Lieber Gott, steh uns bei!«

»Der liebe Gott sieht alles, außer *Dallas*«, bemerkte Nerone.

Ich reckte den Hals. Zwei Grenzbeamte. Noch drei Autos vor uns.

Ich tat, was Leon befohlen hatte. Ich wickelte mich in die Decken und zog den Kopf ein, bekam aber keine Luft mehr. Also legte ich Lufttunnel an. Die rot karierten Decken waren alt und kratzig. Sie rochen muffig, staubig. Nach Roter Bete.

»Er kommt!«, sagte Nerone.

Hinter Turin tauchte das Schild AOSTA/AOSTE–GRAN S. BERNARDO/GRAND-ST-BERNARD auf, daran kann ich mich noch erinnern. Dort verließen wir die Autobahn und fuhren in Richtung Schnee und Berge. Dann weiß ich nichts mehr, bis wir die Schweizer Grenze passiert hatten. Nur an Leons Stimme erinnere ich mich noch. Daran, dass er sich leise mit Asia unterhielt. An den Rauch von Nerones Mentholzigarette. An Coras heisere Atmung. Ich schlief ein und träumte, ich sei von Cheyenne-Indianern entführt worden. Ich zog mir einen Pfeil aus dem Oberschenkel. Der Planwagen geriet ins Schleudern, und ich fiel in den Fluss. In einen sehr tiefen Fluss. *Adiós, hermano.* Marek, der zwischen den Gewehrkisten hindurchspähte, musste alles mit ansehen. Ich stürzte rücklings ins Wasser und sah ein zitterndes Licht jenseits der Wasseroberfläche. Die letzte Luftblase entwich langsam meinem Mund. Ich versuchte, sie mit der Hand festzuhalten. Dann stieß mich etwas nach oben, und ich schoss meterhoch aus dem Wasser wie ein Delfin. Meine Lunge füllte sich mit Sauerstoff.

Ich schaute aus dem Fenster und sah eine Stadt, die im

Dunkeln vorbeitrieb. Die Häuser erinnerten an Felsen, aber statt Wasser war da Schnee. Ich fragte, welche Stadt das sei. »Basel«, sagte Asia. Wir waren kurz vor der Grenze, als wir die Neonlichter und das Blaulicht der Polizei sahen, und Leon sagte: Bloß keinen Unsinn, bla bla bla.

Wir sind in der Schweiz, dachte ich. *Wahnsinn.*

»Scheiße, Scheiße, Scheiße, der hält uns an …«

»Nerone.«

»Ja?«

Lufthansa schnarchte, peitschte mit dem Schwanz durch die Luft. Manchmal änderte sie ihre Position und peitschte stattdessen meinen Rücken. Aber das störte mich nicht, im Gegenteil. So behielt ich die Zeit im Blick und blieb wachsam. Eine Art Metronom. (Und was das ist, weiß ich, weil auf dem Klavier des Architekten ein ganz ähnliches Gerät stand. 1816 wurde es von dem Deutschen Johann Mälzel erfunden, so hat es mir der Architekt zumindest erzählt.)

»Halt's Maul, Nerone, verstanden? Je weniger du sagst, desto weniger Schaden kannst du anrichten.«

Draußen war es kalt, aber im Wagen war es warm. Die Fenster beschlugen und wurden wieder frei, je nachdem, von woher der Luftzug kam.

»Da ist er!«

Durch den Tunnel, den ich in die Decken gegraben hatte, sah ich, wie Leon die Hand zum Gruß hob. Er machte das Victory-Zeichen. Ich stellte mir vor, dass der Grenzbeamte mit einer Winchester bewaffnet war und einen Sheriffstern trug und dass sein Pferd zu seinen Füßen graste.

Leon fuhr sich durch die Dreadlocks, die er mit einem

Haargummi zu einem tief sitzenden, ordentlichen Zopf gebunden hatte. Er trommelte mit den Fingern auf den Schaltknüppel. Asia berührte sein Handgelenk.

Jetzt fahr schon, bitte!, dachte ich. Dann fielen mir Gott, der Flumi und die heilige Paraskeva wieder ein.

Leon umklammerte nervös das Lenkrad. In der Zehn-vor-zwei-Haltung, die mein Vater mir immer empfohlen hatte, wenn er mir erlaubte, den hellblauen Trabant den See entlangzusteuern – auf dem Feldweg, der zum Laden des Wurmhändlers führte.

»Er sagt, wir sollen rechts ranfahren.«

»Das habe ich auch schon mitgekriegt.«

Ein sirrendes Alarmsignal (das mit dem Sirren kam von Asia, aber erst im Nachhinein, sie hat es als heiliges Sirren bezeichnet) zerriss plötzlich die Luft. Ein Donner rollte über uns hinweg, gefolgt von einem Blitz, bei dem alle herumfuhren. Stimmen. Jemand rief nach dem Beamten, der neben unserem Bus stand. Der muss um Geduld gebeten haben, aber die anderen ließen nicht locker. Also gab der Polizist Leon die Pässe zurück und rief noch etwas im Davoneilen.

»Er sagt, wir sollen fahren.«

»Fahr schon, los, fahr!«

Ich musste husten, konnte den Hustenreiz allerdings unterdrücken. Ich spuckte mir auf die Hand und wischte sie mir an der Hose ab. Dann knirschten die Reifen des VW-Busses endlich auf dem Asphalt. Leon legte den ersten Gang ein, und wir fuhren langsam an. *Bitte, bitte, bitte!*, flehte ich innerlich, woraufhin wir abrupt beschleunigten.

»Wir haben es geschafft!«, sagte Asia. Sie grinste nervös

und schlug sich die Hand vor den Mund, wie die Japaner das immer machen.

Leon boxte gegen das Armaturenbrett.

»Bist du noch da?«

Cora drehte sich um, um zu sehen, ob ich noch lebte. Sie streckte eine Hand unter die Decken und kraulte mich am Kopf. »Gut gemacht, Maskottchen!« Und das, obwohl ich doch gar nichts getan hatte. Das war Balsam für die Seele.

Cora hatte die Haare im Nacken zusammengebunden. Mit einem lila Wollfaden. Sie trug eine strassbesetzte Schmetterlingsbrille. Sie schielte und hatte noch einen anderen Sehfehler: Hornhautverkrümmung oder Kurzsichtigkeit oder so was.

»Was wir für dieses Arschloch nicht alles riskieren!«, stieß Nero mitsamt zahlreichen Spucketröpfchen hervor. Er hatte eine feuchte Aussprache. Und ein Auge, das kleiner war als das andere.

»Nenn mich nicht Arschloch!«, erwiderte ich. »Ich will weder Kleiner noch Arschloch, Versager oder Mongo genannt werden, kapiert?«

Asia schnallte sich ab und neigte den Hals. Ihren milchweißen Hals. Sie suchte Nerones Blick im Rückspiegel und sagte: »Hör mal, hätten wir keine Probleme gewollt, hätten wir dich ebenfalls zu Hause gelassen.«

»Nur zu deiner Information: Ich bin clean. So clean wie ein Buchfink.«

»Was hat *clean sein* bitte schön mit *Buchfinken* zu tun?« Leon kratzte sich mit dem kleinen Finger an der Nase.

Cora beugte sich vor, um an eine Reisetasche zu kommen. »Du weißt ja nicht mal, wie ein Buchfink aussieht.«

»Nein, aber du kennst dich natürlich mit Vögeln aus«, entgegnete Nero und bewegte übertrieben die Hüften.

Es begann zu regnen. Die Tropfen hinterließen Spuren auf den Fenstern. Ich versuchte, sie zu stoppen, indem ich sie von innen berührte. Dann kam ein Hagelschauer. Die Körner prasselten gegen die Karosserie.

Aber er hörte sofort wieder auf.

Ich mag Nerone nicht, dachte ich.

Nerones Haut war grau wie Zeitungspapier, und seine Haare waren zwei schwarze, fettige Vorhänge. Dann das eine Auge, das kleiner war als das andere. Gelbe Zähne. Anfangs dachte ich, sie wären senfverschmiert. Außerdem hatte er lange Fingernägel. Ich hasse Fingernägel, vor allem lange. Außerdem war er der Einzige auf dem Bahnhofsparkplatz gewesen, der mich nicht nach Berlin mitnehmen wollte.

Leon hatte grinsend gesagt: »Er könnte uns nützlich sein, wenn wir einen Schlafplatz brauchen. Dann schicken wir ihn vor, und schon werden die Leute weich.«

Cora hatte einen Freudentanz aufgeführt. »Fantastisch, wir haben ein Maskottchen!«

Nerone hatte so was gemurmelt wie: »Der ruiniert uns noch die ganze Reise, da bin ich mir sicher.« Mir stieg sein beißender Geruch in die Nase – er erinnerte an die Fahne eines Säufers.

Das Auto war ein metallicblauer VW-Bus voller Beulen und Rostflecken. Er sah aus, als hätte er die Masern. Innen fehlte die dritte Sitzreihe, sodass man zu zweit bequem darin schlafen konnte. Außerdem waren vier Haken angedübelt (das Wort *angedübelt* hat mir Leon erklärt), an denen man zwei Hängematten befestigen konnte. Die Sitze waren mit allen möglichen Aufklebern übersät: Bierwerbung war ebenso dabei wie das Logo der Zapatistenarmee, ein verblichener WWF-Panda und die Fax- und Telefonnummer des Safariparks Murazzano in der Provinz Cuneo.

Asia war als Letzte eingestiegen. »Fahren wir!«, hatte sie gesagt. »Leg Musik ein, damit ich mir Nerones Gejammer nicht länger anhören muss.«

Und daraufhin Nerone: »... Mmmh«, nicht ohne noch leise das Wort »Schlampe!« hinzuzufügen.

Niemand hatte es gehört, aber ich schon. Trotzdem hatte ich nichts gesagt, weil ich das Thema abhaken wollte. Weil ich hundemüde war. Weil ich die Leute nicht kannte. Weil Nerone aussah wie ein Junkie. Weil ich nicht wusste, was dann passieren würde. Denn wie sagt mein Vater immer so schön? »Ach, diese Stille, Emil! Ist sie nicht herrlich?« Zum Beispiel, wenn wir in einem Zufluss der Prahova angelten oder den Bucegi-Nationalpark besuchten. Ich hatte auch deshalb nichts gesagt, weil etwas anderes meine Aufmerksamkeit fesselte.

Nerone hatte sich vorgebeugt, so als suchte er nach einem Taschentuch in seiner Jackentasche – das aber auffällig unauffällig. Seine Hand hatte sich um einen Holzgriff geschlossen, der im Jackenfutter zu stecken schien. Anschließend hatte er den Griff schnell mit allem Drum und Dran in seinem Rucksack mit dem Askatasuna-Logo verstaut, sich umgedreht und mich nur ausdruckslos angesehen. Ich hatte versucht, an etwas anderes zu denken, und so getan, als kaute ich an der Nagelhaut meines Daumens.

Ich hatte versucht, an Marek zu denken.

An Delias Slipbündchen.

An Opa Viorel. Daran, dass ich nicht einmal wusste, wie er aussah. Dass ich nicht die geringste Ahnung hatte, wie ich ihn in Berlin finden sollte. Daran, dass …

Fünfhundert Meter hinter der Grenze hielt Leon an einem Rastplatz. Er müsse pinkeln, meinte er. Auch ich musste dringend aufs Klo, und so traten wir beide an den Straßenrand, hinter dem gleich die Wiesen begannen, und pinkelten in den Schnee. Der Urinstrahl höhlte ihn aus bis zum Gras. Ich versuchte, ein kreisrundes Loch hinzukriegen, was mir allerdings nicht gelang. Das Ergebnis sah eher aus wie der Bau eines Murmeltiers. Der Mond, der zwischen den Wolken hervorkam und wieder verschwand, war voll und gelb.

»Die reinste Werwolfnacht«, sagte Leon, fletschte die Zähne und knöpfte sich die Hose zu.

»Ja.« Ich lächelte und kehrte an meinen Platz zurück.

Leon dagegen ließ sich von Asia Papier und Tabak aus dem Fenster reichen. Er drehte sich eine Zigarette und zündete sie an. In der Zwischenzeit fuhren zwei Autos vorbei, ansonsten nichts als Stille.

Ich legte mich erneut hinten in den Bus, neben die schlafende Lufthansa. Ich wühlte in meiner Tasche nach Opa Viorels Briefen.

Irgendeinen Hinweis muss es doch geben.

Ich besaß keinerlei Adresse von meinem Großvater in Berlin. Er zog häufig um, und wenn ich denn unbedingt schreiben wollte, konnte ich meine Briefe an eine rumänische Organisation mit Sitz in Paris schicken, die sie dann weiterleitete. Papa sagte einmal, man würde ihm die Briefe am Telefon vorlesen, aber das glaubte ich nicht. Irgendwie hatte ich immer das Gefühl, dass mein Großvater vor etwas davonlief. Er war auf der Flucht, davon war ich fest überzeugt. Nur die Organisation wusste, wo sie ihn jederzeit finden konnte, ganz einfach, weil er das so wollte – oder auch nicht. Opa Viorel wurde von so gut wie allen Geheimdiensten der Welt gesucht, sogar von den Rangern aus Texas. Er war ein Komplize Mephistos und nannte sich El Muerto. Vielleicht hatte sich Opa Viorel einen Mikrochip einpflanzen lassen, der sich per Satellit orten ließ. Eventuell konnte ich mich brieflich an jemanden von der Pariser Organisation wenden. Aber ich hatte nicht die Zeit, dorthin zu schreiben und die Antwort abzuwarten. Ich musste das Boot nehmen, das mir die heilige Paraskeva geschickt hatte. Genau das hätte mir einer meiner Sattelkumpane geraten, wenn ich denn welche gehabt hätte. Genau das hätte Kit Carson seinem treuen Freund Tex geraten. Mein Boot war ein VW-Bus mit Genueser Kennzeichen, mehr wusste ich nicht.

Asia verkroch sich in ihren Pullover und sagte: »Wir hätten lieber erst morgen früh losfahren sollen.«

Leon zog gierig an seiner Zigarette. Die Kälte ließ den Rauch ganz schlierig aussehen, wie Milch in Wasser. »Quatsch!«, sagte er und sah mich an. »Wenn man uns anhält, ist es besser, wir haben mit verschlafenen Polizisten zu tun.« Dann drückte er die Zigarette an seiner Schuhsohle aus.

»Fahren wir durch den Schwarzwald?«

»Wir streifen ihn. Aber der Schwarzwald eignet sich hervorragend zum Übernachten. Vorausgesetzt, ihr habt keine Angst vor Wölfen.«

»Mir wäre der Brenner lieber gewesen«, sagte Nerone.

»Und mir wäre es lieber gewesen, du wärst zu Hause geblieben«, sagte Asia genervt. Sie lehnte sich mit verschränkten Armen gegen das Fenster. »Scheiße noch mal, wer ist eigentlich auf die Idee gekommen, diesen Junkie mitzunehmen?«

»Hör auf, mich Junkie zu nennen!«

Leon zog mühsam eine Kassette aus dem Fach unter dem Zigarettenanzünder. »Hört auf, ihr zwei, im Bus wird nicht gestritten!« Das Autoradio sah aus wie ein Toaster. Es war mit braunem Klebeband am Armaturenbrett befestigt. Die Musik kam knisternd und stoßartig heraus. Leon drehte die Novantanove-Posse lauter, aber Asia machte sie sofort wieder leise.

Ich glaube, so etwas nennt man einen sechsten Sinn.

So wie im Film.

Wenn Tex vor dem Schlafengehen spürt, dass irgendwas nicht stimmt. Also legt er sein Kissen so unter die Decke, dass man meinen könnte, jemand liege im Bett. Dann setzt er sich in den Sessel in der dunklen Zimmerecke. Die Winchester liegt auf seinen Knien, und um die Schultern hat er eine Decke. Pünktlich nach ein, zwei Stunden steigt jemand mit einem Dolch oder einer Pistole durchs Fenster ein.

Leon fuhr an und geriet auf dem vereisten Asphalt ins Schlingern. Es dauerte keine zwei Minuten, in denen wir zwei Kurven nahmen und einen kleinen Tunnel durchquerten, als auch schon das Blaulicht zweier Streifenwagen Himmel und Baumwipfel erhellte. Die roten Rücklichter eines Fahrzeugs, das gerade wieder anfuhr, verschwanden im Dunkeln.

Leon ballte die Fäuste. »Scheiße.«

Und Nerone: »Wusst' ich's doch.«

»Eine Kontrolle. Komisch. Ich bin die Strecke bestimmt schon dreißigmal gefahren, aber das ist mir noch nie passiert.«

»Irgendjemand hat ihnen was gesteckt.«

Asia zeigte in den Himmel. »Hört ihr das auch?« So als käme das Geräusch, das sie plötzlich beunruhigte, von weit her aus dem Wald. Aber dem war nicht so.

»Hunde.«

»Hunde.«

»Aber wir haben damit keine Probleme, stimmt's?«

»Wir haben das Kind«, sagte Nerone.

»Ich rede nicht von dem Kind, du Idiot…«

Lufthansa wurde wach wie ein Aufziehdackel: Sie streckte erst die Vorderbeine und dann die Hinterbeine – sie sah aus wie ein Citroën mit hydropneumatischer Federung –, dann den Kopf. Sie knurrte leise. Asia drückte sich die Stirn am Fenster platt.

»Brav sein, Lufth, ganz ruhig!«, sagte Cora und streichelte sie.

Lufthansa winselte und leckte an Coras Fingernägeln.

Asia spielte mit ihrem Lippenpiercing und drehte sich zu Nerone um. Auf der orangefarbenen Kugel glitzerte ein grünes Marihuanablatt. Ich brauchte eine Ewigkeit, bis ich begriff, was sie damit sagen wollte. Denn wenn über Drogen geredet wird, schalte ich in der Regel ab und schließe die Augen. So wie als Kind, wenn ich bei Mihai *Geschichten aus der Gruft* oder *Twilight Zone* sah, während unsere Eltern lachten, Karten spielten und den Klosterkräuterschnaps tranken, den mein Vater bei orthodoxen Priestern kaufte.

Mihai war viel mutiger als ich. Ich erinnere mich noch an eine Folge von *Twilight Zone*, in der der Mund eines Kindes verschwand. Die Lippen verschmolzen miteinander wie zwei Streifen Erdbeerkaugummi. Damals schloss ich die Augen und machte sie erst am nächsten Morgen wieder auf. Seitdem habe ich keine Kaugummis mehr gegessen. Nur Bonbons. Am liebsten Pfefferminzbonbons.

Hundegebell hallte die Straße entlang. Es waren zwei Tiere. Eines machte folgsam »Sitz« und wartete, bis es gebraucht wurde.

Nerone sah seinen Freunden nacheinander in die Augen. Aber ganz schnell, so als befürchtete er, ihrem Blick nicht standhalten zu können. »Ich habe euch doch gesagt, dass ich clean bin …«

Leon sah ihn mit zusammengekniffenen Augen an. »Bist du dir sicher?«

»Na ja, meine Vorräte habe ich bestimmt nicht dabei. Andererseits … fahren wir nach Berlin. Nur was für die Reise, Scheiße noch mal!«

»Was?«

»Eine Kleinigkeit.«

Leon schlug die Hände vors Gesicht und knetete seine Wangen.

»Sie werden es riechen«, seufzte Asia, um dann noch hinzuzufügen: »Und sie werden Emil finden.«

»Sie hätten ihn ohnehin gefunden«, erwiderte Nerone und krallte die Fingernägel in seine Jeans. »Wusst' ich's doch, dass der uns auffliegen lässt! Wegen meines Stoffs braucht ihr euch keine Sorgen zu machen. Der ist im Kaffee versteckt. Nur ein bisschen Marihuana.« Er grinste überheblich. »Stattdessen werden sie unter den Sitzen nachschauen. Unter den Decken. Wo jemand so intelligent war, Draculas Sohn zu verstauen. ›Den haben wir gar nicht bemerkt‹, werden wir sagen. ›Den muss ein Freund hier vergessen haben, gestern Abend nach der Party. Unglaublich, was die Leute nach Partys so alles liegen lassen …‹«

Asia sah Leon an. Sie hatte Angst. Er griff nach ihrer Nase wie mein Vater, wenn er so tat, als raubte er sie mir, wobei er den Daumen zwischen Zeige- und Mittelfinger steckte.

»Kein Problem«, sagte er.

Leon steht auf Asia, dachte ich. Ich kroch erneut unter den Sitz, zwischen die leere Pringles-Packung und die verrosteten Bierdosen, und wickelte mich in die Decken. Lufhansa miaute, was für einen Hund gar nicht so einfach ist. Während ich nach einer bequemen Liegeposition suchte, streckte Nerone das Bein, winkelte es abrupt wieder an und traf mich mit dem Absatz seiner Doc Martens genau im Schritt, der nach den Prügeln der Zigeuner immer noch pochte. Wie Glut, die einfach nicht verlöschen will. Es tat unheimlich weh.

Das war Absicht!

Am liebsten hätte ich ihn in die Wade gekniffen, die ohnehin kaum dicker war als meine Hand, aber besser, ich machte jetzt keinen Ärger.

Wenn sich Asia doch nur neben mich legen würde! Dann würde ich mich sicherer fühlen!

In diesem Moment beugte sich Asia vor und flüsterte: »Alles wird gut.« Ich schloss die Augen, tat so, als hätte ich Tex' Winchester in der Hand. Nerone griff nach dem schwarzen Rucksack mit dem Askatasuna-Logo.

Und plötzlich …

Der Lichtkegel einer Taschenlampe.

Laute Schritte auf dem Asphalt.

Ein Polizist spähte durch die Scheibe in die Fahrerkabine und fragte etwas auf Deutsch. Leon antwortete auf Deutsch und versuchte zu lächeln. Der Schäferhund bellte wie wild auf Deutsch und begann zu winseln, so als hätte ihm jemand auf den Schwanz getreten. Er kratzte an der Karosserie. Lufthansa antwortete mit Gebell.

Gleich kommt er rein, dachte ich.

Mein Herz klopfte verzweifelt.

Mir stockte der Atem.

Dann stieg Asia aus. Obwohl sie kein Wort Deutsch konnte, lief sie murmelnd um den VW-Bus herum und riss die Schiebetür auf. Eiskalte Luft. Nerone begann leise zu fluchen, es klang wie ein Gebet.

Ich hörte, wie in unserem Gepäck gewühlt wurde.

Ich hörte Gelächter.

Ich hörte Getuschel wie von einem Liebespaar.

»Beschissene Schlampe!«, stieß Nerone hervor.

Dann trat er ein zweites Mal mit dem Absatz seiner Springerstiefel nach mir. So fest, dass er mir beinahe einen Finger brach. Ich biss in die Decke, um nicht laut aufzuschreien. Ich sah, wie er seine Hand in den Rucksack steckte. Ein metallisches Klirren ertönte. *Der hat wirklich eine Winchester oder besser gesagt einen Colt dabei.*

Gelächter.

Abschiedsworte.

Schließlich schloss sich die Schiebetür.

Asia stieg wieder ein, und wir fuhren weiter.

Einfach so.

Als wäre nichts gewesen.

Schweigend.

Ich zählte bis siebenunddreißig.

Das hielt ich für ausreichend.

In siebenunddreißig Sekunden legt man bei sechzig Stundenkilometern ungefähr sechshundertsechzehn Meter zurück. Als ich in Nerones Knöchel biss, bis Blut durch seine Tennissocken sickerte, befanden wir uns bereits in sicherer Entfernung. Tief im Wald und hinter der ersten von mehreren Kurven. Nerone schrie.

Das Kriegsgeheul der Sioux erschallte.

Vámonos!, sagte Kit Carson.

Daraufhin verschloss ein Fausthieb mein Ohr.

... wir haben uns also von Kopf bis Fuß schwraz anzegogen: Schwraze Schuhe, Hosen und Pullis. Wir wraen zu füfnt. Wir gnigen mit den Tschean auf die bnuten Gisechter zu. Unsere Positienon stnaden beriets fest. Da ich die Vrostellung eröffente, stand ich dem grünen Gisecht mit den reton Leppin gegüneber. Das Eiznige, das in die adnere Ruchting sah. Die anderen vier wraen ein glebes Gisecht mit einem weit aufregissenen Dinsoauriermund mit lila Zähnen, ein baules Gisecht mit baluen Lippen, ein rosa Gisecht mit gescholssenem Mund und ein heblaules mit einem roten Mund. Alle schauten nach Wetsen. Nur meines nach Otsen. Ich schulg das Buch von Güttner Grass auf und sprach von einer schöneren, gülcklicheren Zeit... Sofrot begannen alle wie wlid zu kaltschen, zu johlen

und auf den Fnigern zu peiffen. Mir kmaen die Tärnen, sodass meine gnaze Schminke, die ich so gedludig aufegtragen hatte, zrelief. Zu Hause hatte ich noch eine unangeborchene Falsche Brandy. Ich hatte sie auf dem Fnesterbertt stehen lassen und sah sie über den Köfpen der Zuschauer in der Sinne fnukeln. Meine Wnohung lag driekt über dem Auffrühungsort. Zehn Meter draüber. Ich hatte mir das gürne Gisecht mit den roten Leppin augsesucht, denn genau das sehe ich jeden Morgen nach dem Afsteuhen im Speigel. An jenem Abend ging ich nach Hause und trnak den gnazen Brandy aus. Zsaummen mit Emma. Die gnaze Flasche, die ich einem Trüken zischwen Alexanderplatz und Karl-Marx-Allee für einen Sopttpreis agbekauft hatte. In Kreuzberg wemmilt es nur so von Türken. Rumänen gibt es weinge. Aber unzlähige Türken …

»Ich bring ihn um, diesen Dracula-Hurensohn!«

»Hör auf damit.«

»Ich ramm ihm einen Eschenpfahl ins Herz.«

Lufthansa hechelte asthmatisch und sah einem Vogel hinterher. Ich setzte mich auf einen großen Stein. Und stand sofort wieder auf. Der Stein war taunass. Ich steckte die Hände in die Hosentaschen. Der Morgen dämmerte herauf. Vom Rand des dichten Waldes aus, wo wir Rast gemacht hatten, erkannte ich die ersten Häuser eines Dorfes. Gedämpfte Lichter. *Wer wohnt hinter diesen Fenstern? Was verbirgt sich hinter den leuchtenden Vorhängen?* Vater, Mutter, zwei Kinder, eine Oma im Rollstuhl, ein Foto vom Meer, ein angelesenes Buch, ein vom Hund angenagter Pantoffel, ein Topf auf dem Herd, ein offenes Marmeladenglas auf dem Tisch, warmes Brot, ein Schal, ein Lesezeichen, ein Klebezettel mit der Notiz, den Gang in die Reinigung nicht zu vergessen, Essensreste.

Ich hatte Hunger.

Auch im übertragenen Sinn.

Cora, Asia, Leon und Nerone diskutierten. Sie sahen aus, als hätten sie aus Versehen einen Bahnhof in die Luft gesprengt und wüssten jetzt nicht mehr so recht, was sie tun sollten. Der Mittelpfeiler der Vorhalle ragte in den Himmel wie ein Bleistift. In Italien ist so was mal passiert. Ich war auf einem Schulausflug dort, mit Delia. Sie trug einen Slip von Benetton. Ich habe die Bahnhofsuhr gesehen, die zum Zeitpunkt der Explosion stehen geblieben ist.

Vor der Erfindung der Dampflok gab es Pferde.

Pferdestärken.

Ich dachte an Tex, wie er hastig eine Dampflok besteigt, die die Prärie durchquert. Vom Pferd aus. *Aber was wird jetzt aus dem Pferd?*, fragte ich mich.

»Ich will den in Berlin nicht dabeihaben, verstanden? Der Typ ist doch krank. Schaut nur, was er mir angetan hat!« Nerone drehte sich im Kreis wie ein durchgeknallter *dulau*. Er hielt sich den Knöchel, sprang auf und ab. Sein kleines Auge flackerte wie verrückt. »Scheiße, ich blute. Mir fehlt ein Stück Haut. Du hast es verschluckt, stimmt's? Du Mistkerl von einem Bram Stoker. Du Bonsai-Vampir! Der Typ hat sie doch nicht mehr alle. Genau wie dein Bruder …«

»Lass meinen Bruder aus dem Spiel«, sagte Asia.

Die Lichter. Ein Fenster. Ein Vorhang, der sich bewegt.

Der Vater? Der Opa? Eine Tigerkatze?

Ich hob einen knotigen Stock auf, der aussah wie ein Golfschläger. Überall lagen Steine herum, vor allem in der

Nähe eines Lochs, das auch der Eingang zu einem Tierbau sein konnte. Ich hob einen runden Stein auf und legte ihn auf einen flachen, glatten Stein von der Größe eines Kuchentabletts. Ich packte den Stock mit beiden Händen. Spreizte die Beine. »Spa-ghet-ti«, sagte ich, um den Schlag in drei voneinander getrennte Bewegungen zu unterteilen. Bei der dritten Silbe sauste der Stock über meine rechte Schulter. Der Stein hob mit einem trockenen Knall ab und nahm die Blätter niedriger Zweige sowie tote Äste mit.

Er flog auf das Dorf zu.

Vielleicht schaffe ich es bis zu dem Haus, dachte ich.

Asia hatte der Polizei Nerones einzigen Joint übergeben. Um das Hundegebell zu rechtfertigen. Sie hatte ihn dem jungen Beamten in die hintere Hosentasche gesteckt, der keinen Widerstand geleistet hatte – im Gegenteil. Und sie hatte ihn aufs Ohr geküsst, ihm die Zunge hineingesteckt. Er hatte unsicher gelacht. »Verschwindet!«, hatte er zu ihr gesagt, mit dem verlegenen Blick eines Komplizen.

Ich hob weitere vier Steine auf: Ein jeder in der Größe eines Hühnereis. Ich legte sie jeweils eine Handbreit voneinander entfernt auf den Boden. Schob die Hüfte vor. Ging leicht in die Knie. Vielleicht schaffte ich es, auf ihren Esstisch zu zielen. War das Fenster geschlossen? Das ließ sich schlecht erkennen. *Ein gekochtes Frühstücksei*, dachte ich. Wie es sich wohl anhört, wenn eine Scheibe in tausend Stücke zerspringt?

Eins: *Plopp.*

Zwei: *Plopp.*

Drei: *Plopp.*

Wenn sie vom dicken, knotigen Ende des Stocks getroffen wurden, das sie in die Dunkelheit katapultierte, machten die Steine *plopp.*

Vier: …

In diesem Moment tauchte Lufthansa auf und sah mich an. Sie hatte eine leere Bierflasche ausgegraben und hielt sie am Flaschenhals wie einen Hundeschnuller. Ich ließ den Stock neben meine schwarzen Adidas fallen. Das letzte Geschenk meines Vaters vor der Schlägerei.

Die braunen Etnies hatte ich weggeworfen.

Ich schlüpfte in den Wald.

Der Wind hatte Bäume umstürzen lassen. Bachrinnsale glitzerten zwischen moosbedeckten Felsen. Ich atmete tief durch und versuchte, den Kopf frei zu bekommen.

Es war wunderschön hier.

Es war magisch.

Es war das Videospiel zu *Der Herr der Ringe.*

Ich lief weiter, keine Ahnung, wie weit.

Meine Strümpfe und Hosenbeine wurden nass. »Raureif macht nass, Morgentau klatschnass«, pflegte meine Mutter immer zu sagen.

Aus dem dunklen Wald kam das stete Rauschen eines Flusses. Ich folgte ihm, bis mich das Knacken eines Zweiges daran erinnerte, dass ich nicht allein war.

Scheiße, dachte ich. *Die Winchester.*

Ich zog die Hände aus den Hosentaschen und strich damit über die runzelige Rinde einer Eiche. Und als ich die Augen zusammenkniff, um so viel Licht wie möglich zu bündeln, spiegelte ich mich in den Augen eines Hirsches.

Sein riesiges Geweih war so weit verzweigt wie das Eisenbahnnetz Norditaliens, das ich mir keine vierundzwanzig Stunden zuvor angesehen hatte, als ich einen Zug nach Rumänien nehmen und nach Brasov zurückkehren wollte. Es war ein gewaltiger Hirsch, zumindest für mich, denn ich habe noch nicht viele Hirsche gesehen. Er hatte feucht glänzende Augen, in denen sich das Licht der Sterne spiegelte. Er war der Gott des Waldes und sah mich mit dem Blick eines Geschöpfes an, das weiß, dass es nichts zu befürchten hat. Ich war längst nicht so gelassen wie er: Mit diesem Geweih konnte er mich zermalmen.

Was, wenn ich jetzt sterbe?

Als meine Mutter starb, war sonst nichts passiert, außer dass meine Mutter gestorben war. Aber wenn ich starb, bedeutete das, dass ich nie mehr ins Kino gehen, ein Tor schießen und mit meinem Vater Rätsel lösen würde. Dass ich mich nie mehr zwischen seinen Beinen ausstrecken, meinen Kopf an seine Brust lehnen und die weißen Felder eines Kreuzworträtsels langsam mit Druckbuchstaben füllen würde. Auch wenn ich mittlerweile vielleicht etwas zu groß dafür war, mich zwischen den Beinen meines Vaters auszustrecken.

Meine Augen füllten sich mit Tränen.

Ich hörte ein Bellen. Der Hirsch durchquerte den Fluss und verschwand in der Dunkelheit.

Asia legte mir eine Hand auf die Schulter.

Lufthansa überholte uns in dem vergeblichen Versuch, dem Hirschen zu folgen. Aber als sie ins Wasser ging, muss sie mit einer Pfote ungeschickt auf einem Stein aufgekommen sein, denn eine Hüfte gab nach, und sie winselte leise. Sie machte kehrt und schnupperte an meiner Hose.

»Wer die deutsche Geschichte verstehen will, muss mit Deutschen in den Wald gehen, hat Friedrich Schnack einmal geschrieben. Weil der Mensch laut Schnack nur frei ist, wenn er sich ins Dickicht der Bäume begibt.«

»Das sehe ich auch so«, sagte ich, obwohl ich kein Wort verstanden hatte.

»Auch Brecht wurde hier in der Nähe geboren. Na ja vielleicht nicht gerade in der Nähe. Aber im Süden von Deutschland. Weißt du, wer Bertolt Brecht ist?«

»Darf ich weiter mitfahren?«

»Klar.«

»Bis nach Berlin?«

»Bis nach Berlin.«

Ich ließ zu, dass ihre Hand meine Stirn berührte. Nach meinen Haaren suchte, mir mit dem Daumen über die Brauen fuhr.

»Das mit Nerone war dumm von mir. Es tut mir leid.«

»Das hat sich Nerone selbst zuzuschreiben«, sagte Asia. »Von nun an sitzt du vorne bei Leon und mir, einverstanden?«

»Ich denke schon.«

»Was soll das heißen, *ich denke schon*?«

»Ja.«

»Mit wem hast du vorhin gesprochen?«

»Wann?«, fragte ich.

»Als ich gekommen bin. Ich hab da so was gehört … Kitt oder so.«

»Ich habe mit niemandem geredet.«

»Die Sonne kommt raus, und meine Strickjacke ist ganz nass …«

»Bei mir ist es die Hose.«

»Hast du Lust auf ein Frühstück? Hast du Hunger?«

»Wir sind im Schwarzwald, oder?«, fragte ich.

»Ja«, sagte Asia.

»Die Reise gefällt mir.«

»Gut.«

»Du hast einen Bruder?«

Lufthansa streifte mich, und ich verlor das Gleichgewicht auf einer glitschigen Wurzel. Asia nahm instinktiv meine Hand.

Während wir die Landstraße entlangfuhren, die den Schwarzwald durchquert, dachte ich: *Die erste Ausgabe von* Tex *kam an einem sonnigen Septembersonntag des Jahres 1948 in den Handel. Opa Viorel wurde am 11. September 1948 geboren, und zwar auch an einem Sonntag. Ob das was zu bedeuten hat?*

Dann hielten wir in Calw, um zu frühstücken. Asia wollte das Haus sehen, in dem Hermann Hesse geboren wurde. Aber es war enttäuschend, zumindest für mich. Vielleicht weil ich gar nicht wusste, wer Hermann Hesse ist. Alles, was es zu sehen gab, waren Möbel, Schreibtische und alte Hefte.

»*Esse.*«

»Nein, *Hesse.*«

Während die Landschaft, die Wolken und der Asphalt an beziehungsweise neben, über und unter uns vorbeizogen, erzählte mir Asia die Geschichte von *Siddharta*, Leon die von *Knulp* und Cora die von *Narziss und Goldmund*. Jeder erzählte mir seine Lieblingsgeschichte. Nerone schlief und stieß ein störendes Zischen aus – wie ein Reifen, aus dem Luft entweicht. Das kleinere Auge stand halb offen, sodass man das Weiße darin sehen konnte. Lufthansa pinkelte auf die Decken. Deshalb mussten wir trotz der Kälte mit offenen Fenstern weiterfahren.

Heute ist Heiligabend, dachte ich.

Am Himmel sah ich den weißen Kondensstreifen eines Flugzeugs.

»Du hast ganz rote Ohren.«

»Ich weiß.«

»Deine Nase ist auch rot.«

»Ich weiß.«

»Willst du eine Sturmhaube?«

Sie war schwarz und mit goldenen Stickereien verziert. Cora hatte kurz in einer Riesentasche danach gewühlt.

»Danke, lieber nicht«, sagte ich.

»Du hast wunderschöne Augen«, meinte Cora.

Wir hielten vor dem Gasthaus zum Löwen. Lufthansa musste zur Strafe im VW-Bus bleiben. Als wir ausstiegen, tat sie mir unglaublich leid. *Ich werde ihr eingeweichtes Brot mitbringen*, dachte ich.

Jedes Mal, wenn ich ein neues Lokal betrete, bin ich davon überzeugt, dass mich alle abschätzig anstarren. »Schüchternheit ist die Tochter der Selbstsucht«, pflegte meine Mutter stets zu sagen. »Die Leute haben Besseres zu tun, als über dich nachzudenken.« Das sagte sie, wenn ich mich in Brasov weigerte, die graue Hose anzuziehen und zur orthodoxen Messe in der St.-Nikolauskirche zu gehen.

Ich möchte Tex sein, dachte ich, *die Schwingtür des Saloons aufstoßen (heißt das so? Schwingtür?) und ihn selbstbewusst betreten, ohne dass mich jemand davon abhalten kann.*

Ich bestellte Schwarzbrot, Joghurt und Apfelsaft. Als ich auf Deutsch »Apfelsaft, bitte«, sagte, erwiderte der Kellner: »Apfelsaft, jawohl, bravoooo!« Genau so, mit einem lang gezogenen O. Daraufhin applaudierte mir Cora ausgiebig, wobei sie die Hände aufrecht unterm Kinn hielt. Ein bisschen so wie eine Robbe, hätte Delia gesagt. Wir mussten alle lachen. Bis auf Nerone natürlich, der den Rucksack mit dem Askatasuna-Logo an sich presste.

Leon, der einen Zwieback zentimeterdick mit Butter bestrich, versprach mir zu zeigen, wie man mit Keulen jongliert (das Wort *jonglieren* habe ich von ihm gelernt: Es bedeutet, ein Jongleur zu sein). Und wie man Feuer spuckt.

»Das mit dem Feuerspucken kommt gar nicht infrage«, sagte Asia. »Das ist gefährlich. Davon bekommt man Mundhöhlenkrebs.«

»Was für einen Krebs?«, fragte Leon.

»Krebs halt!«, erwiderte Asia.

»Ach, Quatsch!«, meinte Leon.

Sie begannen zu diskutieren.

Ich lud alle zum Frühstück ein. Um mich an den Reisekosten zu beteiligen. Ich zählte mein Geld vor beiden Augen Nerones, die es begehrlich musterten. Vor dem kleinen und dem großen. Um zu beweisen, dass ich kein Schnorrer bin. Das Lid des kleinen Auges zitterte wie eine Flosse. Ich hatte zweihundertdreiundneunzig Euro dabei. Zwanzig gab ich für das Frühstück im Gasthaus zum Löwen aus. Zwei bekam unsere Bedienung als Trinkgeld, weil sie wirklich schön war. Nur ihr Hals war vielleicht ein bisschen zu kurz. Dann kaufte ich zwei Tüten Chips. Eine mit Roastbeef- und eine mit Käsegeschmack. Die zweihundertsiebenundsechzig Euro, die mir noch blieben, steckte ich in die Innentasche meiner Jacke. In die mit dem Reißverschluss.

Die Luft auf dem Restaurantparkplatz prickelte so, als hätte man den Wind mit demselben Pulver gedüngt, das Wasser zum Sprudeln bringt. Ich glaube, es heißt Vichy-Wasser.

Mein heiß geliebter Sohn Emil,

ich kann nur unzureichend ausdrücken, was mich bewegt: wie traurig ich bin und wie sehr mein Herz blutet wegen dem, was vorgefallen ist. Denn ich bin jetzt hier im Gefängnis, und du bist draußen. Und obwohl ich weiß, dass es dir draußen besser geht, raubt mir der Gedanke, dass wir nicht mehr zusammen sind, jeden Schlaf. Es ist tiefe Nacht, und ich schreibe dir auf Italienisch, weil ich weiß, dass dir das gefällt. Außerdem übe ich so schon mal für meine Rückkehr. Ich habe mich hinter die Toiletten gekniet, um dir diesen Brief zu schreiben. Ich weiß nicht, ob es mir gelingen wird, ihn abzuschicken. Wenn du ihn bekommst, ist es mir gelungen. Den Stift hat mir ein sympathischer Aufseher hier in der Abschiebehaftanstalt gegeben. In dieser Anstalt gibt es viele nette sympathische Aufseher. Aber die wenigen, die nicht nett sind, ruinieren den Ruf der anderen. Zum Beispiel indem sie dich ohrfeigen, um dich zum Sitzen zu bewegen, oder sich die ganze Nacht laut unterhalten, sodass du nicht schlafen kannst. So etwas macht mich wütend. Einer von ihnen steht total auf Bob Marley.

Auf dem Anstaltsgelände gibt es Baracken zum Schlafen, zum Entkleiden und zum Durchsuchen. Es gibt eine Küche, einen Bereich für Minderjährige und einen für Erwachsene, aber so genau unterscheiden die da nicht. Es gibt junge afrikanische Frauen, die einander den ganzen Tag Zöpfe flechten. Und muslimische Männer, die beten, indem sie von früh bis spät Akbar sagen.

Am allermeisten sehne ich mich nach einem Ort für meine Notdurft, der so sauber ist wie die St.-Nikolauskirche. Gott möge mir verzeihen, aber nichts wünsche ich mir sehnlicher. Denn die Latrinen sind randvoll mit einer braunen Flüssigkeit, die aussieht wie Sahne mit Kaffee. Sie stinkt bestialisch und bildet Rinnsale, die die ganze Wiese durchweichen, auf der wir manchmal Fußball spielen. Denn nur dort können wir ein wenig Zeit zusammen verbringen. Während wir warten. Klopapier ist keine Selbstverständlichkeit, und manchmal muss ich die Hände benutzen.

Keine Ahnung, wann sie mich nach Rumänien bringen.

Ich werde dir Bescheid geben. Man hat mir die Nummer 327 gegeben.

Bleib bitte bei Assunta! Sie ist gut, liebevoll und freundlich. Sobald es Neuigkeiten gibt, melde ich mich. Versuch, deinem Opa zu schreiben. Warte in Italien auf mich, ich komme wieder.

Dein Vater Gheorge

Leon fuhr ohne Pause weiter. Er schien nicht müde zu werden. Er sang leise zur Musik der CSI mit, die auf die Novantanove Posse gefolgt waren. CSI ist eine Abkürzung für Consorzio Suonatori Indipendenti. Mit Asia und Cora spielte ich

»Verkettete Wörter«. Weil Asia den anderen verraten hatte, dass ich Wörter mag, obwohl ich mich nicht daran erinnern kann, ihr das jemals erzählt zu haben.

»Wir haben also einen echt *Neunmalklugen* dabei«, plärrte Nerone. »Was für ein Glück aber auch! Los, sag schon, woher kommt die Redewendung ›Leck mich am Arsch‹?«

Wut füllte meinen Magen bis in den letzten Winkel, so als wäre er ein leeres Feld in einem Rätselheft. Ich sah mich schon auf den Rücksitz springen und mit den Fäusten auf Nerone losgehen, bis sein Gesicht nur noch Brei war.

Aber natürlich tat ich das nicht.

Ich bin schließlich nicht blöd.

»Paella«, sagte Cora.

»Lampe«, sagte Asia.

»Petersilie«, sagte ich.

»Liebe«, sagte Cora.

»Bemerkung«, sagte Asia.

»Kung-Fu«, sagte ich.

»Fuge«, sagte Cora.

»Geschieden«, sagte Asia.

»Denken«, sagte ich.

»Kentern«, sagte Cora.

»Tern…!«, rief Asia und schlug die Hände vors Gesicht, während Cora auf und ab hüpfte, als hätte sie eine Sprungfeder unterm Hintern. Sie explodierte vor Lachen wie Popcorn in einem Topf.

»Reingelegt!«, sagte sie.

»Warum?«, fragte ich.

»Es gibt kein Wort, das mit *Tern* anfängt.« Ich dachte nach, und mir fiel tatsächlich keines ein.

Also kniff Asia böse die Augen zusammen, so nach dem Motto »Aber jetzt mach ich euch fertig!« und sagte: »Sakko.«

»Korea«, sagte ich.

»Amok«, sagte Cora.

»Mokka«, sagte Asia.

»Karo«, sagte ich.

»Roman«, sagte Cora.

»Mantra«, sagte Asia.

»Trabi?«, sagte ich.

»Bikini«, sagte Cora.

»Nivea«, sagte Asia.

»Atom«, sagte ich.

»Tombola«, sagte Cora.

Asia streckte die Hände und streichelte mit dem Handrücken das Wagendach, so als wollte sie gleich abheben. »Ta-da!«, sagte sie, als sänge sie während der Messe und buchstabierte: »La-bra-dor!«

Dulau?, dachte ich und sah Cora Hilfe suchend an.

Asia wurde dunkelrot. Vermutlich, weil sie sich schämte, dass ich ihretwegen verlor. Das war typisch Asia. Sie spielte an ihrem amarantfarbenen Brauenpiercing. Ich wusste nicht, dass es das Wort *dorsal* gibt (medizinisch: den Rücken betreffend oder ein mit dem Zungenrücken gebildeter Laut). Nicht einmal die anderen kannten es.

Während der restlichen Fahrt schoss ich auf die Indianer.

Ilmenau, Naumburg, Leipzig, Halle. Unweit von Halberstadt hielten wir im Nationalpark Harz. Nerone nahm eine Hängematte und befestigte sie zwischen zwei Bäumen. Er legte sich hinein und schaukelte, indem er sich mit den Fingerspitzen abstieß. Es war kalt, aber wenn man in der Sonne blieb, ging es.

Ich suchte in meiner Jansport-Tasche nach dem Brief, den mir mein Vater aus der Abschiebehaftanstalt geschrieben hatte. Das weiche Licht ließ die Rostflecken auf der Stirn des Busses noch größer erscheinen und verwandelte sie in Sommersprossen.

»Weißt du inzwischen, wo dein Opa in Berlin wohnt?«

Asia flocht aus Grashalmen einen Untersetzer. Ihre hellen Finger ragten aus den abgeschnittenen Handschuhen hervor. Ihr Daumennagel war so schwarz wie ihr Handgelenk. Der Zeigefingernagel war rot, der Mittelfingernagel blau, der Ringfingernagel gelb und der des kleinen Fingers grün.

»Vielleicht.«

»Und das heißt?«

»Das heißt, dass ich weiß, wo er aufgetreten ist. Es gibt riesige Gesichter. Und von dem Punkt aus, wo das grüne Gesicht mit den roten Lippen nach oben schaut, sieht man sein Zimmer. Er hat eine Brandyflasche auf die Fensterbank gestellt.«

»Das ist immerhin besser als nichts«, sagte sie.

»Ja«.

»Und der hier?«

»Der Brief?«

»Darf ich ihn lesen?«

»Er ist von meinem Vater. Aus der Abschiebehaftanstalt.«

»Ich wusste gar nicht, dass man dort Briefe schreiben darf.«

»Ich glaube, ein Aufseher oder Polizist hat ihm geholfen.«

»Das bezweifle ich«, sagte sie.

»Magst du keine Polizisten?«, fragte ich.

»Nicht besonders.«

»Warum?«

Asia suchte in den Wolken nach vertrauten Formen. »Wegen dem, was im Sommer vor ein paar Jahren in Genua passiert ist. Dort fand eine große Protestveranstaltung statt. Ich war mit ein paar Freunden von einem unabhängigen Radiosender dort. Wir wollten eine CD mit Demo-O-Tönen aufnehmen.« Sie spielte mit ihrem Kinnpiercing. »Weißt du, was Ge-acht bedeutet?«

»Klar«, sagte ich, obwohl ich nicht die leiseste Ahnung hatte.

»Wir haben in einer Schule übernachtet. An jenem Tag wollten wir einen Teil unserer Aufnahmen schneiden. Es waren auch noch andere Radiosender vor Ort. Nachts kam die Polizei. Sie stürmte den Raum, dabei hätte sie bloß anklopfen müssen. Ein Polizist hat auf mich eingetreten.« Sie bewegte den Ellbogen wie eine Marionette und grinste. »So lange, bis mein Arm brach«, fügte sie hinzu.

»Er hat auf dich eingetreten?«

»Ja, genau.«

»Warum?«

»Einfach so«, sagte sie. »Vielleicht weil ich geschlafen habe und mich nicht wehren konnte.«

»Das verstehe ich nicht.«

»Ich auch nicht.«

»Fahrt ihr nach Silvester gleich wieder zurück?«, fragte ich.

»Mal sehen.«

»Ich bleibe bei meinem Großvater. Ich möchte ihn überreden, nach Rumänien zurückzukehren und nach meinem Vater zu suchen. Er ist schließlich sein Sohn.« Eine riesige Ameise attackierte meinen Zeigefinger. Ich schnippte sie weit fort. »Seid ihr eng befreundet?«

»Wer?«

»Cora, Nero, Leon und du.«

»Noch nicht sehr lange. Freunde kommen und gehen.«

»Ich habe zwei Freunde. Marek und Delia.«

»Mein Großvater war auch im Gefängnis. Auch er hat Briefe geschrieben.«

»An deine Eltern?«

»Ich habe keine Eltern mehr.«

Ich runzelte fragend die Stirn. »Sind sie tot?«

»In einem Brief schildert mein Großvater, wie er verletzt wurde. Bei einem Luftangriff. Er war auf einen Laster geklettert und hatte mit dem Maschinengewehr auf die Engländer geschossen. Das war in der Wüste. Er wollte den Rückzug des Zehnten Schützenregiments decken. Den seines Armeekorps. Die Panzer, die hinter seinem Rücken hinter einem Hügel hervorkamen, bemerkte er zu spät. Eine Granate explodierte direkt neben seinem Jeep. Die Splitter zerfetzten ihm das Handgelenk und ›prallten glücklicherweise so ab‹, wie er sich ausdrückte, dass sie seine Kehle trafen und ihm ein Loch in die Luftröhre rissen. In einem Gefangenenlager schlug er die Augen wieder auf. Er war nicht tot. Aber er konnte nicht sprechen. Zwanzig Tage lang wälzte er sich auf einer Lazarettliege hin und her. Eines Nachts nahmen die Schmerzen an der Kehle zu, es war ganz so, als würgte ihn etwas. Ein Gespenst. Mit unsichtbaren Händen. Er fiel röchelnd von der Liege, begann zu husten und Gift und Galle zu spucken. Als er ausgespuckt hatte, was er ausspucken musste, warfen er und zwei Krankenschwestern einen entsetzten Blick darauf: Es war der Splitter, der ihm die Luftröhre aufgerissen hatte. Seine Kehle hatte sich eigenmächtig davon befreit.«

»Wahnsinn«, sagte ich.

»Dann ist er nach Sizilien zurückgekehrt.«

»Hast du ihn gekannt?«

»Klar. Auch er hat manchmal sonderbare Sachen gemacht, genau wie dein Großvater, der die Buchstaben verdreht. Trotzdem war er der Netteste in meiner Familie. Manchmal sind die größten Sonderlinge die Nettesten.«

»Ist er tot?«

»Er ist vor einigen Jahren gestorben. An einem Tumor.«

»Warum hast du gesagt, du hättest keine Eltern?«, fragte ich.

Es wurde Zeit fürs Mittagessen. Ich hatte Hunger. Leon und ich hatten uns an einen freien Fleck zwischen zwei großen Bäumen zurückgezogen.

»Halte sie knapp über dem Griff. Genau so …«

Die Wurftechnik ist die gleiche wie bei der Balljonglage, das wusste ich bereits aus dem Schulsport. Ich war in dieselbe Gymnastikgruppe gegangen wie Delia, rein ihretwegen. Eigentlich wollte der Lehrer, dass ich zur Theatergruppe ging, wegen meines ausdrucksvollen Gesichts. »Ich scheiß auf mein ausdrucksvolles Gesicht!«, habe ich gesagt. »In mir steckt ein Jongleur, der nur drauf wartet, entdeckt zu werden.«

Daraufhin ließ mich der Lehrer vor dem Direktorenzimmer warten. Zum Jonglieren trug Delia stets Slips mit einem grünen Bündchen. Warum, weiß ich nicht, vielleicht war es Zufall. Von BodyMix.

»Das ist aber mühsam«, sagte ich.

Ich schwitzte wie im türkischen Dampfbad des Architekten. Ich hatte meine Armeejacke ausgezogen, den schwarzen Matrosenpulli und die Kette mit dem Hornanhänger. Ich trug nur noch mein T-Shirt, ein rotes T-Shirt mit einer schwarzen Zielscheibe in der Mitte und der Aufschrift: WENN DU SCHIESSEN WILLST, SCHIESS. ABER PASS AUF, AUF WEN DU ZIELST.

Leon versetzte mir einen scherzhaften Stoß. »Schwächling!«, rief er und ließ sich ins Gras fallen. Dann machte er dreißig Liegestütze. Ich tat es ihm nach. Ich wurde immer schneller. Wir machten so lange Liegestütze, bis einer von uns aufgab. Am Ende ließ mich Leon gewinnen, zumindest vermute ich das.

An jenem Nachmittag lernte ich die Grundlagen des Jonglierens und wie man die Wurfrichtung ändert. Wie man die mittlere Keule in die Luft wirft, um Zeit zu haben, nach den beiden anderen zu greifen. Eine deutsche Familie blieb stehen, um zuzusehen. Die Mutter machte den mittleren Sohn, der ungefähr in meinem Alter war, auf mich aufmerksam. Er strich sich den blonden Pony aus den Augen und sah mich bewundernd an. Ich machte fünf, sechs Durchgänge, und als mir am Ende ein Fehler unterlief, tat ich so, als wäre es Absicht gewesen.

Sie gingen weiter. Ich sah ihnen nach, bis sie verschwanden.

Leon übte mitten auf einer Wiese, Feuer zu schlucken. Lodernde Flammen erwärmten die Luft. Ich nahm all meinen Mut zusammen und sagte: »Leon, ich kann schweben.«

»Wie bitte?«

»Ich sagte, ich kann schweben.«

»Schweben? Wie meinst du das?«

»Na, wenn man sich konzentriert und vom Boden abhebt. Nur ein kleines bisschen, eine Handbreit vielleicht.« Ich wollte nicht, dass er mich bat, höher zu schweben.

Leon sah mich an. Seine Lippen verzerrten sich zu einem Grinsen, so als wollte er sagen: Alles klar, logisch, ich hab schon verstanden. Mit einem verächtlichen Kichern schraubte er die Flasche mit dem Flüssigbrennstoff zu und zeigte auf die Keulen, die ich einsammeln sollte.

250 Aluminiumeinlagen

250 Aluminiumeinlagen. 7 verschiedene Glasarten. 8 Holzsorten.

5 Nationen, aus denen die von 14 verschiedenen Designern entworfenen Möbel stammen. 23 Weißtöne, für die die Lappen bestimmt 23 verschiedene Namen haben und sie unterscheiden können, ohne sie nebeneinanderzulegen. 9 Abstufungen einer einzigen Farbe: Französisch-Grün. 1 Schwarzton. 217 Quadratmeter Wohnfläche. 19 Fenster. 59 m Aluminiumrohre. 15 Steinsorten in 7 Farbtönen. Farbe: Reispudding. 5 rote Farbtupfer. 5 Zimmer. 6 verschiedene, in der Raumluft verteilte Essenzen. 25 versteckte Lautsprecherboxen. 19 Cloud-Module – ein Regalsystem von Erwan und Ronan Bouroullec für Cappellini, das gerade erst in die ständige Sammlung des Moma, New York, aufgenommen wurde. 83 Gäste. 40 Portionen Lachs mit Zitrusfrüchten. Hier das Rezept: 125 g Frischkäse und 125 g Ricotta (pro Lachs), 1 EL Olivenöl, 1 TL Orangensaft, 1 TL abgeriebene Orangen- und 1 TL abgeriebene Zitronenschale, Salz (für die Zitrusfrüchtecreme). Den Lachs 3 Minuten dampfgaren und mit der Zitrusfrüchtecreme anrichten, mit Mohnsamen garnieren. 6 Stunden, die für den heutigen Aperitifempfang eingeplant sind – anschließend werfe ich euch raus. 1 großes Dankeschön an alle, die mir geholfen haben.

Der Text bedeckt die ganze riesige nackte Wand des Wohnraums. Ich habe die gleichen Abziehbuchstaben benutzt, die auch Museen für die Vita des Künstlers oder für Hintergrundinformation verwenden.

»Großartig.«

»Im Ernst?«

»Ja, im Ernst. Großartig.«

»Das sehe ich auch so.«

Matteo und Manuela strahlen um die Wette und klopfen mir fest auf die Schulter. Begeistert bemerken sie genau die Details, die sie bemerken sollen, und das macht mich genauso schwindelig wie der Verkehrskreisel, der zur Settimo führt, wenn ich mit der Moto Guzzi Airone einmal ganz rundrum fahre. Es ist eine 250er von 47 – das erste Modell mit hydraulischer Upside-down-Gabel –, die ich mir zur Eröffnung meines Studios gegönnt habe. Das wurde sogar in zwei Trendzeitschriften erwähnt: In *Domus* und *Label.*

Matteo vergisst nicht, das Thema Monterey anzusprechen.

»Was ist mit dem Auftrag?«

»Verschoben. Wir treffen uns nächsten Donnerstag mit De Benedetti und irgendeinem Bürohengst von der Firma Van der Sar.

»So wie der Torwart?«

»Genau wie der Torwart.«

»Sie vermittelt Geborgenheit, weißt du das? Eine unglaubliche Geborgenheit«, sagt er.

»Wer? Manuela?«

»Die Wohnung, du Blödmann!«

Ich sehe mich um. Ich muss zugeben, dass Matteo recht

hat. Sie schenkt wirklich Geborgenheit, ist ein weiß changierender Schoß.

»Vielleicht hätte ich mit Orange noch etwas mehr Leben reingebracht.«

»Ich hab's mit Kerzenlicht versucht«, sage ich, »aber das ist kein Vergleich zum Tageslicht. Du musst sie tagsüber sehen.«

»Die grünen Fliesen sind wunderschön.«

»Sie sind aus Plastik.«

»Was??«

»Entschuldige, aber es klingelt.«

»Ciao.«

»Marek! Herzlich willkommen. Und wer ist das?«

»Ja, äh … das ist Emil.«

»Ciao, Emil.«

»Ciao«, sagt Emil mit ernster, tapferer Stimme, den Blick fest auf den Boden geheftet.

»Emil wohnt momentan bei mir. Assunta und er hatten Probleme. Und da meine Mutter und Assunta befreundet sind … Er hatte einen schlechten Tag, und da dachte ich … Darf ich ihm den Fitnessraum zeigen?«

»Fühl dich ganz wie zu Hause.«

Matteo schenkt sich roten Portwein ein. Er sieht mich zurückkommen und latscht mir entgegen. »Hast du wirklich *Plastik* gesagt?«

»Ja, recyceltes Plastik. Eine schwedische, norwegische oder italienische Firma stellt das her, so genau weiß ich das nicht mehr. Heißt *Sturm und Plastic*. Toller Name, was? Das wäre ein toller Titel für ein Buch. Ich würde gern ein Buch schreiben. Wer schreibt, sieht die Welt stets mit den Augen eines Ästheten. Und ich kann gar nicht anders.«

»Apropos Bücher: Was macht der Autor in der Familie?«

»Mein Bruder?«

»Hast du noch mehr Autoren in der Familie?«

»Er redigiert Chemielehrbücher für Fachoberschulen. Als Autor würde ich ihn nicht gerade bezeichnen.«

»Hast du ihn eingeladen?«

»Der würde sich hier nur langweilen.«

»Die Entscheidung hättest du ihm überlassen können.«

»Er wäre gekommen.«

»Eben.«

»Und hätte sich gelangweilt.«

»Das hättest du ihm überlassen können.«

»Matteo, weißt du eigentlich, dass du dich manchmal wiederholst?«

»Dass dein Bruder Chemiker ist, heißt nicht, dass er genauso ist wie euer Vater.«

»Diese Unterhaltung fängt an, mich zu langweilen. Ich muss mich um die Gäste kümmern. Und eine Toradol wegen des Beins nehmen.«

Die Party ist vorbei. Zurückgeblieben sind Krümel auf dem Boden, ein Haufen Kristallgläser auf der Terrasse und eine wilde Duftmischung aus Rasierwasser, Parfüm und Schweiß. Ich bin müde.

Emil streift durch die Wohnung.

»Warum hast du das geschrieben?«, fragt er.

»Was?«

»Das mit den Zahlen, den Mengenangaben, dem Lachs. Warum hast du das dorthin geschrieben? An die Wohnzimmerwand?«

Emil ist sonderbar, in seinen Augen liegt ein Hauch von Traurigkeit. Er hat so etwas Melancholisches an sich, eine Melancholie, die ich in einem so offenen Gesicht sonst noch nie gesehen habe. Man will ihn spontan in den Arm nehmen, ihm zuflüstern: »Ganz ruhig, hab keine Angst, ich bin ja da.«

»Seit wann bist du in Italien?«, frage ich.

»Warum?«

»Du sprichst gut Italienisch.«

»Seit einem Jahr. Ich spreche gut, weil ich Wörter liebe.«

Marek spielt *Silent Hill*. Er vermöbelt einen riesigen Zombie. »Emil wohnt bei einer Frau«, sagt er. »Bei Assunta, die allerdings nicht seine Mutter ist. Doch sie ist nett. Sie hat die größten Titten, die wir je gesehen haben, stimmt's, Emil?«

»Lass das doch Emil erzählen!«, sage ich.

Emil schaut durch das Prisma, das die Zeitschriften auf dem Kristalltisch beschwert. Es erzeugt aus dem Licht der Schirmlampe einen Regenbogen. »Ich wohne bei der Freundin meines Vaters.«

»Und dein Vater?«

»Der ist nach Rumänien zurückgegangen.«

»Um eure Familie zu besuchen?«

»Wir haben keine Familie mehr. Nicht in Rumänien. Mein Opa ist in Berlin. Zumindest im Moment. Er ist der Vater meines Vaters. Die Eltern meiner Mutter wollen nichts von uns wissen.«

Auf dem Bildschirm wird Mareks Spielfigur von einem riesigen zweiköpfigen Leguan ermordet, und Marek lässt sich fluchend aufs Sofa fallen. Er steht wieder auf. »Darf ich was zu trinken holen?«

»Nimm dir, was du willst.«

Emil blättert in der neuesten Ausgabe des *Rolling Stone.*

»Mein Vater hat sich vor zehn Tagen mit einem Schwanzgesicht geprügelt«, sagt er. »Wegen Geld. Heute Morgen um fünf wurde er abgeschoben. Mit einem Flugzeug. Das heißt doch so, oder? Abgeschoben.«

»Ja.«

»Aber es war nicht seine Schuld.«

»Was ist passiert?«

»Das Schwanzgesicht hat ihn beschuldigt, ihn betrogen, ihm zu wenig Geld zurückgegeben zu haben. Mein Vater hat sich noch nie mit jemandem geprügelt …«

Marek kommt mit einer Flasche Schweppes herein. »Durst?«

Emil presst die Lippen zusammen und nickt.

»Wie heißt dein Vater?«

»Gheorge.«

»Wie Hagi …«

»Wie Hagi. Was ist dein Lieblingsverein?«

»Warum bist du nicht mit deinem Vater nach Rumänien zurückgekehrt?«

»Weil mein Vater den Mund gehalten hat.«

»Inwiefern?«

»In Bezug auf mich. Er wollte nicht, dass ich in dieses Scheißkaff zurückkehre.«

»Nach Rumänien?«

»Nein, dorthin, wo meine Großeltern leben. Rumänien ist das schönste Land der Welt. Es gibt Wälder und die Karpaten. Der Moldoveanu ist 2544 Meter hoch. Und es gibt den Olt, der in die Donau mündet. Das sieht man im Atlas.«

»Ich war noch nie dort.«

»Das ist schade. Dein Haus ist sehr schön. Was arbeitest du?«

»Ich bin Architekt.«

»Baust du Häuser?«

»Ich richte sie eher ein. Ich baue sie um …«

»Und das bedeutet?«

»Dass ich ein hässliches altes nehme und es neu und schön mache.«

»Verstehe.«

»Wie alt bist du?«

»Dreizehn.«

»Seit wann?«

»In einer Woche.«

»Da werde ich mir wohl ein Geschenk überlegen müssen.«

Emil mustert mich misstrauisch. »Ein Geschenk?« Dann zuckt er die Achseln und gibt sich desinteressiert.

Ich habe zu viel Anis in den Raumdiffusor getan. Ein Innenarchitekt sorgt für Leere, die neu gefüllt werden muss. Ich muss mich leeren. Ich bin der Innenarchitekt meiner selbst.

»Hast du die Geräte schon ausprobiert?«, frage ich.

»Ja. Ich mag Fitnessstudios.«

»Du kannst herkommen, wann du willst. Wann kehrt dein Vater nach Italien zurück?«

»Sie haben ihm den Pass abgenommen. Aber er will so bald wie möglich wieder hier sein. Das hat er mir geschrieben. Wahrscheinlich versucht er, an falsche Papiere zu kommen.«

»Und seine Verlobte, diese …«

»Wieso willst du das wissen?«

»Arbeitet sie?«

»Warum?«

»Weil ich eine Putzfrau, eine Haushälterin brauche. Diese Wohnung ist riesig. Ich schlafe heute das erste Mal hier. Könnte sie das vielleicht interessieren?«

»Ich glaube schon.«

»Und ihr wohnt jetzt bei Marek?«

»Ja.«

»Kommt morgen gemeinsam her, Assunta und du.«

»Warum?«

»Vertrau mir. Kommt morgen Vormittag her.«

Ich erhebe mich. Das Bein tut mir weh. Gestern Abend habe ich zu lange gestanden. Ich kann nicht lange stehen. Das Schlafzimmer ist ein in das Loft gestellter Würfel. Wer hat die schwarze Jacke vergessen? Zimtduft. Ich bleibe zehn Minuten unter der Dusche. Ich frühstücke Getreideflocken. Ich greife zum Handy und scrolle das Adressverzeichnis bis zur Nummer meines Bruders herunter. In diesem Moment klingelt es.

Emil und Assunta.

Assunta ist keine schöne Frau. Sinnlich vielleicht, aber auf eine vulgäre Art. Und nichts hasse ich mehr als Vulgarität. Aber Emil ist auch da. Er lächelt, sagt Hallo und kratzt sich am Ohrläppchen. Er trägt ein ärmelloses T-Shirt. Und ich verstehe rein gar nichts mehr.

Ich setze Emil vor den Fernseher.

Zeige Assunta das Loft, die Garage, den Garten. Sie trägt weiße, viel zu enge Jeans mit Strasssteinen auf den Taschen. Sie hat dicke Oberschenkel. Ihr rosa Flanellpulli sitzt schief. Sie benutzt einen Zitrusduft. Er riecht gut, aber sie hat zu viel davon aufgetragen.

»Gehen wir!«, sage ich.

Emil steht auf und folgt uns, ohne Fragen zu stellen.

Auch Assunta stellt mir keine Fragen.

Wir betreten die Strada del Lauro. Es ist ein kühler Vormittag. Die Luft ist klar und frisch. Wir betreten die Hausnummer sieben. Von meinem Loft aus sind das zehn Minuten zu Fuß. Vor der Tür steht eine riesige Platane, die unter den schüchternen Sonnenstrahlen zittert. Als ich Assunta die Wohnung im ersten Stock zeige, stammelt sie: »Ich verstehe nicht …«

»Ich tue das Emil zuliebe, vor allem ihm zuliebe, damit er ein anständiges Zuhause hat. Für mich ist das keine große Sache, wirklich nicht.«

»Ich weiß nicht, was ich sagen soll.«

»Sagen Sie einfach Ja. Im Moment wohnt ihr viel zu weit weg. Hier ist es besser. Und wenn ihr es besser habt, habe ich es vielleicht auch besser.«

»Mein Gott!«

»Ich verlange keine Gegenleistung. Betrachten wir es einfach als Bonus, einverstanden? Das Gehalt bleibt wie besprochen bei neunhundert Euro. Es wird überwiesen, so wie es sich gehört. Und bis auf den Sonntag kümmern Sie sich jeden Tag um das Studio, das Loft … Ich weiß noch nicht, ob ich es Studio oder Loft nennen werde. Um neun Uhr fangen Sie an, einverstanden? Bis um drei Uhr nachmittags. Danach können Sie gehen. Aber ich möchte kein Staubkörnchen sehen. Niemals, nirgendwo. Beim ersten Staubkörnchen kehren Sie und Emil dorthin zurück, wo ihr hergekommen seid, verstanden? Ich hasse Staub.«

»Mein Gott!«

»Am Freitagmittag habe ich zehn Personen zu Gast. Haben Sie Lust zu kochen? Emil hat mir erzählt, dass Sie gut kochen können. Ich will kein Catering. Ich bevorzuge Hausmannskost. Ich will italienische Aromen. Etwas, das vertraut schmeckt, verstanden?«

»Natürlich. Ich weiß gar nicht, wie ich Ihnen danken soll. Sie sind ein Heiliger.«

»Schön wär's.«

Übers Wochenende war ich mit der Airone 250 in den Langhe. Sie fährt, als wäre sie funkelnagelneu. Man sieht es ihr nicht im Geringsten an, dass sie schon siebenundfünfzig Jahre auf dem Buckel hat, und ich kann es kaum fassen, dass schöne Dinge so lange Bestand haben können. Der Duft der Weinreben betäubt mich. Ich habe einen Heißluftballon in Form einer Nebbiolo-Korbflasche gesehen. Er stieg plötzlich aus einem Haselnusswäldchen auf. Ich trat auf die Bremse – das Motorrad stellte sich quer – und sah ihm verzückt nach. Ich wäre am liebsten dort hochgeklettert und hätte … keine Ahnung … einen Rundflug gemacht oder so, ja, ihn vielleicht sogar gekauft. Aber er war unerreichbar.

Ich bin ihm noch lange nachgefahren.

Ich muss ein Projekt abschließen. Ein Inneneinrichtungskonzept für eine Finca auf den Kanaren. Mein Schreibtisch steht vor dem Panoramafenster, das auf die Terrasse hinausgeht. Das Licht spielt mit dem Dunst. Es dringt durch das Blattwerk der Bäume am Hang. Die Mole Antonelliana ist eine unscharfe Silhouette. Sie schwebt über den Hausdächern, hebt sich von den Schornsteinen ab. Von den Berggipfeln, die die Stadt krönen. Von den Kirchtürmen. Ich höre die Glocken der Chiesa antica di Cavoretto, aber ich sehe sie nicht. Das geht auch gar nicht, denn sie befindet sich hinter dem Hügel. Die Luft ist strahlend klar.

Ich fühle mich gut.

Assunta saugt gerade Staub. Sie fragt, ob ich Tee will. Ich sage Nein, später vielleicht. Sie ist nicht unsympathisch. Sie mischt sich nicht in meine Beziehung zu Emil ein, die für mich momentan das Wichtigste ist. Neben den mit Manuela verbrachten Nächten.

Was haben sie, was andere nicht haben? Was macht sie so besonders?

»Letzte Woche habe ich Marek zusammengefaltet.«

»Du hast Marek einen Magenschwinger versetzt?«

»Ich wollte es einfach mal ausprobieren. Seine Bauchmuskeln sind deutlicher sichtbar als meine. Aber meine sind kräftiger. In Rumänien musste ich wirklich mal einen Magenschwinger einstecken. Und seitdem habe ich angefangen, sie zu trainieren. Denn wenn man sich mit jemandem prügelt, versucht der andere sofort, einem einen Magenschwinger zu versetzen. Deshalb braucht man starke Bauchmuskeln, damit einem nicht die Luft wegbleibt.«

Ich beende eine Mail. Emil sieht zu, wie ich in die Tasten hämmere. »Erzähl!«, sage ich.

»Ich war zehn oder elf. Es war Sommer. Der heißeste Sommer, an den ich mich erinnern kann. So heiß, dass Tierkadaver im Flussbett lagen. Wir haben Fußball gespielt, auf einer Baustelle. Dort gab es eine große gelbe Plastikplane, auf der stand: Gospodarie Stelea. So hieß die landwirtschaftliche Genossenschaft. Ein Wort, das ich gut kenne, weil mein Vater vor der Schlägerei ebenfalls für eine Genossenschaft gearbeitet hat. Es war Samstag, und niemand war zu sehen. Wir gingen immer samstags dorthin. Es gab einen Brunnen voller Abwasser. Oft haben wir Wettschwimmen zwischen Kaulquappen organisiert und um Coca-Cola-Glasflaschen gewettet. Aber an dem Tag sind wir zum Fußballspielen hingegangen, als plötzlich ein deutlich älterer Junge mit kahl rasiertem Schädel auf uns zukam. Er meinte, er müsse hier arbeiten, wir sollten gehen. Er war allein. Also habe ich zu ihm gesagt, dass er verschwinden soll, weil wir sonst sämtliche Fenster mit dem Fußball einschmeißen …«

»Wie reizend von dir.«

»Es wehte nicht der geringste Luftzug. Weder in der Stadt noch auf dem Land. Aber dort gab es Schatten. Und Wasser. Außerdem war Samstag. Ich hatte keine Lust, nett zu sein.«

»Das kann ich gut verstehen.«

»Er hat uns beleidigt und bedroht. Wir haben ihn beleidigt und bedroht. Aber das war vollkommen okay. Schließlich ist er gegangen. An jenem Abend sind Mihai und ich nach Hause zurückgerannt, weil wir spät dran waren. Ich wollte gerade an die Tür klopfen, als ich gemerkt habe, dass ich das Steaua-Bukarest-T-Shirt auf dem Genossenschaftsgelände vergessen hatte. Meine Mutter wäre stinksauer gewesen, wenn ich ohne nach Hause gekommen wäre. Es hatte die Nummer sieben. Mein Vater hätte mir kein neues gekauft.

»Und dann …

»Dann bin ich zurückgegangen, um das T-Shirt zu holen.«

»Und dann tauchte wie aus heiterem Himmel …«

»Wieso aus heiterem Himmel?«

»Das ist nur so eine Redensart.«

»Als ich über die Baustelle gelaufen bin, bin ich an einer dieser Maschinen vorbeigekommen, die die Erde platt drücken … wie heißen die gleich wieder?«

»Planierraupe.«

»Ja, genau, ich bin also an einer Planierraupe vorbeigekommen. Plötzlich trifft mich ein Magenschwinger. Mit voller Wucht. Ich mache *umpfffh* wie in den Comics. Mir bleibt die Luft weg, und ich klappe zusammen, gehe zu Boden, halte mir den Bauch. Meine Lippen schmecken Baustellensand, er knirscht zwischen meinen Zähnen. Als ich den Kopf hebe, sehe ich den Kahlrasierten. Er grinst breit über das ganze Gesicht und lässt den Bizeps anschwellen wie Hulk, zeigt ihn mir wortlos. Das scheint ihm richtig Spaß zu machen. Er zieht mich an den Haaren hoch. Instinktiv greife ich nach seiner Hand. Daraufhin versetzt er mir einen zweiten Magenschwinger, genau hier am Mageneingang. Mit hoch erhobenen Armen kann ich keine Bauchmuskeln machen, außerdem tun mir die Haare weh …«

»Anspannen.«

»Wie bitte?«

»Man sagt, die Muskeln anspannen.«

»Ah ja, anspannen. Ich habe ausgesehen wie jemand, der sich gleich in die Hose macht. Wieder ist mir die Luft weggeblieben. Dann lässt der Kahlrasierte meine Haare los, und ich falle erneut in den Sand. Er klettert auf mich drauf. Die Steine bohren sich mir in den Rücken ...«

»Und wie ist es ausgegangen?«

»Es ist so ausgegangen, dass er mich weiter verprügelt hat, einfach so, völlig mitleidslos, seelenruhig, als würde er gerade ein Kreuzworträtsel lösen. Ich habe die ganze Zeit gehofft, dass er irgendwann aufhört, aber er hat immer weitergemacht. Ich weiß noch, wie ich irgendwann keine Luft mehr bekam. Ich habe die Augen aufgerissen, so als würde mir plötzlich etwas klar, eine mathematische Gleichung zum Beispiel. In diesem Moment habe ich begriffen, dass ich sterben würde. Dort auf der Gospodarie-Stelea-Baustelle. Ich habe Blut geschmeckt. Der Kahlrasierte hat gelacht wie ein Clown. Er war nass geschwitzt. Er hat von einem Ohr zum anderen gegrinst. Im Kran hinter ihm hat sich keine Sonne mehr gespiegelt, und das ist das Letzte, woran ich mich noch erinnere: dass sich keine Sonne mehr darin gespiegelt hat.«

»Und dann?«

»Dann habe ich das Bewusstsein verloren.«

»Meine Güte!«

»Mihai hat mich schließlich geweckt: Meine Mutter hatte mich bei ihm vermutet. Er hat das Steaua-T-Shirt mit Brunnenwasser getränkt und auf mein Gesicht gelegt. Eine Kaulquappe ist mir beinahe in den Mund gefallen, im Ernst! Mann, war das eklig! Mihai hat sie zwischen Daumen und Zeigefinger genommen und hinter sich geworfen, so wie man eine

Münze in einen Brunnen wirft, um sich was zu wünschen. Dann bin ich wieder nach Hause gerannt und habe mir das T-Shirt über die blauen Flecken gezogen, damit meine Mutter sie nicht sieht. Ich bin froh, dass ich das getan habe …«

»Warum?«

»Weil sie an jenem Abend krank geworden ist. Zwei Tage später war sie tot.«

3

»Aufwachen!«

Cora kitzelte mich mit einer Kissenfeder im rechten Nasenloch. Ich fuchtelte mit der Hand vor dem Gesicht herum, als wollte ich eine Fliege verscheuchen. Meine Augen waren ganz klebrig, also rieb ich sie mir mit den Fingerknöcheln. Der in Morgenrot getauchte Himmel spiegelte sich in den Fenstern der Häuser. Hellblau und rosa. Auf den feucht glänzenden Straßen waren nur wenige Autos und ein paar Radfahrer unterwegs.

Alle tragen einen Helm, dachte ich.

Ich finde Helme scheiße.

Asia hatte den Kopf an Leons Schulter gelehnt, der fuhr und ziemlich erschöpft wirkte. Sie wischte ein Guckloch in das beschlagene Fenster. »Schau!«, sagte sie. »Das Brandenburger Tor. Dahinter beginnt die Straße Unter den Linden. Morgen brechen wir von hier aus auf.

»Aufbrechen? Wohin?«

»Zu unserer Museumstour.«

»Museen?«

»Du musst mich begleiten.«

Das soll wohl ein Witz sein!

»Und wo gehen wir jetzt hin?«, fragte ich.

»Wir suchen uns einen Schlafplatz.«

»Und der wäre wo?«

»In einem besetzten Haus in Ostberlin, hinter dem Alexanderplatz. Das Viertel heißt Friedrichshain, vielleicht hast du schon mal davon gehört: Es ist berühmt.«

»Berühmt wofür?«

Asia und Leon rissen die Augen auf und drehten sich zu mir um, als hätte ich gefragt, wer Giovanni Lindo Ferretti oder Wim Wenders ist. Oder wo Che Guevara gestorben ist. Alles Dinge, die – wie ich auf der Fahrt erfahren hatte – für sie selbstverständlich waren.

»Ist ja gut, ist ja gut …«

»Gebt ihm das Geschenk!«, sagte Leon.

Cora holte ein Päckchen unter dem Sitz hervor und überreichte es mir mit großer Geste und einem breiten Lächeln. »Frohe Weihnachten!«, sagte sie.

»Tod und Teufel!«

Ich konnte es kaum fassen und setzte jenes überraschte Gesicht auf, das ich immer aufsetze, wenn ich nicht nur aufrichtig überrascht bin, sondern es auch zeigen will. Um demjenigen, der mich überrascht hat, eine Freude zu machen. In meinem weit offen stehenden Mund hätte eine ganze Armee von Fliegen Platz gehabt.

»Musst du dich übergeben?«, fragte Cora.

Ich spürte, wie ich vor Verlegenheit ganz rot wurde. So als hätte ich aus dem Aus ein Tor geschossen, oder rückwärts, in der neunzigsten Minute. Ich wusste gar nicht, wo ich hinschauen sollte.

Scheiße …

Das Päckchen war so groß wie ein Baseball. Sein Inhalt war in rotes Geschenkpapier eingewickelt, das lauter ameisengroße Weihnachtsmänner zierten. Sie curlten, aßen

Donuts oder sonnten sich unter Palmen, sprich, sie taten lauter unglaubwürdige Dinge. So sagt man doch, oder?

Unglaubwürdig.

Tja.

Ebenso unglaubwürdig war, dass ich am 25. Dezember in einem verbeulten VW-Bus in Berlin aufwachte. Dass man mir frohe Weihnachten wünschte. Dass die Luft klar und sauber war. Dass der Himmel so viele farbliche Schattierungen aufwies wie das Schaufenster eines Farbengeschäfts.

Aber es war die reine Wahrheit.

»Heute ist Weihnachten«, sagte ich.

Das war mehr als offensichtlich, aber ich wusste nicht, was ich sonst sagen sollte.

Cora nickte. Ein Regenbogen glitt über ihre Wangen.

Im Halbschlaf hatte ich mitbekommen, dass ihre Eltern bei einem Autounfall in der Türkei ums Leben gekommen waren, als sie drei Jahre alt gewesen war. Ihr Vater war Hobbyarchäologe gewesen, ihre Mutter Lateinlehrerin. Auch sie hatte in dem Landrover gesessen, der bei Avis in Urgup gemietet worden war. Doch sie war unverletzt geblieben.

»Wie durch ein Wunder«, hatte sie gesagt und in den Himmel jenseits des Fensters gestarrt.

Das Fahrzeug war von einem Zitronenlaster zerquetscht worden, im hintersten Kappadokien. Danach war Cora zu einer Tante nach Modena gekommen. Doch dann hatte ihr Cousin am Nationalfeiertag versucht, sie zu Fanfarenklängen zu vergewaltigen. Cora war von zu Hause weggelaufen und nie mehr zurückgekehrt.

Mir war auch nicht entgangen, dass sie in Leon verliebt war.

Aber wenn ich mich nicht sehr täuschte, war Leon in Asia verliebt.

»Und das ist wirklich für mich?«, fragte ich.

Nerone murmelte irgendetwas, das mit einem Fluss stinkender Jauche zu tun hatte.

»Pack aus, sonst wird es kalt!«, sagte Asia.

Ich machte das Päckchen auf. Eine angenehme Wärme erreichte meine Fingerspitzen. Das Päckchen enthielt einen riesigen Krapfen mit Vanillefüllung. Lufthansa reckte den Kopf.

»Wir haben schon gegessen. Wir wollten dich nicht wecken. Du hast so schön geschnarcht.«

Ich runzelte finster die Stirn wie ein Indianer und sagte: »Ich schnarche nicht.«

Wie wohl Tex Weihnachten feiert?

»Danke«, sagte ich.

Dann drehte ich den Kopf zum Fenster, um niemandem in die Augen sehen zu müssen.

Zwei bunte Heißluftballons schwebten am Himmel.

Einer war ein Regenbogen. Der andere eine Brandyflasche.

Friedrichshain.

Ein besetztes Haus. Sieben Stockwerke. Riesige Graffiti: Raumschiffe, Explosionen, Meteoriten. Dort, wo der Putz abgebröckelt war, schillerten große, giftige Flecken. Fliesenreste. Scherben. Drachenschuppen. Das Haus befand sich genau gegenüber vom Ostbahnhof.

Dort halten Bahnen. In Berlin gibt es U-Bahn und S-Bahnen. Das hängt vom Zugtyp ab.

Im Innenhof des besetzten Hauses empfing uns ein Deutscher – rote Haare, riesige rollende Fischaugen, mit keltischen Tattoos bedeckte Arme –, der uns nacheinander umarmte und küsste. Aus dem Treppenhaus tröpfelten Musik, Stimmen, Hammerschläge. Sie wirbelten durch die Luft wie bunte Luftschlangen.

»Wo ist die Tür?«, fragte ich Asia.

»Welche Tür?«, antwortete sie.

Ich zeigte hinter uns. »Die Tür, die ein Haus normalerweise von der Straße trennt.

»Sie fehlt.«

»Das ist mir auch schon aufgefallen. Dieses Haus ist scheiße.«

»Möchtest du lieber am Bahnhof übernachten? Dort gibt es prima Bänke. Vielleicht auch ein Pissoir und einen Getränkeautomaten.«

Lufthansa drängte sich winselnd zwischen meine Beine.

Wenn ich mit Lufthansa am Bahnhof übernachte, werde ich am Ende noch skalpiert. Es wäre besser, ich hätte Socke dabei …

»Hast du *Der mit dem Wolf tanzt* gesehen, Asia?«, fragte ich.

»Klar.«

»Ich habe keine Winchester«, sagte ich. »Das wird nichts mit dem Ostbahnhof.«

Irgendwann würde ich Opa Viorel schon finden.

Ehrlich gesagt, wusste ich zwar nicht genau, wie, aber ich würde ihn finden, da war ich mir sicher. Ich musste nach dem grünen Gesicht suchen. Nach der Brandyflasche auf der Fensterbank. Ich würde Opa Viorel finden, und dann würden wir sofort nach Rumänien aufbrechen. Er würde mir die Hand geben, so wie sich das unter Männern gehört. Er würde zweifellos wissen, wo mein Vater, sein Sohn, steckte. Alles würde gut. Wir würden Blumen aufs Grab meiner Mutter legen. Ich würde mit Mihai Fußball spielen. Und diesen Scheißkerl finden, der mich vor zwei Jahren auf der Gospodorie-Baustelle vermöbelt hatte. Und anschließend würde ich den gesamten Fitnessraum im Haus des Architekten verwüsten. Mit viel Geduld und Akribie (akribisch ist man, wenn man höchste Genauigkeit walten lässt oder so was). Ich würde zu Pferd auf dem Dorfplatz einreiten. Mit einer Winchester am Sattel.

Ich steckte die Hand unter das T-Shirt und ließ den Brustkorb anschwellen. *Ich bin in Stein gemeißelt, ich bin stark. Ich bin ein Gott.*

Wir liefen die Treppen hinauf.

Der Deutsche mit den rollenden Augen zeigte uns ein Zimmer.

Er öffnete die Tür mit einem alten rostigen Schlüssel, den er Leon salbungsvoll überreichte (sagt man so, salbungsvoll?). Leon nuschelte irgendwas auf Deutsch zurück. So was wie *danke*, nehme ich an. Der Typ schmatzte ihm links und rechts einen Kuss auf die Wange und polterte die Treppen hinunter, wobei er *I wish you a Merry Christmas* summte.

Vom Flur gingen noch zwei Türen ab.

Die rechts neben uns war gelb gestrichen und mit lauter hellblauen und lila Lackspritzern übersät.

Die andere befand sich genau gegenüber. Ich glaube, sie war schwarz, so genau ließ sich das nicht sagen. Sie war über und über mit Flugblättern, Ankündigungen und Zetteln beklebt.

Unsere war zur Hälfte neongrün und zur Hälfte mausgrau, getrennt durch eine Diagonale. Oben rechts sah man ein sinkendes Schiff, das vom Fangarm eines Polypen in die Tiefe gezogen wurde. Die Signatur? *Marek Mazzucchelli.*

Marek war hier!, dachte ich. *Ein Namensvetter von Marek!*

»Wahnsinn«, sagte ich halblaut.

Plötzlich wurde die gelbe, lackbespritzte Tür aufgerissen, und ein elegant gekleidetes Mädchen schwebte vornehm durch den Flur. Sie passte überhaupt nicht hierher, ehrlich gesagt: schwarzer Rock, bordeauxfarbener Pulli, Lackschuhe. Sie grüßte auf Französisch.

Leon sah ihr breitbeinig nach.

»Idiot!«, sagte Asia.

Ich überlegte, warum.

Aber ich kannte die Antwort.

An der Schwarze-Brett-Tür hing ein Schild. Darauf stand auf Französisch, Englisch, Deutsch, Spanisch und Arabisch »Nicht betreten«. Und in noch einer Sprache, die ich nicht identifizieren konnte, Schwedisch vielleicht. Jemand hatte handschriftlich mit Rotstift hinzugefügt: »Ist das deutlich genug?«

Auf Italienisch.

Einfach so.

Ich warf die Jansport-Tasche in eine Ecke des Zimmers. Der Wind drückte gegen das Fenster. Ich rannte zurück in den Innenhof, tippte dem Deutschen mit den rollenden Augen auf die linke Schulter. Hinter einer braunen Tür mit einem Feuer speienden Drachen stimmte jemand eine E-Gitarre.

»Sprichst du Rumänisch?«, fragte ich.

»Was?«, sagte er.

»Sprichst du Rumänisch oder Italienisch?«

»Ein bisschen Italienisch.«

»Hast du jemals ein grünes Gesicht gesehen?«

»Was?«, sagte er.

»Ein grünes Gesicht«, wiederholte ich. »Ein großes Gesicht. Antlitz. Kapiert? Das hier.« Ich berührte meine Wangen. »Aber in Groß. Auf einer Hauswand.«

»Was?«, sagte er.

Ein Stapel Flugblätter. Ich nahm zwei oder drei. Ich borgte mir von dem Deutschen mit den rollenden Augen ungefragt einen Bleistift. Er lächelte unmerklich. Geduldig. Er hatte Zähne wie ein Halloweenkürbis, klein mit großen Zwischenräumen. Ich zeichnete ein Haus mit Spitzdach und einem Gesicht auf der Fassade. Ein Oval, Augen, Nase, Mund, Ohren und Haare. Es sah echt furchtbar aus, aber etwas Besseres brachte ich nicht zustande. Ich kann einfach nicht zeichnen.

Ich zeigte verschämt darauf und sagte: »Grün.«

Zum Glück sagte der Deutsche nicht noch mal *Was*. Dafür schüttelte er traurig den Kopf.

»Nicht so«, sagte ich. »Aber so ähnlich vielleicht.«

Er hob die Brauen. »Das kenne ich nicht, tut mir leid.«

»Trotzdem danke.«

Cora und Asia eilten herbei, beide trugen schwarze Wollmützen mit großen, grellorangen Bommeln. »Was machst du da?«, fragten sie.

»Ich habe nach dem Gesicht gefragt«, sagte ich.

»Und?«

»Nichts.«

»Das finden wir schon. Wir drehen eine Runde, kommst du mit?«

»Wohin?«

»In die Karl-Marx-Allee«, sagte Asia.

»Perfekt.«

Ich hatte keine Ahnung, wo die Karl-Marx-Allee lag. Aber wenn man etwas sucht und nicht weiß, wo man anfangen soll, kann man überall damit anfangen.

In diesen zehn Tagen bin ich mehr gelaufen als je zuvor in meinem Leben. Im Ernst.

Unter den Linden, Friedrichstadt, Museumsinsel, Scheunenviertel, Prenzlauer Berg, Alexanderplatz, Nikolaiviertel, Kreuzberg (die größte türkische Stadt Westeuropas, auch wenn es gar keine Stadt ist, sondern nur ein Viertel. In seinem Brief schrieb Opa Viorel was von Türken, also las ich den Brief noch mal), Tiergarten, Potsdamer Platz, Schöneberg.

Während ich an Gebäuden vorbeilief, die aussahen, als wären sie Videospielen der Playstation 2 entsprungen, an Mauerresten und an Boutiquen, dachte ich oft daran zurück, wie ich meinen Flumi verloren hatte. Wie ich gebetet hatte. Wie ich ihn wiedergefunden hatte, indem ich ein Auge zumachte, um den Boden besser zu erkennen. Daran, dass er genau dort lag, wo er liegen musste, ich ihn aber trotzdem nicht gesehen hatte. Vielleicht musste ich auch jetzt ein Auge zumachen, um meinen Großvater irgendwie zu finden.

Wie, wusste ich nicht.

Deshalb betete ich ab und zu.

Wie die zehn Tage ihren Anfang nahmen und zu Ende gingen, kann ich nicht mehr so genau sagen, weil sich in meinem Kopf alles vermischt. Wie bei einer Gemüsesuppe, die zu lange auf dem Herd gestanden hat. Vormittage, Nachmittage und Abende gingen nahtlos ineinander über – bis zu dem Moment, in dem das grüne Gesicht vor mir auftauchte. Danach kann ich mich wieder an die genaue Abfolge der Ereignisse erinnern, aber nicht davor.

So als müsste ich meine Erinnerungen aus einem Hut hervorzaubern.

Ich weiß noch, wie ich mich eines Nachmittags auf einen Bürgersteig setzte und so lange weinte, bis mir der kalte, klare Wind, der das Laub vor sich herwehte, die Wangen gefrieren ließ. Ich war fest davon überzeugt, dass mich die Melancholie, die Angst und die verzweifelte Einsamkeit, die ich in jenem Moment empfand, nie wieder verlassen würden. Dass ich sterben und nur noch eine leere Hülle auf dem Bürgersteig zurücklassen würde. Zwischen einem amarantfarbenen Familien-Saab, einem grauen VW mit Diplomatenkennzeichen und den Überresten eines Cheeseburgers.

Ich weiß noch, wie mich Asia eines Vormittags bedrängte, sie zur Museumsinsel zu begleiten. Wir nahmen eine kleine Brücke über die Spree. Leon jonglierte unweit des Zugangs zur Brücke. Ein Saufbold, der in unserem Haus wohnte, hatte ihm ein paar Stelzen aus Holz und Aluminium geliehen.

Im Vorbeigehen warf ich ihm zwei Euro hin.

Zur Aufmunterung.

Wir besuchten das Pergamonmuseum, wo ich auf eines der verrücktesten Dinge kletterte, die ich je gesehen habe: den Pergamonaltar. Ich erinnere mich an einen fantastischen Vormittag. An einen strahlenden Himmel. Zwischen mir und Asia herrschte eine seltsam euphorische Stimmung, die ich nur schwer beschreiben kann. Aber ich erinnere mich noch heute daran, wenn ich die Augen schließe. Jetzt, wo Asia nicht mehr da ist, ist es das Bild, das ich am eifersüchtigsten hüte. Das Bild jenes Vormittags. Und manchmal muss ich dann tief durchatmen, um nicht an meiner Traurigkeit zu ersticken.

Ich weiß noch, dass ich jeden Abend dreißig Bauchpressen und dreißig Liegestütze machte.

Ich weiß noch, dass ich sechzig Euro ausgab, hauptsächlich fürs Essen. Und das in zehn Tagen, was gerade mal sechs Euro pro Tag sind. Viel ist das nicht.

Zum Mittagessen bestellte ich Currywurst. Trinken tat ich an öffentlichen Brunnen. Ich hatte einen am Ende von Unter den Linden entdeckt. War ich zu weit davon entfernt, ging ich in eine Kneipe und bat um ein Glas Leitungswasser.

Abends aß ich mit Asia, Cora und Leon. Wenn er da war, auch mit Nerone. Im besetzten Zimmer, wie wir es nannten. Nudeln aus Hartweizengrieß. Tomatensauce. Peperoncino nach Belieben. Die Nudeln kaufte ich. Einmal kaufte ich auch Reis, nur so zur Abwechslung. Weil ich kein Schnorrer sein wollte.

Der einzige Luxus war das Frühstück. Zum Frühstück gönnte ich mir einen starken Kaffee im Ostbahnhof, in einem Café, das auch tolle Bagels verkaufte. Sie waren weich und warm.

Ich weiß noch, dass sich Nerone seltsam benahm. Er kam und ging, blieb nie lange bei uns. Er wirkte unruhig. So als könnte jederzeit etwas Extremes, Aufregendes passieren. Seinen schwarzen Rucksack ließ er nie aus den Augen. Die einzigen Sätze, mit denen er sich an mich wandte, lauteten:

»Verschwinde, du Vampir!«

»Wer bist du? Was willst du? Wer hat dich eigentlich eingeladen?«

»Ich ramm dir einen Pfahl ins Herz.«

Und die kombinierte er miteinander, so nach dem Motto: »Wer bist du? Was willst du? Verpiss dich, du Vampir«, oder: »Wer hat dich eigentlich eingeladen? Ich ramm dir einen Pfahl ins Herz.« Manchmal sagte er auch nur »... Vampir.« Sonst nichts. Bis er seine Pistole zückte. Aber das ist eine andere Geschichte.

Ich weiß noch, dass Lufthansa einem Kellner eine Bierflasche klaute, der Bier aus einem Laster lud. Asia und ich nahmen die Beine unter den Arm.

Ich weiß noch, wie Leon mich eines Tages bat, ihm bei einer Straßenaufführung zu helfen. Er hatte nämlich eine neue Nummer einstudiert, für die er *unbedingt* einen Assistenten brauchte. Wir stellten uns genau vors Brandenburger Tor und führten die Nummer auf – mit brennenden Fackeln, Stelzen und allem Drum und Dran. Es klappte wirklich hervorragend. Als dann gegen Abend die Polizei kam und uns vertrieb, wollte er den Erlös mit mir teilen.

»Fifty-fifty«, sagte er. »Ist das okay, Kumpel?«

»Und ob das okay ist!«, erwiderte ich. »Wenn du willst, komme ich morgen mit und mache die Schwebenummer«, setzte ich nach.

»Schwebenummer?«

»Ich hab dir doch gesagt, dass ich schweben kann.«

»So wie fliegen?«

»Nicht ganz«, sagte ich. »Fliegen kann ich nicht. Ich schwebe nur wenige Zentimeter über dem Boden.« Ich spreizte die Finger. »Etwa eine Handbreit über dem Boden. Und du fährst mit der Hand oder mit einem Stock unter mir durch, damit es alle sehen können.«

Leon seufzte so komisch und lachte schief. »In Ordnung, Kumpel«, sagte er. »Morgen zeigst du's mir.« Er fuhr mir durchs Haar, und ich fühlte mich wichtig.

So kam es, dass ich am Ende des Tages 27 Euro in der Tasche hatte. Wenn ich die zu den 267 hinzuaddierte, mit denen ich nach Berlin gekommen war, abzüglich der 60 Euro, die ich in jenen Tagen ausgab, besaß ich am Ende meines Berlinaufenthalts noch 234 Euro.

Plus 700.

Warum, erzähle ich später.

Minus 8.

Was insgesamt 926 ergibt. Wenn ich jetzt so darüber nachdenke, fällt mir auch wieder ein, dass ich am vorletzten Tag, kurz bevor ich auf das grüne Gesicht stieß, beschlossen hatte, dass es jetzt eindeutig höchste Zeit wurde, einen Waschsalon aufzusuchen.

Ich weiß noch, wie es eines Morgens schneite – und zwar am Silvestermorgen, das weiß ich noch genau. Ganz Berlin verwandelte sich in eine weiße, weiche, wattierte Decke. Der Schnee machte *flutsch* und *knirsch* unter den Füßen, je nachdem, ob es Schneematsch oder Pulverschnee war.

Ich weiß noch, wie ich eines Abends mit dem Gedanken einschlief, mein Vater könnte an Assunta geschrieben haben, die daraufhin zurückschrieb, ich sei spurlos verschwunden. Angst verstopfte mir die Ohren. Ich hätte alles darum gegeben, ihm mitteilen zu können, dass es mir gut ging. Dass ich ihn finden würde. Dass alles wieder so werden würde wie früher, als Mama noch lebte. *Agnies.*

Ich weiß noch, wie sich das besetzte Haus in der Silvesternacht in ein Niemandsland verwandelte: mit Musik, Lichtern und Leuten, die auftauchten und wieder verschwanden wie in einem verrückten Science-Fiction-Film. Hunderte von Leuten, die sich in den verschiedenen Stockwerken, im Treppenhaus, in den Zimmern verteilten. Nur die Schwarze-Brett-Tür blieb verschlossen. Nie sah ich dort jemanden hinein- oder hinausgehen. An jenem Abend trank ich zu viel Bier. Eine 14- oder 15-jährige Finnin war auch da, die mir auf einmal ihre Zunge in den Mund steckte. Ich wusste nicht recht, was ich tun sollte, aber irgendwas habe ich getan. Ich verstand die Welt nicht mehr.

Dann kam der zehnte Tag.

Der 4. Januar.

An diesem Tag überschlugen sich die Ereignisse: das grüne Gesicht, Nerones Pistole, die Abreise. Einfach so, als hätte ich eine Feder aufgezogen, und der 4. Januar war der Impuls, der sie aufschnellen ließ.

Am 4. Januar stand ich früh auf und zog mich an. Ich zog die sauberen Kleider an, die ich am Vortag im Waschsalon in der Mulackstraße gewaschen hatte: Unterhosen. Socken. Meine braune Hose. Das rote T-Shirt mit *System-of-a-Down* drauf, wer auch immer das sein mochte. Meinen schwarzen Matrosenpulli. Im stinkenden Bad, wo mal heißes Wasser aus dem Hahn kam und mal nicht, putzte ich mir die Zähne und spuckte ein wenig Blut ins Waschbecken. Seit einigen Tagen hatte ich Zahnfleischbluten. Das habe ich häufig. Ich steckte mein Geldbündel, das ich stets bei mir trug, in meine Hosentasche. Im Hinausgehen klopfte ich dem Deutschen mit den rollenden Augen auf die Schulter. Er war ganz in ein Nautikhandbuch vertieft.

»Augen auf, *amico italiano!*«, sagte er.

»Augen auf, Berliner Freund!«, erwiderte ich.

Augen auf!, das sagte er immer.

Ich trat auf die Straße hinaus und ging zum Ostbahnhof, um dort Bagel und Latte macchiato zu frühstücken. Und während ich frühstückte und dabei eine Zeitschrift durchblätterte, fiel mein Auge auf ein Foto von einem Graffiti:

Es zeigte ein riesiges stilisiertes rosa Gesicht im Profil mit dicken gelben Lippen. In der Bildunterschrift hieß es nur: Berlin.

Ich würgte den Bagel hinunter und hob den Zeigefinger, um den Typen hinter der Bar, der gerade Gläser und Tassen abtrocknete, auf mich aufmerksam zu machen. Er war bestimmt zwei Meter groß und wog so viel wie ein kleiner Lastwagen. Er erinnerte mich an den Besitzer des Comandante – jene Rosticceria, in der Marek und ich die Burritos gekauft hatten. Er sah mich und riss die Augen auf, als hätte er mich soeben erst bemerkt.

Ich zeigte auf die Zeitschrift und fragte: »Wo ist das? Ist das in Berlin?«

»... Was?«

»*Questo posto* ... diese Stelle, in Berlin?«

»Ja.«

»Wo?«

»... Was?«

Ich knallte die Zeitschrift auf den Cafétisch, so als wollte ich eine Fliege damit erschlagen. »Leck mich, versteht ihr denn gar nichts, ihr Deutschen? Könnt ihr euch nicht mal ein bisschen anstrengen? Wie sagt man da? Wo? Wo diese Stelle?«

»East Side Gallery. Hier in der Nähe ...

Ich biss mir auf die Unterlippe. *Nehe?* Sollte das heißen, hier um die Ecke? »*Nehe* wo?«, buchstabierte ich.

Ich hatte ein paar Schlüsselwörter gelernt, um mich mit den Einheimischen verständigen zu können.

»Mühlenstraße«, sagte er.

Er nahm mich am Arm und schob mich aus dem Café.

Ich dachte schon, er wollte mich schlagen. Er zeigte auf eine kleine Straße, direkt hinter dem Ostbahnhof. Ich bedankte mich, indem ich mit meinen Händen sein rechtes Handgelenk drückte. Es gelang mir kaum, es zu umfassen.

Die Räumfahrzeuge hatten schmutzige Schneehaufen am Straßenrand zurückgelassen. Ich ging vom Bürgersteig herunter, um schneller voranzukommen und den Passanten auszuweichen. Ich begann zu rennen. Ich lief beinahe vor ein Rad – in Berlin fahren alle mit dem Rad, ständig, bei jedem Wetter und bei jeder Temperatur – und schlüpfte zwischen zwei Lastern hindurch, die an einer roten Ampel warteten. Ich sah ein Auto kommen.

Ich laufe trotzdem los, dachte ich.

Das wütende Hupen verfolgte mich noch bis auf die andere Seite der Kreuzung. Doch wer mich aufhalten wollte, musste mich schon mit einem Gewehr abknallen.

So wie Kennedy, den amerikanischen Präsidenten.

Mit einem Gewehrschuss aus einem Gebäudefenster.

Ich bog um die Ecke.

Die East Side Gallery.

Das längste Wandgemälde der Welt.

Im Jahr 1990 hatten sich hundertundsechs Künstler aus etwa dreißig Ländern tausenddreihundert Meter Mauer vorgenommen und jeden Zentimeter der Ostseite mit Graffiti bedeckt. Ich hatte zehn Tage lang gerade mal ein paar hundert Meter von diesem Ort entfernt gewohnt, ohne ihn zu bemerken.

Natürlich konnte ich nicht sicher sein, ob das Graffiti wirklich etwas mit meinem Opa zu tun hatte.

Ich schritt die Hälfte ab wie ein Soldat.

Und sagte laut auf, was in Opa Viorels Brief stand.

Wir gnigen mit den Tschean auf die bnuten Gisechter zu. Unsere Positienon stnaden beriets fest. Da ich die Vrostellung eröffente, stand ich dem grünen Gisecht mit den reton Leppin gegüneber. Das Eiznige, das in die adnere Ruchting sah. Die anderen vier wraen ein glebes Gisecht mit einem weit aufregissenen Dinsoauriermund mit lila Zähnen, ein baules Gisecht mit baluen Lippen, ein rosa Gisecht mit gescholssenem Mund und ein heblaules mit einem roten Mund. Alle schauten nach Wetsen. Nur meines nach Otsen.

Und da waren sie plötzlich.

Direkt vor mir.

Allesamt.

Das gelbe.

Das blaue.

Das rosa (das auch in der Zeitschrift abgebildet war).

Und das grüne, das als Einziges in eine andere Richtung schaute. Das, vor dem Opa Viorel das Buch von Günter Grass aufgeschlagen hatte, woraufhin alle applaudiert hatten. Ich lehnte mich an die Mauer. Irgendwo hier musste Opa Viorels Fenster sein, und auf der Fensterbank eine Flasche Brandy. Der Himmel war bedeckt. Stahlgrau. Es schien keine Sonne, die die Flasche auffunkeln ließ.

Hier sind Hunderte von Häusern.

Tausende von Fenstern.

Ich muss zum Großen Geist beten. Ich muss daran glauben, dass mein Totemtier ein kahlköpfiger Adler ist, wie das von Tex. Ich muss ein Auge zukneifen.

Und in dem Moment, in dem ich ein Auge zukniff – das

linke, weil mit dem rechten kann ich das nicht, denn dann gehen immer beide zu –, sah ich nur ein Haus, das infrage kam, nämlich das, in dem ich seit zehn Tagen wohnte.

Die Hausrückseite.

Ich hatte es noch nie zuvor von hinten betrachtet, sondern nur von vorn. Aber wie bei allen Häusern in Ostberlin sah die Vorderseite genauso aus wie die Rückseite. Der Teil, der auf den Hinterhof hinausging, war mehr oder weniger identisch mit der zerlöcherten Fassade, bei der die Tür fehlte.

Ich zählte die Stockwerke. Ich fand das Fenster, das, wenn mich nicht alles täuschte, das Fenster des Zimmers sein musste, das unserem direkt gegenüberlag. *Das Zimmer mit der Schwarze-Brett-Tür.*

Und in diesem Moment schoss mir nur eines durch den Kopf: *Unmöglich.*

Und so suchte ich weiter. Ich drehte den Kopf hektisch nach rechts und nach links. Bis ich einen Herrn mittleren Alters in einem langen braunen Samtmantel entdeckte, der die Graffiti mit einer jener Kameras fotografierte, an die man regenrinnengroße Objektive schraubt. Ich ging auf ihn zu und musste mich schwer beherrschen, nicht zu rennen. Damit ich ihn nicht erschreckte.

»Sprechen Sie Italienisch, Rumänisch oder ein einfaches, verständliches Deutsch?«, fragte ich.

Er zog die Brauen hoch und antwortete: »Italienisch dürfte funktionieren. Ich bin aus Turin.«

Sein Haar war so grauweiß wie der Schnee am Straßenrand und auf den Hausdächern. Eine Brille mit schmalen Gläsern und einem durchsichtigen Gestell. Buschige Augenbrauen. Ein schmaler, strenger Mund, der nicht so aussah, als wäre er breit und elastisch genug, um sich zu einem Lächeln verziehen zu können.

Unmöglich, dachte ich.

Ich dachte laut.

»Was ist unmöglich?«, fragte der Typ.

»Darf ich Ihre Kamera kurz als Fernglas benutzen?«, fragte ich.

»Wie bitte?«

»Ich muss etwas in dem Gebäude da hinten überprüfen. Sehen Sie das mit den Bombenschäden? Ich verspreche Ihnen, sie nicht fallen zu lassen und keine Fotos zu machen. Wenn Sie wollen, kann ich mich auch zwischen Ihre Brust und den Sucher stellen. Falls sie mir nicht trauen und die Kamera weiterhin umgehängt haben wollen.« Ich stand mehr oder weniger vor ihm stramm und bewegte einen Fuß, als wollte ich eine Zigarette austreten. »Für mich spricht, dass ich meinem Vater bisher ganze dreimal nicht gehorcht habe. Und ich bin immerhin schon dreizehn. Ich bin auch nicht vorbestraft, obwohl ich keine Rote Bete esse. Und …«

Er musterte mich wie ein seltsames Insekt. »Hör zu«, sagte er und atmete tief durch. »Ich habe sechs Jahre auf diese Kamera gespart. Das wird dir egal sein, wahrscheinlich weißt du nicht mal, wovon ich rede. Aber das ist eine Nikon D2-h. Eine Profikamera. Außerdem muss ich das Objektiv wechseln. Das hier ist ein Weitwinkelobjektiv. Du brauchst ein Teleobjektiv. Und diese Kamera und das Teleobjektiv kosten mehr, als du dir vorstellen kannst. Mehr, als du jemals mit Entrümpelungsarbeiten, Zeitungsaustragen und Blumengießen verdienen kannst. Ich würde mir das nie verzeihen, wenn ich wegen einer großzügigen Geste all das verlieren würde. Und dir würde ich das natürlich auch nicht verzeihen. Daher schlage ich Folgendes vor: Du sagst mir, wo ich hinschauen soll, und ich sage dir, was ich sehe, einverstanden?

Ich zog die Nase hoch, die anfing zu laufen. »Einverstanden«, sagte ich.

Der Mann bückte sich. Hinterm Ohr hatte er ein Pflaster, das eine frische Schnittwunde bedeckte, das Wattepad hatte sich mit Blut getränkt. Er öffnete einen Koffer, der aussah wie einer der Arztkoffer in den *Tex*-Comics: schwarz und steif. Dann schraubte er das Weitwinkelobjektiv ab und das Teleobjektiv auf, hängte sich die Kamera um den Hals. »Zeig darauf!«, sagte er.

Ich fuchtelte mit dem Zeigefinger in der Luft herum. »Fünfter Stock. Das zweite Fenster von links.«

Er schwieg zwanzig oder dreißig Sekunden lang. Dann murmelte er leise: »Das ist eine Flasche, so viel steht fest.«

»Die Marke?«

»Willst du auch den Alkoholgehalt wissen?«

»Ich muss nur wissen, ob es Brandy ist.«

»Das könnte sein«, meinte er. »Es ist eine gedrungene Flasche. Brandyflaschen sind so gut wie immer gedrungen. Damit kenne ich mich aus.«

Unglaublich, dachte ich.

Ich streckte ihm die Hand hin. Er schlug ein, ohne zu lächeln. Ich sagte nichts. Er wirkte wie jemand, bei dem man sich genau so benehmen muss.

Ich begann zu rennen, rutschte zwei- oder dreimal auf zugefrorenen Pfützen aus. Mein Atem bildete Wölkchen, die sich in meinen Haaren verfingen. Ich sah aus wie der San-Francisco–El-Paso-Express. Keine Ahnung, ob es den jemals gegeben hat. Aber wenn, dann hätte Tex mich vor den mexikanischen Banditen beschützt. Vor den Indianern. Vor Mephisto.

Ich erreichte das Haus ohne Tür.

Ich ging an dem Deutschen mit den rollenden Augen vorbei, ohne *Augen auf* zu sagen.

Ich ging die Treppen hoch, ohne auch nur einen Millimeter auszuweichen.

Ich ging durch den verlassen daliegenden Flur.

Ich umklammerte die Klinke der Schwarze-Brett-Tür und riss das Schild mit der Aufschrift »Nicht betreten« ab.

Und betrat das Zimmer.

In den kalten Lichtstrahlen tanzten Staubflocken.

Ich öffnete das Fenster.

Auf der Fensterbank stand eine schnee- und rußbedeckte Brandyflasche, die dort jemand vergessen hatte.

Ich tippte dem Deutschen mit den rollenden Augen auf die linke Schulter. Er blätterte langsam in einem pornopolitischen Kalender: Riesentitten zwischen Hammer und Sichel, nackte Blondinen im urbanen Guerillalook, afrikanische Models mit der Fahne der Vereinigten Staaten zwischen den Schenkeln.

»Du wissen, was das ist?«, fragte ich.

»... Was?«

»Diese Flasche.«

»Ja. Brandy.«

»Ja. Brandy. Ich sie in Zimmer fünfte Stock gefunden. Fünfte, *capisci*? Zimmer. Vor meinem …«

»Ja«, sagte er nachdrücklich. Mit weit ausholenden Nickbewegungen.

»Wem dort?«

»… Was?«

»*Cristo santissomo!* Wem. In. Zimmer?«

»Wer? Acteur … Artist …«

»Rumäne? Viorel Vasile Sabau?«

Der Deutsche strahlte übers ganze Gesicht. »Ja. Vasile.«

Unglaublich, dachte ich.

Ich musterte nach wie vor die Flasche, so als enthielte sie eine Schatzkarte.

»Ja, Brandy«, wiederholte der Deutsche.

»Diese Vasile?«, fragte ich.

Er zuckte die Achseln, kräuselte die Lippen. Plötzlich begannen die rollenden Augen zu strahlen. So als hätten sie eine längst vergessen geglaubte Information aus dem Gedächtnis gefischt.

»Madrid«, sagte er.

»… Wie Madrid?«

»Madrid. Spanien.«

»Ich weiß, wo Madrid liegt.«

Der Deutsche reichte mir den pornopolitischen Kalender, damit ich ihn kurz hielt. Er bückte sich. Zog die unterste Schublade einer kaputten Kommode auf, die bis oben hin mit allen möglichen Flugblättern vollgestopft war. Er wühlte darin herum. Dann richtete er sich auf, klopfte sich die Knie ab und reichte mir eines davon.

Auf dem Flugblatt stand in mehreren Sprachen:

> *Vom 10. Januar bis zum 10. Februar*
> ***Warten auf Godot***
> *Plaza Jacinto Benavente, Madrid.*
> *Theatertruppe* **Nimic Da**
> *von Viorel Vasile Sabau,*
> *Mica Radich,*
> *David Lizza Guttemberg.*

Madrid?, dachte ich.

»Opa Viorel ist nach Madrid aufgebrochen? Wann?«

»... Was?«

»Mein Opa. Acteur. Vasile... Madrid?« Ich klopfte mit dem rechten Handballen auf die linke Handfläche, wie um zu sagen: *Ist er weggegangen?*

»Ja, am Dienstag...«

»Was zum Scheiß heißt Dienstag?«

Der Deutsche klappte den Kalender auf. Eine atemberaubende Brünette kniff sich in die Brustwarzen und zeigte auf ihren flachen Bauch, auf den die kubanische Flagge gemalt war. Zwischen ihren Zähnen steckte eine riesige Zigarre, die aber nicht brannte. Der Deutsche zeigte auf den 29. Dezember.

»Am 29. Dezember? Letzten Dienstag? Ich war vier Tage hier, während mein Opa im Nebenzimmer gewohnt hat?«

»Ja. Dienstag, der 29.«

Aha.

Nachdem ich mit dem Deutschen gesprochen hatte...

Nachdem ich die unglaubliche Wahrheit herausgefunden hatte …

Nachdem ich gemerkt hatte, dass das gleiche Flugblatt an der Schwarze-Brett-Tür hing …

Nachdem ich Ordnung in dieses absurde Spiel des Schicksals gebracht hatte …

… harrte ich eine Stunde lang zwischen den kahlen Wänden aus. Sie dufteten nach Opa Viorel, da war ich mir sicher. Ich saß auf dem Boden, mit einer Flasche Lepanto-Brandy in den Händen. Ich überlegte, wie ich erneut halb Europa durchqueren sollte, um nach Madrid zu gelangen und dort wieder von vorn anzufangen.

Ich weinte.

Ich putzte mir die Nase.

Ich wartete, bis sowohl meine Augen als auch meine Wangen wieder trocken waren.

Bis ich die Kraft fand aufzustehen und den 163 Zentimeter breiten Flur zu durchqueren, der mein Zimmer von dem von Opa Viorel trennte.

Kaum hatte ich die Tür aufgemacht, fuhr Nerone herum. Mit ausgestrecktem Arm, während sein Finger auf dem Abzug der Pistole ruhte.

»Los, stell dich ebenfalls an die Wand, du kleine Fledermaus!«, sagte er und zielte mit der Pistole mit Holzgriff auf meine Stirn. »Höchste Zeit, dass ich das Ding benutze.«

Zwanzig oder dreißig Tage vor unserer Abreise nach Berlin hatte Leon ein Päckchen bekommen, in dem auch Sachen für Nerone waren. Und das kam so:

Nerone und Leon waren sich Anfang September unter den Arkaden der Piazza Castello in Turin über den Weg gelaufen. Sie hatten sich schon länger nicht mehr gesehen, seit ungefähr zwei, drei Jahren. Daher waren sie ins Lutèce gegangen, hatten eine Flasche Arneis, Salami aus den Langhe und warmes Sarazenenbrot bestellt und sich erzählt, was sie in letzter Zeit so getrieben hatten.

Nerone vage und oberflächlich: Jobs, Dinge, Leute.

Leon strahlend und aufgeregt: die Zirkusschule Le Soleil, zwei Exfreundinnen (die aber *unheimlich wichtig* waren), jede Menge Partys, Aufführungen. Das Jongliermaterial kaufe er in Berlin, erzählte er.

Nerone war plötzlich hellwach. »Auch ich erwarte eine Lieferung aus Berlin«, sagte er.

»Zu zweit könnten wir doch Porto sparen?«

»Klar. Ich sag einfach, sie sollen deine Bestellung mit dazupacken. Die Kegel.«

»Keulen.«

»Keulen. Die sollen einfach vorbeischauen und sie abholen. Dann lasse ich alles zu dir schicken. Wenn das Paket da ist, telefonieren wir.«

»Brauchst du Geld?«

»Das hat keine Eile.«

Das Paket hatte eine ziemliche Irrfahrt hinter sich. Nerone hatte seine Spur verloren, und Leon hatte sich darüber aufgeregt. Es kam zum Streit. Vielleicht sogar zu mehr als Streit. Denn die von Leone bestellten Hunther-Keulen aus Aluminium und Palisander, die kaum mehr als dreihundert Gramm das Stück wogen, waren ziemlich teuer. Zumindest für Leon. Jede Menge Telefonate. Bis eines Nachmittags,

Ende November, als das schlimmste Gewitter seit sechshundert Jahren auf Turin niederging, ein roter, zerbeulter Transporter in der Via Magellano 7, Aufgang 4, gehalten hatte. Der Fahrer war ausgestiegen, hatte die Zigarette an der Fahrzeugtür ausgedrückt und bei »Leon« geläutet, denn so stand es an der Klingel. Gemäß seinen Anweisungen hatte er ein zerdrücktes, voluminöses (*voluminös* kommt von *Volumen* und bedeutet groß) Paket abgegeben. Beim Davonfahren war er über den Asphalt geschlingert, weil sich die Straße in einen kleinen Bergbach verwandelt hatte.

Das voluminöse Paket enthielt zwei Päckchen.

Ein schmales längliches mit den Aluminiumkeulen der Firma Hunther.

Ein weiches dickes, das Nerone gehörte.

Aber kurz bevor ich Asia kennenlernte, kurz bevor ich den VW-Bus bestieg, kurz bevor Leon Nerone anrief und sagte: »Heute Abend fahren wir nach Berlin, kommst du mit?«, hatte Nerone erfahren, dass eine junge Frau aus den Hügeln – eine gute und vermögende Kundin von ihm (*vermögend* bedeutet reich), der er einen Teil des Inhalts des dicken Päckchens verkauft hatte – an einer Überdosis gestorben war. Weil sie mit Bikarbonat und Talkumpuder gestrecktes Kokain geschnupft hatte. Und da hatte sich Nerone gedacht: *Diese deutschen Hurensöhne haben mich reingelegt.*

Also hatte er Leons Angebot angenommen, das ihm in den Schoß gefallen war wie ein Klecks Mayonnaise auf einen Hamburger. Er hatte ganz hinten in der Schublade nach einer Pistole gewühlt, die er eines Abends in den Giardini Reali unter einer Parkbank gefunden hatte. Und sie mit den

Patronen geladen, die ihm ein Freund aus dem Maghreb besorgt hatte.

»*Tubib?*«, hatte Achraf gesagt. *Tubib* bedeutet Arzt.

»Nur Tabletten«, hatte Nerone geantwortet.

Beide wussten, was gemeint war.

Alle waren zwischen den Taschen und Schlafsäcken im Zimmer verteilt.

Cora saß an den Kleiderschrank gelehnt auf dem Boden. Sie hatte die Hände vors Gesicht geschlagen und weinte. Asia saß im Schneidersitz da, kerzengerade wie eine Kobra. Leon befand sich auf den Knien, mit dem verständnislosen Blick eines Verrückten, die Hände wie zum Gebet zusammengelegt.

Darüber hinaus war noch ein Junge da, den ich noch nie zuvor gesehen hatte, sechzehn oder siebzehn Jahre alt und schmächtig. Er zitterte. Blut – zur Hälfte noch flüssig, zur Hälfte geronnen – verunzierte seine rechte Gesichtshälfte. Sein weißer Hemdkragen war ganz durchweicht davon. Über dem Auge klaffte eine tiefe Wunde.

Von irgendwoher kam Synthesizermusik, so nervtötend wie Mückengesumm. Durch das schmutzige Fenster fiel ein feiner Lichtstrahl, der das Zimmer zweiteilte und Nerone einen blendenden Heiligenschein verlieh, so als wäre er die Jungfrau Maria.

»Mach die Tür zu!«, befahl Nerone.

Ich stieß sie forsch mit dem Fuß zu.

So wie Tex das getan hätte.

»Aber wenn ich es dir doch schwöre!«, sagte Leon gerade. Er war ein mexikanischer Bandit am Rande einer Schlucht.

Direkt hinter ihm ging es dreihundert Meter senkrecht zum Rio Bravo hinunter.

»Es gibt keine andere Möglichkeit, verstehst du?«, sagte Nerone. »Du hast eine Frau umgebracht. Du. Eine junge, wunderschöne Frau. Und das für 700 verschissene Euro, die du ganz hinten in einer Schachtel mit bunten Kaugummikugeln versteckt hast. Du bist wirklich bescheuert. Weißt du eigentlich, was das Koks wert war, das du mir geklaut hast? Hast du auch nur die leiseste Ahnung?«

Leon schluckte, als müsste er eine Wassermelone hinunterwürgen.

»Nein, natürlich nicht. Denn sonst würdest du dich selbst verfluchen.« Nerone lief im Zimmer auf und ab und fuchtelte wild mit den Armen. »Stattdessen flehst du mich an, dass ich dir vergeben soll. Und dieser arme Junge hier?« Er zeigte mit der Pistole auf ihn. »Was hast du diesem armen Jungen zu sagen? Ich hätte ihm fast das Gesicht zu Brei geschlagen, nur wegen dir.«

Leon sah sich Hilfe suchend um, wartete auf ein Zeichen der Solidarität, ein Wort des Trostes. Doch Asia musterte ihn eiskalt. Cora schluchzte. Ich hielt seinem Blick nicht länger stand und sah zu Boden.

»Ich mach's wieder gut!«, jammerte Leon.

Nerone lachte nur. »Klar, daran besteht kein Zweifel.«

Cora hatte zwanzig, dreißig Sekunden hintereinander die Luft angehalten. Nun tauchte sie aus ihrer Apnoe auf wie ein Delfin aus seinem Becken und brach in ein durchdringendes, anhaltendes Wimmern aus. Asia nahm ihre Hand und streichelte sie. Ich fragte mich, wo Lufthansa steckte. Normalerweise war sie immer bei uns.

Wenn er dem Hund was getan hat, spalte ich ihm den Schädel und pisse hinein. Was für ein Arschloch!

Nerone breitete die Arme aus, als hätte er soeben eine göttliche Eingebung gehabt. »Die Verspätung war also nur erfunden, stimmt's? Das Paket ist angekommen, und du hast dir jemanden gesucht, der dir den Stoff streckt. Dann hast du mich angerufen und mir was vorgesäuselt: ›Schulde ich dir noch Portokosten, Nero?‹ Scheiße! Ich fass es einfach nicht!« Er schlug die Hände vors Gesicht.

Der Synthesizer vibrierte weiterhin monoton. Leon riss die Augen auf. »Was?«

»Von welchem Planeten stammst du?«

»Was?«

»›Was‹ ist ein Planet, von dem ich noch nie etwas gehört habe. Spricht man dort meine Sprache? Sprichst du meine Sprache, du Hurensohn?«

»... Ja.«

»Du verstehst mich also?«

»... Ja.«

»Los, sag schon: Sehe ich vielleicht aus wie eine Nutte?«

»Was?«

Nero trat einen Schritt vor, zielte mit der Pistole auf Leons Gesicht, berührte mit ihrem Lauf seine Wange. »Sag noch einmal ›Was?‹! Sag noch ein einziges Mal ›Was?‹, und ich zaubere dir hier ein drittes Auge hin, ich schwör's! Ob. Ich. Aussehe. Wie. Eine. Nutte, habe ich dich gefragt.«

»Nein.«

»Warum hast du dann versucht, mich zu ficken?«

Irgendwie kam mir die Unterhaltung bekannt vor. Nerone kreischte wie einer von diesen Dorfpredigern aus dem

Wilden Westen, die an Straßenecken auf Eimer oder einen Pferdetrog klettern, um den bevorstehenden Weltuntergang anzukündigen. Er befand sich in einer Art Machtrausch und war völlig übergeschnappt. In der Zimmermitte blieb er stehen, sodass ihm die Sonne direkt ins Gesicht schien. Das fand ich albern, weil sie ihn blendete und uns so Gelegenheit gab, auf ihn loszugehen. Doch keiner von uns rührte sich auch nur einen Millimeter.

Ich hörte ein Bellen.

Lufth.

»Wisst ihr, was ich in so einem Fall zu sagen pflege?«, fuhr Nerone fort.

Mucksmäuschenstill.

»Es gibt da so eine Stelle in der Bibel, die Samuel Jackson in meinem Lieblingsfilm diesen Arschlöchern an den Kopf wirft. Ich habe sie auswendig gelernt. Ich warte schon seit Jahren auf einen Moment wie diesen hier, in dem ich sie anbringen kann …«

Nerone legte die Pistole an. Hätte er jetzt geschossen, hätte Leon ein kreisrundes Loch in der Brust gehabt. Knapp unter dem Hals.

»Die Stelle stammt aus dem Alten Testament, Hesekiel 25,17«, sagte er. »*Der Pfad der Gerechten ist auf beiden Seiten gesäumt mit Freveleien der Selbstsüchtigen und der Tyrannei böser Männer. Gesegnet sei der, der im Namen der Barmherzigkeit und des guten Willens die Schwachen durch das Tal der Dunkelheit geleitet. Denn er ist der wahre Hüter seines Bruders und der Retter der verlorenen Kinder. Und ich will große Rachetaten an denen vollführen, die da versuchen, meine Brüder zu vergiften und zu vernichten, und mit Grimm werde ich sie strafen, auf dass sie erfahren sollen: Ich sei der Herr, wenn ich meine Rache an ihnen vollstreckt habe.«*

Was redet der da bloß für einen Scheiß?, dachte ich.

Nerones Finger übte Druck auf den Abzug aus.

Leon sah ihm mit einer plötzlichen Aufwallung von Mut direkt ins Gesicht und sagte: »Ich glaube, es wird höchste Zeit, dass du erfährst, dass es diese Stelle so gar nicht gibt!«

Nerone riss die Augen auf und sagte, »Na klar gibt's die.«

»Warte!« Asias Stimme kam wie von weit her. »Ich glaube, du bist ziemlich außer dir, Nero. Und ich glaube auch mit Recht, wenn Leon das getan hat. Aber ich glaube auch, dass wir niemandem einen Gefallen tun, wenn das hier mit einem Blutbad endet. Das siehst du doch auch so, oder? Vielleicht sollten wir uns stattdessen kurz setzen und …«

»Ihr sitzt schon.«

»Dann setz dich doch auch, und wir reden, einverstanden?«

Nerone kniff die blutunterlaufenen Augen zusammen, kratzte sich mit dem Zeigefinger, der auf dem Abzug seiner Pistole ruhte, die Schläfe. Er drehte sich zehn, zwanzig Sekunden lang im Kreis wie ein Kojote. Schließlich sagte er: »Ja. Das sehe ich auch so. Denn der Vampir kann nichts dafür, und ich gehöre nicht zu den Arschlöchern, die für eine Handvoll Geld über die Leichen Unschuldiger gehen. Im Gegenteil. Wisst ihr was? Ich scheiße auf das Geld, das mir Leon geklaut hat. Da steh ich doch drüber. Über so was bin ich erhaben. Du da!«

Mit dem Kinn wies er auf mich.

Um mich zu vergewissern, dass ich richtig verstanden hatte, zeigte ich mit dem Daumen auf mein Brustbein.

»Ja, du hast richtig verstanden. Nimm du das Geld, Vampir! Es liegt im Koffer.«

»Was?«, sagte ich.

Er fuchtelte wütend mit der Pistole herum und ging zwei Schritte auf mich zu. »Ich sagte bereits, dass ich dieses ›Was‹ nicht ausstehen kann!«, knurrte er.

»… Entschuldige, entschuldige«, sagte ich und hob ergeben die Hände.

»Nimm das Geld und geh.«

Ich ging zu dem Arztkoffer, in dem Leon sein Jongliermaterial aufbewahrte. Verschiedene Fünfzig-Euro-Scheine waren mit Reißzwecken am Boden befestigt. Ich nahm einen nach dem anderen heraus. Die anderen verfolgten jede meiner Bewegungen mit angehaltenem Atem. Mit den Scheinen in der Hand stand ich auf und suchte Nerones Blick. Genau in diesem Moment hörte der Synthesizer auf zu vibrieren.

»Und jetzt verschwinde. Ich vergebe dir.«

Was will er mir denn vergeben?

Ich sah Asia an.

Sie lächelte mir zu. Ihr Lächeln enthielt eine Botschaft, die ich nicht verstand.

Ich lächelte zurück.

Ich hätte gern noch etwas gesagt.

Was?

Ich nahm meine Tasche.

Ich öffnete die Tür.

Ich schloss sie wieder.

Ich rannte die Treppe hinunter.

Ich sauste am Deutschen mit den rollenden Augen vorbei.

Ich trat auf die Straße hinaus.

Und das, ohne zum Abschied zu meinem deutschen Freund noch einmal *Augen auf* zu sagen.

Ich lief einfach drauflos.

Ich könnte zur Polizei gehen, dachte ich. *Und was soll ich denn verdammt noch mal erzählen?*

Mein Opa ist in Madrid. Und ich habe 926 Euro in der Tasche.

Als ich mich gegenüber dem Zoologischen Garten auf eine Parkbank setzte, war ich völlig erschöpft und nass geschwitzt. Ich fühlte mich, als hätte ich Fieber. Jede Menge Leute gingen vorbei. Ich hatte eine Riesenangst um Asia und Cora und fühlte mich hin- und hergerissen. So wie die San-Andreas-Spalte – das Thema eines Aufsatzes, für den ich eine Eins bekam, weil Delia mir ihre Aufzeichnungen zur Verfügung gestellt hatte. Sollte ich nach Turin zurückkehren?

»Wie wär's mit einem Erinnerungsfoto?«

Ich brauchte ein paar Sekunden, bis ich ihn wiedererkannte. Die Stimme des Fotografen von der East Side Gallery traf mich so unerwartet wie ein Apachenpfeil. Nie hätte ich damit gerechnet, ihn wiederzusehen. Er setzte sich neben mich – mitsamt seinem braunen Samtmantel, seiner zierlichen Brille und den buschigen Augenbrauen, die aussahen wie die vom Weihnachtsmann. Aber zuerst strich er sich den Mantel unterm Hintern glatt, um ihn nicht zu zerknittern. Er lächelte mich nicht an. Er schien generell nie zu lachen.

»Welche Brandymarke war es?«

»Lepanto.«

»Wow! Gonzales Byass. Hervorragend.«

»Genau.« Ich nickte.

Der Fotograf runzelte die Stirn.

Schweigen. Ein, zwei Minuten lang. Der Fotograf überprüfte ein paar Einstellungen auf dem Display seiner Nikon. Plötzlich stand er auf und sagte: »Das ist kein besonders guter Moment, was? Na ja, ich wollte mich nur verabschieden.«

»Wo gehst du hin?«, fragte ich.

»Zum Bahnhof. Ich muss einen Zug nehmen.«

»Wohin?«

Er strich seinen Schal glatt. »Ich muss bis Freitag nächster Woche einen Job erledigen. Sonst nehmen die vom *National* meine an einem rostigen Nagel baumelnden Eier auf den Titel.«

»*National?*«

»Die vom *National Geographic*. Das ist eine Zeitschrift mit wunderschönen Fotos. Kennst du die? Sie hat einen gelben Rand.«

»Worüber?«, fragte ich.

»Wie worüber?«

»Worüber geht es in deinem Beitrag?«

»Über La Roque-Gageac. Und vorher muss ich noch in Toulouse vorbeischauen.«

»In Frankreich?«

»Ja, in Frankreich.«

Ich runzelte die Stirn. Wenn mir der liebe Gott noch eine Chance gab, musste ich sie beim Schopf ergreifen. Ich kniff ein Auge zu und kratzte mich an der Schläfe. *Und wenn das mein zweites Boot ist?*, dachte ich.

»Hör mal«, sagte ich.

»Ja.«

Er machte ein Foto von mir, mit einem großen Objektiv, das aussah wie ein Untersetzer aus geschmirgeltem Glas. Plötzlich rülpste der Himmel, und es donnerte. Ganz leise, so als schämte er sich. Ich sah zur Sonne empor. Sie war gelb, fett und grinste.

Manchmal gibt es ein Zuviel an Schönheit, aber man darf keine Angst davor haben

Manchmal gibt es ein Zuviel an Schönheit, aber man darf keine Angst davor haben. Das hat meine Mutter immer zu meinem Bruder und mir gesagt, vor allem auf unseren Wanderungen im Val Varaita, wenn das Morgenrot förmlich explodierte und dann in den gedämpften Farben des Herbstes aufging. Wir sammelten Esskastanien, verschlangen ihr pralles Fleisch regelrecht mit unseren Blicken. Wir aßen sie gekocht. Vor dem Schälen polierte ich sie und bewunderte das milchige Schimmern auf der braunen Maserung. Das waren die schönsten Momente meines Lebens.

Der Monterey-Auftrag klappt.

Ich schließe die Haustür auf. Emil und Marek lümmeln wie immer auf dem Sofa herum. Sie spielen mit der Playstation. Wenn ihre Figuren in Bedrängnis geraten, stoßen sie unterdrückte, gutturale Schreie aus. Marek bemerkt mich und hebt grüßend eine Hand.

»Marek hat mir beigebracht, über das dritte Level rauszukommen«, sagt Emil.

»Das mit dem Alten, der ins Klo kotzt«, erklärt Marek.

»Habt ihr die Airone poliert?«

»Klar. Wie war's in Hamburg?«

»Schön. Kalt.«

»Emil hat einen Brief von seinem Vater bekommen.«

»Marek, würdest du es bitte Emil überlassen, was er mir aus seinem Leben erzählen möchte und was nicht?«

»Dann sag du es ihm, Emil.«

»Er hat eine Möglichkeit gefunden, an einen Pass zu kommen. Es ist nicht ungefährlich, aber vielleicht ist er Weihnachten in Italien. Er hat mir ein Geschenk gekauft. Und er dankt dir, dass du das alles für uns tust.«

»Du hast ihm von mir erzählt?«

»War das ein Fehler?«

»Nein.«

»Kann er bei uns in der Wohnung wohnen, die du uns zur Verfügung gestellt hast?«

»Klar. So eine gute Nachricht muss gefeiert werden. Wollen wir ausgehen?«

»Wohin?«

»Ins Kino? Einen Cheeseburger essen? Basketball spielen?«

»Basketball«, sagt Emil.

»Cheeseburger«, sagt Marek.

Ich stecke die Hände in die Hosentaschen. »Und danach vielleicht noch ins Kino.«

Die harmonische Gesamtwirkung eines Körpers hängt von der Beschaffenheit und den Proportionen seiner Bestandteile ab. Von der Farbe der Haut und der Iris. Von der Elastizität des Gewebes. Und letztlich auch von der Liebe und dem Leid, die das Fleisch beleben.

Emil betritt in ein weißes Handtuch gehüllt die Küche.

»Hast du schon geduscht?«

»Ja.«

»Hast du Assunta gesagt, dass du bei mir isst?«

»Ja.«

»War sie sauer?«

»Nein.«

Ich schneide Tomaten in Scheiben. Streiche Frischkäse auf Cracker. Emil nimmt zwei, legt sie aufeinander und verschlingt sie.

»Du bist sauer auf mich, weil ich Marek hab gewinnen lassen.«

»Morgen wird er mich damit aufziehen.«

»Das stimmt nicht.«

»Doch.«

»Das stimmt nicht.«

»Du wirst schon sehen.«

»Marek weiß ganz genau, dass wir ihn haben gewinnen lassen. Wir beide waren stärker, und da wir uns amüsiert haben, mussten wir ihn das nicht unbedingt spüren lassen. Das wissen wir doch alle drei, oder etwa nicht? Ansonsten hätte ich euch ständig die Ellbogen ins Gesicht gerammt, schließlich reicht eure Nase, wenn ich dribble, genau bis zu meinen Ellbogen. Ich habe euch auch gewinnen lassen, als ihr beide gegen mich gespielt habt.«

»Da stimmt nicht. Da waren wir wirklich stärker.«

»Ihr wart nicht stärker.«

»Doch.«

»Das soll wohl ein Witz sein.«

»Das ist mein voller Ernst.«

»Tatsächlich?«

»Allerdings.«

»Wenn du so bist, würde ich deinen Kopf am liebsten mit

einem Bagger platt machen, die Überreste in einer Blechtonne verbrennen und unter den Zement für einen Parkplatz mischen. Entspann dich im türkischen Bad! Dann schwitzt du etwas von dem Gift aus, das dein Gehirn verstopft. Hier, das habe ich dir mitgebracht.«

»Was ist das?«

»Dein Geburtstagsgeschenk, das ich dir versprochen habe. Es kommt zwar einen Monat zu spät, aber das Warten war es wert.«

»Die Etnies.«

»Genau.«

»Die braunen.«

»Genau.«

»Wo hast du die denn her?«

»Aus Hamburg.«

»Delia wird in ihren Slip beißen vor Wut.«

»Mal ganz abgesehen von Marek.«

»Mal ganz abgesehen von Marek.«

Mein Lieblingsmaterial ist Marmor. Meine Lieblingsfarbe ist weiß. Meine Lieblingstemperatur ist jede beliebige Temperatur unterhalb meiner Körpertemperatur. Ich habe die Airone kobaltblau lackieren lassen. Ich habe die Reproduktion einer Boccioni-Skulptur gekauft, *Forme uniche nella continuità dello spazio*, und bin eingeschlafen, während ich sie liebkost habe. Das erregt mich. Ich habe die Fibonacci-Folge bestellt, die mir schon lange vorschwebt. Aus Neonröhren, wie die von Mario Merz.

1

1

2

3

5

8

13

21

34

55

89

144

233

377

610

987

1597

2584

4181

6765

10946

Merz hat immer nach den ersten sechs, sieben Zahlen aufgehört. Ich werde die ersten einundzwanzig installieren. An der Wand, die zur Galerie hinaufführt. Die 3 ist die perfekte Zahl, und 21 ist ein Vielfaches von 3. Und da die 21 auch eine Fibonacci-Zahl ist, ist die Folge perfekt. Weder die 6 noch die 7 sind Fibonacci-Zahlen. Merz hat sich immer geirrt. Moralische Verpflichtung ist entweder unendlich oder inexistent.

Wir ziehen uns vor der Dusche aus. Emil schämt sich nicht vor mir. Mein Handy klingelt. Mit einem Handtuch um die Hüften betreten wir das türkische Bad. Wir setzen uns nebeneinander.

Der Jacuzzi mit Dampfdusche befindet sich in einer Glaskabine. Es gibt eine fest installierte Bank und drei Kunstharzliegestühle.

Emil dehnt sich und berührt die Füße mit den Fingerspitzen. »Marek behauptet immer, alles besser zu können.«

»Ganz einfach, weil er das gern so hätte. Könnte er wirklich alles besser, hätte er das nicht nötig. Gib mir einen Fuß.«

»Wie bitte?«

»Den rechten Fuß. Leg ihn hier auf mein Bein.«

»Du tust mir weh.«

»Wenn ich hier draufdrücke? In die Mitte?«

»Nein, da nicht.«

»Das nennt man Fußreflexzonenmassage.«

»Das ist eine Fußmassage.«

»Das ist keine Fußmassage.«

»Meine Wade tut weh.«

»Hier?«

»Ja.«

»Eine Zerrung?«

»Aua!«

»Halt still.«

»Wie bitte?«

»Nicht verkrampfen.«

»Genau da.«

»Der Gastrocnemius.«

»Was?«

»Dieser Muskel heißt Gastrocnemius.«

»Hattest du jemals Läuse?«

»Läuse? Nein, niemals. Du?«

»Ich schon.«

»Wann?«

»In Rumänien, in der dritten Klasse.«

»Leg dich auf die Bank.«

»Warum? Auf den Rücken?«

»Nein. Auf den Bauch. Lass die Arme fallen.«

»Dann schlafe ich ein.«

»Entspann dich.«

»Läuse saugen Blut. Das sind Vampire. Sie haben sechs Beine und Krallen. Sechs Beine, kapiert? Mit denen krallen sie sich an den Haaren fest.«

»Mit Läusen kenne ich mich nicht aus.«

»Dein Kopf juckt, weil die Laus dir in die Wunde spuckt.«

»Wie ekelhaft.«

»Aber genau so ist es.«

»Als Kind habe ich mehrere Sommer in Apulien verbracht. In einem Haus am Meer. Es hat Verwandten meines Vaters gehört. Ich hatte eine Tante, die wusch mir die Haare mit Olivenöl. Sie machte eine Art Aufguss mit Rosmarin, Klette, Brennnessel und noch irgendwas.«

»Mein Opa sagt immer, dass Läuse richtige Kommunisten sind.«

»Warum?«

»Weil alle Läuse kriegen, auch die Reichen. Es stimmt nicht, dass man sie sich in unhygienischen Verhältnissen einfängt. Sie leben ausschließlich auf Menschen. Wenn man sie hat, hat man sie von einem anderen Menschen bekommen, nicht von Schmutz. … He, das kitzelt!«

Emil hat ziemlich breite Schultern für ein Kind. Sie sind rund.

Für *Plastic 4 the Clean City* habe ich an eine durchsichtige Kugel gedacht, die sich in einem öffentlichen Park aufstellen lässt. Ich habe schon mit Corepla von Plastic Europa Italia gesprochen, dem Verband der Plastikhersteller. Auch mit *Casa Vogue*, die den Wettbewerb ausgeschrieben hat. Plastik ist mehr oder weniger unzerstörbar. Außerdem kostet seine Entsorgung viel Geld. Man muss über Recycling nachdenken. Die Kugel, die mir vorschwebt, wird in einem öffentlichen Park verankert. Die Kinder können darin graben. Stollen. Gänge. Sie sind akustisch isoliert, spielen in einer Welt der gedämpften Geräusche, der Höhlen und Geheimnisse. Aber ihre Eltern können sie sehen. Die Kugel ist mir nach einem Konzert von Peter Gabriel in Mailand eingefallen. Gabriel hat sich in einer durchsichtigen Gummikugel über die Bühne bewegt: im sogenannten Zorb Ball.

Emils Rücken sieht aus wie Plastik. In seinem Verlauf zeigen sich leichte Schatten.

4

»Aufwachen.«

Ratata-tat.

»Emil, mach die Augen auf.«

Ratata-tat.

Der Trainer massierte mir die rechte Wade. Ich lag ausgestreckt am Boden, von Krämpfen geplagt. *Ich muss es schaffen. Ich muss ein Tor schießen. Die Mannschaft zählt auf mich.* Ich hob eine Hand. Ich hörte das Tosen des Stadions. Ich mobilisierte meine letzten Kraftreserven. Ich wollte nach einem Grasstollen greifen, aber statt des Rasens spürte ich etwas Synthetisches: die Decke, die einem die französische Bahn zur Verfügung stellt. Das Getrommel von den Rängen verwandelte sich in das *Ratata-tat* des Zuges.

Sebastianos muskulöse Finger kniffen mich durch die Jeans. Plötzlich fiel mein rechtes Bein in die Leere des Abteils, und nach einem akrobatischen Salto fand ich mich sitzend im Liegewagen wieder. Mit verklebten Augen. Ich musste dringend pinkeln.

»Was soll das?«

»Hier, probier mal.«

Ich bohrte in der Nase. »Wo sind wir?«

»In fünfzehn oder zwanzig Minuten dürften wir in Toulouse sein.«

Ein schwaches Licht fiel durchs Fenster. Ich spähte hinaus: ausgedörrtes Land, Strommasten, mit Kletterpflanzen bewachsene Mauern.

»Iss!«, sagte Sebastiano.

»Was ist das?«

»*Foie gras.*«

»*Fuaaa* was?«

»*Foie gras.* Eine Art Pastete. Auf Roggenbrot.«

Sebastiano nahm einen übertrieben großen Bissen von seinem Brot und küsste sich die Fingerspitzen.

»In Toulouse gibt es die beste überhaupt.«

»So ein Glück aber auch!«, sagte ich.

Er warf mir einen bitterbösen Blick zu.

»Ich meinte doch nur, dass wir heute Nacht Glück gehabt haben.« Ich griff nach dem Brot. »Ich habe schon lange nicht mehr so gut geschlafen. Obwohl ich eigentlich immer gut schlafe.«

Sebastiano wischte sich mit einer Papierserviette über den Mund. »Ich hasse es, mit Fremden in einem Raum zu schlafen. Und trotzdem habe ich es auf meinen Reisen um die Welt schon x-mal getan.«

Erst jetzt merkte ich, dass der Hunger an mir nagte wie ein Kojote. So als hätte ich die Salzwüste durchquert und es einfach nicht über mich gebracht, mein Pferd zu essen. Soweit ich weiß, haben das manche Cowboys tatsächlich getan.

Aber nicht Tex, dachte ich. *Wahrscheinlich mag Tex kein Pferdefleisch.*

Und schließlich: *Ist Tex ein Tierfreund?*

Meine Zunge war belegt, und mein Atem stank so bestialisch, dass man eine ganze Ameisenkolonie damit hätte ausrotten können. Ich biss in das Brot. Seit Berlin hatte ich nichts mehr gegessen. Ich rechnete mir aus, dass ich ungefähr fünfzehn oder sechzehn Stunden am Stück geschlafen haben musste, mit Ausnahme einiger benebelter Minuten, in denen ich etwas getrunken hatte oder aufs Klo gegangen war. Und als der französische Kontrolleur uns an der Grenze gefragt hatte, ob wir miteinander verwandt seien, hatte Sebastiano Ja gesagt. Daraufhin wollte der Kontrolleur wissen, ob Sebastiano mein Vater sei, was ich im Halbschlaf bejaht hatte. Der Kontrolleur meinte, wir hätten dieselben Augen, und danach weiß ich nichts mehr. Ich hatte einfach nur geträumt: Asia. Nerone. Die Beerdigung meiner Mutter. *Agnies.*

»Und?«

»Gut.«

»Nur gut?«

»Sehr gut. Was ist dieses *Fuaa*?«

»Gänsestopfleberpastete.«

Ich hätte lieber nicht fragen sollen. Mir wurde schlecht, und ich erbrach eine Fontäne, die sich in einen Geysir wie die im Yellowstone-Nationalpark verwandelte und den Sitz vor mir überschwemmte.

»Schnell, gib mir was zu trinken!«, bat ich.

Mit dem Zeigefinger schnippte Sebastiano einen *Foiegras*-Meteoriten von seinem Knie, als würde er Billard spielen.

»Spinnst du?«, sagte er.

»Ich soll spinnen? Wenn du mir so einen Scheiß zu essen gibst?«

»Gerade hast du noch gesagt, dass es köstlich schmeckt.«

»Bevor ich wusste, was es ist.«

»Was spielt denn das für eine Rolle?«

»Und ob das eine Rolle spielt!«, sagte ich. »Würde man dir ohne Vorwarnung einen mit Schlagsahne bedeckten Stierschwanz mit Vanillearoma in den Hals rammen, fändest du das vielleicht auch lecker. Bis du weißt, worum es sich handelt …«

Sebastiano riss die Augen auf. »Du spinnst ja!« Er tippte sich an die Stirn und schüttelte zwei- oder dreimal den Kopf, wobei er in sich hineinlächelte. Dann wechselte er das Thema und sagte, so als wüsste er nicht genau, wie er mir das beibringen sollte: »Hör mal, wenn du nach Madrid musst, solltest du ab Toulouse einen anderen Zug nehmen. Ich habe nachgeschaut. Und dir einen Brief geschrieben.« Er klang fast verlegen, als er das sagte. »Auf die Idee bin ich heute Nacht gekommen. Wenn ich dir einen Brief schreibe, hab ich mir gedacht, in dem steht, dass du deinen Opa besuchst, könnte dir das vielleicht weiterhelfen.«

Aus dem Zuglautsprecher kam eine Stimme.

»Sind wir in Toulouse?«, fragte ich.

Sebastiano nickte.

Am Nachmittag zuvor hatte ich Sebastiano auf dem Weg vom Zoo bis zum Berliner Hauptbahnhof alles erzählt, was ihn dazu bewegen könnte, mich mitzunehmen.

Dreizehn Lebensjahre sprudelten nur so aus mir hervor.

Ich wusste, dass ich es ohne ihn niemals schaffen würde.

Nicht, weil es für einen dreizehnjährigen Rumänen, der gut Italienisch und katastrophal Deutsch spricht, unmöglich wäre, ein zweites Mal innerhalb von zehn Tagen durch halb Europa zu reisen und bis nach Madrid zu gelangen. Sondern weil ich wusste, dass ich dafür die Kraft nicht mehr hatte. Ich brauchte dringend einen Schubs, so wie unser alter himmelblauer Trabant, wenn wir mit ihm zur orthodoxen Messe nach Brasov fuhren. Er sprang nie an, wenn man den Zündschlüssel herumdrehte, deshalb setzte sich meine Mutter ans Steuer, während mein Vater und ich den Wagen anschoben. Zur Not auch den ganzen Hügel hinauf. Bergab sprang er immer an. So wie Kit Carsons Pferd, das mit Sporen angetrieben werden muss.

Am Ende hatte ich Sebastiano überzeugt, Gott mit nur einem Auge gedankt und der heiligen Paraskeva versprochen, eine Kerze für sie anzuzünden.

Ich hatte wieder Hoffnung.

Ich hatte einen neuen Reisegefährten.

Und 700 Euro, denen zwar der Tod einer bemitleidenswerten jungen Frau, der Wahnsinn eines Pushers und das ungewisse Schicksal meiner Freunde anhaftete – aber 700 Euro sind einfach 700 Euro.

Noch nie war ich so reich gewesen.

Ich hatte Sebastiano angeboten, ihm die Reise zu zahlen. Aber Sebastiano hatte gesagt, dass 700 Euro tatsächlich eine stolze Summe seien, ich das Geld aber selbst bräuchte, wenn ich denn tatsächlich mit dem Zug von Berlin nach Madrid fahren, meinen Opa suchen, etwas essen und irgendwo schlafen wollte. So gesehen sollte ich sie lieber für mich behalten und gut darauf aufpassen.

»Stimmt«, hatte ich gesagt.

Sebastiano hatte sich auch Gedanken über etwaige damit verbundene Probleme gemacht, und zwar ohne auch nur ein einziges Mal zu lächeln. Er hatte sich an einen der schwarzen Tische im Bahnhofscafé gesetzt und für sich ein dunkles Malzbier und für mich eine Cola bestellt. Dann hatte er sich in eisiges Schweigen gehüllt. Er hatte sechs oder sieben Schnappschüsse gemacht, ohne dass ich verstanden hätte, warum. Nach etwa einer Stunde hatte er seine Augen aufgerissen und »Einverstanden« gesagt.

1978 hatte der 22-jährige Sebastiano Cortese im Turiner Quadrilatero romano eine Jazzbar eröffnet, das Dizzie. Zu Ehren eines gewissen Dizzie Gillespie, und dass ich den kannte, davon ging Sebastiano einfach aus. So wie Leon und Asia selbstverständlich davon ausgegangen waren, dass ich Giovanni Lindo Ferretti, die Novantanove Posse und alle anderen kannte.

Oft dachte ich: *Diese Reise ist ein bisschen so, wie zur Schule zu gehen.*

Beziehungsweise: *Diese Reise ist unter Umständen besser, als zur Schule zu gehen.*

Woraufhin ich mich jedes Mal fragte: *Werde ich eines Tages wieder zur Schule gehen müssen?*

Tagsüber war das Dizzie eine Coffeebar, aber abends verwandelte es sich in einen Hexenkessel aus verrückter, sinnlicher Musik, Pfeifen- und Marihuanarauch und Cocktails auf der Basis von Scotch, Gin und exotischen Säften. Es wurden auch blutig gebratene Steaks mit Pommes serviert, aber laut Sebastiano war in Essig gedünsteter Blumenkohl die Spezialität des Hauses.

»Igittigitt!«, sagte ich.

Das Lokal besaß keine Fenster. Die Wände waren grob gekalkt und die Tische und Stühle aus Holz. Überall Fotos von

Katzen, Saxofonisten und schwarzen Frauen mit breiten Hüften und riesigen Brüsten. Sebastiano mixte die Drinks, wusch die Teller und legte Platten von Charlie Parker und Charles Mingus auf. Manchmal auch von Pink Floyd. Er veranstaltete auch Konzerte, denn in einer Ecke des Raums gab es ein Podest, auf dem sechs oder sieben Musiker und ein Sänger Platz hatten, wenn es denn einen gab.

Bis zu dem Jahr, in dem er das Lokal eröffnete, hatte er noch kein einziges Foto gemacht, noch nie eine Kamera in der Hand gehabt. Wenn es gerade nichts zu tun gab, beobachtete er die Leute und las. Dann wurde eines Tages in einer ehemaligen Pferdemetzgerei gegenüber dem Dizzie eine Kunstgalerie eröffnet.

Und so kam es, dass Sebastiano, als er eines Morgens eine Zigarette auf dem Bürgersteig rauchte und auf den Franziskaner-Weißbierlieferanten wartete, angestrengt durch die Fenster der Galerie spähte. Sie hieß Mattatoio, also Schlachthof. Daraufhin hatte er die Idee, durch die Stadt zu ziehen, Fotos zu machen und sie im Dizzie auszustellen.

»Nur, dass ich keinerlei Ahnung hatte, wie man sich der Fotografie überhaupt nähert.«

»Und dann?«

»Dann habe ich mir vom Bruder meiner damaligen Freundin eine Kamera ausgeliehen. Eine Canon Reflex, die mehr oder weniger kaputt war. Ich habe einen Kodak-Schwarzweißfilm eingelegt, bin aufs Rad gestiegen und durch die Stadt gekurvt.«

»Und hast rein zufällig lauter tolle Fotos gemacht.«

»Nein. Ich habe nicht mal ein einziges Foto gemacht.«

»Nicht mal ein Foto?«

»Nicht mal eines, nicht mal ein halbes – ja, ich habe den Deckel gar nicht erst vom Objektiv genommen. Aber an diesem Tag habe ich begriffen, dass die Fotografie was für mich ist. Man wird nämlich nicht dadurch zum Fotografen, dass man eine Kamera in die Hand nimmt und alles fotografiert, was sich bewegt, was stillsteht oder wovon man einen Ständer bekommt. Man wird dadurch zum Fotografen, dass man weiß, welches Motiv man wählen muss – ganz einfach weil es noch nie so gesehen wurde. Das funktioniert ganz ähnlich, wie etwas zu erzählen, wenn du verstehst, was ich meine.«

»Nein. Und dann?«

»Und dann stehe ich Monate später, als ich die Sache mit der Ausstellung schon fast vergessen habe, eines Morgens auf, gehe ins Bad, mache mir ein Frühstück und sehe auf einmal, dass der Küchentisch in meinem Einzimmerapartment mit all dem Essen darauf… Ich weiß gar nicht, wie ich das beschreiben soll. Dass er irgendwie anders ist. Also greife ich zum Fotoapparat und mache mein erstes Foto…«

»Von dem Tisch?«

»Weniger vom Tisch als davon, was darauf steht: gebutterter Toast. Eine Kaffeetasse. Die halb leere Zigarettenschachtel. Hausschlüssel. Eine Zeitschrift. Das Telefonbuch, in dem ich am Vorabend die Nummer eines Lieferanten nachgeschlagen hatte. Den einen oder anderen Fleck oder Krümel. Ein Stift. Ein Block, auf dem ich notiert hatte, was ich am Nachmittag erledigen wollte. Der Taschenrechner, mit dem ich jeden Abend die Abrechnung machte… solche Sachen.«

»Und das wurde ein Wahnsinnsfoto?«

»Nein. Es sah scheiße aus. Aber ich begriff, dass Tische

oder besser gesagt das, was Tische über das Leben eines Menschen aussagen, aus einem neuen Blickwinkel betrachtet werden können. Von jenem Tag an fotografierte ich die Tische des Dizzie. Ich ließ mir von den Gästen die Genehmigung dazu geben. Ich konstruierte eine Halterung, mit deren Hilfe ich aus der Vogelperspektive fotografieren konnte. Ein halbes Jahr später fand die erste Ausstellung statt. Anfangs interessierte sich niemand dafür. Dann wurde im Lokalteil darüber berichtet. Und schließlich brachte ein Regionalsender einen Fernsehbeitrag.«

»Ich würde nie einen Tisch fotografieren.«

»Das kann ich mir vorstellen.«

»Und wie bist du dann von den Tischen zur Reisefotografie gekommen?«

»Das mit den Tischen dauerte mehrere Jahre, dann hatte ich keine Lust mehr. Aber das genügte, dass zwei Avantgarde-Zeitschriften auf mich aufmerksam wurden. Sie kauften ein paar Schnappschüsse, andere folgten. Ich verpachtete das Dizzie. Verkaufte es und heiratete. Ich trat zum Judentum über, gab die Zigaretten auf und begann, Zigarren zu rauchen. Ich fing an zu klettern. Ich beerdigte meinen Vater, ließ einen eingewachsenen Nagel behandeln. Ich zeugte zwei Kinder …«

»Du hast zwei Kinder?«

»Einen Sohn und eine Tochter. Luca ist fünfzehn, Sofia neun.«

»Schön.«

»Das Schönste überhaupt.«

»Stimmt.«

»Und dann kamen die Reisen. Seit zwei Jahren bin ich

für die berühmteste Reisezeitschrift der Welt unterwegs: Für den *National Geographic* …«

»Echt der Hammer.«

»Die zahlen gut. So hat sich das ergeben.«

Wir verließen den Bahnhof durch eine Unterführung.

Toulouse.

Eine andere Stadt.

Nachdem ich vier Tage lang 163 Zentimeter von Opa Viorel entfernt, zehn Tage lang in Berlin und einige Sekunden einer Pistole ausgeliefert gewesen war, kam ich langsam zu dem Schluss, dass mein Leben so ähnlich funktionierte wie das Fernsehen: Es genügt, dass du auf den richtigen Fernbedienungsknopf drückst und *zack!*, bist du ein glückliches Kind auf dem Land in Rumänien. *Zack!*, deine Mutter stirbt. *Zack!*, du landest in Italien, dann in Berlin, wirst auf französischem Gebiet wieder ausgespuckt, mit dem Risiko festgenommen und für immer in irgendein Heim gesteckt zu werden. Dein bester Freund ist ein Fotograf, den du gerade mal seit achtundvierzig Stunden kennst. Und das, obwohl du nicht einmal weißt, ob die alten Freunde noch leben. Und das, obwohl die Freunde vor ihnen zu Hause geblieben sind, weshalb du sie nie mehr wiedersehen wirst.

Nie mehr.

Und warum das alles?

Die Bahnhofshalle glänzte und war halb leer. Es herrschte eine seltsam angespannte Stille. Es roch nach Desinfektionsmittel, das in der kalten Luft verdampfte.

Ich würde gern Mundharmonika spielen können!, dachte ich.

Einfach nur so.

Sobald ich Zeit hätte, würde ich mir eine Platte von Dizzie Gillespie kaufen.

»Sollen wir gemeinsam nachschauen, wann Züge nach Madrid fahren?«

Sebastiano schraubte sich die graue Wollmütze auf den Kopf, zupfte mir eine Fussel von der Schulter und fuhr mir durchs Haar.

Ich muss schöne Haare haben, dachte ich, *denn irgendwie fahren mir immer alle durchs Haar.* Sebastiano lächelte ein weiteres Mal. *Zweimal. Er hat in weniger als einer Stunde zweimal gelächelt.*

Ich tat so, als müsste ich nachdenken. Als ob das nötig gewesen wäre! Außerdem war mein Kopf so leer wie der ausgetrocknete Mississippi. »Okay, danke«, sagte ich schließlich. »Wenn du magst.« Nicht zuletzt deshalb, weil ich kein Wort Französisch konnte.

Wir gingen zum Informationsschalter.

Der nächste Zug, der für mich infrage kam, fuhr um siebzehn Uhr dreißig. Ich hatte noch fast neun Stunden Zeit.

»Und was hast du jetzt vor?«

»Ich mache ein paar Schnappschüsse von der Stadt, und dann schiffe ich mich ein. Ich möchte auf dem Canal du Midi nach Carcassonne fahren.«

»Was ist das?«

»Eine Art schiffbarer Fluss.«

»Schön«, sagte ich und nickte. Der Duft nach gerösteten Kastanien hing in der klaren, eiskalten Winterluft. Feiner Pulverschnee bedeckte die schwarzen Hausdächer. Wir wollten uns nicht hier verabschieden. Es tat ihm leid, mich zurücklassen zu müssen. Ich wollte, dass er sagte: *Ich begleite dich bis nach Madrid. Wir machen uns gemeinsam auf die Suche nach deinem Opa.*

Ich wollte nicht allein gelassen werden.

Dann sagte Sebastiano: »Wir können zusammen eine Runde drehen, bis du deinen Zug nehmen musst.« Er hängte sich seine Tasche schräg um, damit er beide Hände für die Kamera frei hatte.

»Gern«, sagte ich, um dann noch ein »Danke« hinterherzuschicken.

»Du brauchst dich nicht zu bedanken. Wäre das meinem Sohn passiert, würde ich mir auch wünschen, dass jemand für ihn das Gleiche tut.«

»Deinem Sohn wird das nie passieren.«

»Man kann nie wissen.«

Wir liefen und liefen, bis wir uns verliefen. Ich bin sehr gut darin, mich zu verlaufen. Man biegt erst rechts ab. Dann links. Geht von Häuserblock zu Häuserblock. Von Kirche zu Kirche. Von Platz zu Platz. Nach einem Kanal kommt eine Brücke. Nach der Brücke ein Kiesweg. Nach dem Kiesweg ein Hof. Toulouse war rot. Lehmrot. Rot wie die Garonne, der Fluss. Im Lauf des Tages färbte die Stadt sich golden. Wir aßen Brot – Sebastiano mit *foie gras*, während ich einen Cheeseburger nahm. Wir machten Fotos. Ich reichte Sebastiano die Objektive und Filter. Als wir merkten, wie spät es war, und zum Bahnhof gingen, glühten die Ziegel regelrecht auf. Die Sonne ging unter. Atemlos und verschwitzt erreichten wir die Bahnhofshalle. Der Zug war bereits vor dreißig, vierzig Minuten abgefahren.

Wir waren gerannt, obwohl wir wussten, dass es vergeblich sein würde.

»Scheiße.«

Ich wusste nicht, was ich sagen sollte.

Sebastiano warf den Rucksack auf den Boden, nahm die Ledertasche mit seiner Ausrüstung ab und wischte sich mit einem roten Taschentuch über die Stirn. Er sah sich suchend um und schaute dann mich an, als hätte er in meinem Gesicht ein fehlendes Puzzleteil entdeckt. Er ließ die Brille auf seine Nasenspitze rutschen, sodass er aussah wie ein alter Mathematiklehrer, und sagte plötzlich: »Kommst du mit nach Carcassonne?«

Ich wippte auf den Zehenspitzen auf und ab: »Ich weiß nicht recht.«

Dabei wusste ich es ganz genau.

»Wie lange bleibt dein Opa in Madrid?«

»Auf dem Flugblatt steht bis zum 10. Februar.«

»Also machen wir Folgendes …«, sagte Sebastiano.

Und ich sagte sofort ganz gerührt Ja, obwohl Sebastiano noch gar nicht ausgeredet hatte.

»Es gibt da jemanden in Carcassonne, der dir weiterhelfen kann«, fuhr er fort.

»Wer?«

»Jemand.«

»Wie jemand? Eine Frau, ein Astronaut, ein Apache?«

»Eine Frau.«

Ich sah so etwas wie Scham in seinen roten Ohrmuscheln, was eindeutig nicht unserer Hast zuzuschreiben war. Ich merkte es auch an seinem angedeuteten Lächeln. *Fünf*, dachte ich. Denn er hatte noch zweimal gelächelt: am Ufer der Garonne und beim Mittagessen, als er seine *foie gras* und ich meinen Cheeseburger aß, und wir eine Flasche Perrier dazu tranken.

Ich musste an Luca und Sofia denken. Ich bekam Lust, einen Brief meines Vaters zu lesen. Ich dachte an Lilyth, an Tex' Indianerfrau, und daran, dass Tex nie eine andere Frau gehabt hatte.

»Ich habe Hunger«, sagte ich.

»Ich nicht«, sagte er.

Ich strich mir über den Bauch. »Ich habe nicht vor, das fünfte Rad am Wagen zu sein.«

»Es reicht, dass du keinen Ärger machst.«

»Einverstanden«, sagte ich.

Mein heiß geliebter Sohn Emil,

ich schreibe diese Briefe, diese Worte, diese Sätze, die dich hoffentlich alle erreichen, damit sie dir das Gefühl geben, mir nahe zu sein. Ich schreibe diese Zeilen am Grab deiner Mutter, meiner geliebten Agnies. Unserer geliebten Agnies.

Heute früh habe ich noch vor dem Frühstück den Pass bekommen. Morgen werde ich versuchen, über die Grenze zu kommen. Der Pass, den ich erhalten habe, ist eine gute Kopie meines echten Passes. Ich glaube nicht, dass jemand merken wird, dass er nicht echt ist. Wenn es das Schicksal gut mit uns meint, bin ich vielleicht schon vor diesem Brief bei dir. Aber heute bin ich hierhergekommen und möchte dir diesen Brief noch heute Abend schicken, auch wenn ich hoffe, vorher oder gleichzeitig mit ihm einzutreffen. Denn ich habe so das Gefühl, dass das besser ist. Weil das, was ich gerade empfinde, entweichen muss wie Dampf aus einem Dampfkochtopf.

Denn wenn der Dampf nicht entweichen kann, bringt der Topf unter Umständen das ganze Haus zum Einsturz. Außerdem möchte ich dir erzählen, was ich getan habe: Ich habe fünf Samen eingepflanzt. Rund um Agnies' Grab. Aus diesen fünf Samen werden fünf Pflanzen wachsen.

Eine ist eine Stechpalme. Wie du weißt, wächst diese Pflanze nur sehr langsam und bildet ein hartes, kompaktes, hellgraues Holz, das auch mit der Zeit nicht braun wird. Diese Pflanze habe ich für deinen Opa Viorel ausgesucht. Denn auch er ist langsam gewachsen und am Ende zu einem starken Mann herangereift. Aber ich nehme es ihm nicht übel, dass er mich und seine Familie im Stich gelassen hat. Weil ich weiß, dass er nicht anders konnte. Jeder muss seinem eigenen Ruf folgen, denn sonst kann man nicht glücklich sein.

Die zweite Pflanze ist ein Buchsbaum. Sie habe ich für meine Mutter, deine Oma Mina, ausgesucht. Buchsbaum wird für Zierhecken verwendet, vor allem in italienischen Gärten, weil er viel Wasser verträgt und lange seine Form behält. Genau wie deine Oma Mina, die bis zum Schluss Schneiderin und Mutter war. Bis sie für immer die Augen schloss und sagte: »Geh ins Geschäft. Kauf Knöpfe.« Weil an meinem Jackenärmel einer fehlte.

Die dritte Pflanze ist ein Mastixstrauch. Mastix ist stark und tapfer, er erträgt auch starke Trockenheit wie die in dem Sommer, als wir an den See fuhren und du beinahe in dem Strudel ertrunken wärst. Weißt du noch? Den Mastix habe ich für deine Mutter gepflanzt. Denn sie hat die Trockenheit ertragen, die, wenn es ganz schlimm kam, alles in mir verbrannt hat.

Die vierte Pflanze ist eine Ulme. Eine besondere Ulme, eine sibirische Ulme. Sie wird gern am Straßenrand als Windschutz eingesetzt: Sie soll den Wind abhalten und alles hinter ihr schützen. Damit der Wind es nicht mit fortreißen kann. Das bin ich. Und du bist das dahinter. Denn meine Lebensaufgabe besteht darin, dafür zu sorgen, dass dir nichts zustößt. Deshalb bin ich auf der Welt.

Die fünfte Pflanze ist Hollunder. Er hat Beeren, aus denen man einen ausgezeichneten Likör machen, und Blüten, die man in Teig ausbacken kann. Aus seinem Holz lassen sich kleine Haushaltsgegenstände anfertigen. Das bist du. Denn von deinem Leben darf nicht das Geringste verschwendet werden: Es ist das kostbarste Leben, das ich kenne.

Es tut mir weh, so viel zu verpassen, und zu wissen, dass ich noch viel mehr verpassen werde, weil ich so weit weg bin. Wir sind dazu verurteilt, das, was wir nicht haben oder nicht haben können, am allermeisten zu lieben. Und wenn du dich an die Zuneigung erinnerst, die ich dir und deiner Mutter entgegengebracht habe, als wir noch zusammen waren, wirst du begreifen, dass es auf der ganzen Welt keinen Behälter gibt, der diese Liebe fassen kann, die meinen Körper in letzter Zeit in Form von Tränen verlassen hat.

Deshalb habe ich die Samen gepflanzt.

Damit deine Mutter sich nicht so einsam fühlt und uns jeden Tag um sich hat.

Jetzt stehe ich auf und komme zu dir.

Dein Vater Gheorge

Die Euphorie, die dafür sorgte, dass ich kerzengerade, wenn auch mit wackeligen Beinen, neben Sebastiano zum Hafen an der Schleuse Négra unweit von Toulouse ging, besaß einen feinen Stachel.

Ich wusste, dass ich eine Dummheit beging, denn jede Minute, die ich mich von Madrid und seinen Plätzen fernhielt, war eine Minute weniger, in der ich Opa Viorel suchen konnte. Aber die zwei, drei Tage, die ich mit Sebastiano verbringen würde, waren eine Verschnaufpause, auf die ich nicht verzichten, ja die ich mir nicht entgehen lassen wollte. Mein schlechtes Gewissen würde meine Atemluft immer mehr anreichern, aber ich würde sie filtern so wie Tex, indem ich mir ein Taschentuch vor Mund und Nase hielt. Ich wollte, dass sich alle Knoten lösten, die mir schon seit Langem die Kehle zuschnürten und mich zu ersticken drohten.

»Lass uns diese *pénichette* nehmen!«, sagte Sebastiano.

»Was für ein Ding?«

Er zeigte auf ein Boot. »Die rechte *pénichette* mit dem grünen Streifen am Rumpf. Erinnere mich daran, Zigarren zu kaufen.«

Harmonische Schwingungen lagen in der Luft wie kurz nach ihrer Schöpfung. In diesem Moment wollte ich einfach bloß glücklich sein, auf eine noch nie da gewesene, bleibende, überwältigende Weise.

Leck mich am Arsch, Opa Viorel. Leck mich am Arsch, Architekt. Leckt mich doch alle am Arsch!

»Aber können wir das ganz alleine steuern? Wir beide?«

»Klar, das ist ganz einfach. Warte hier, ich schau beim Fahrradverleih vorbei.«

»Der Platz an Deck dürfte wohl kaum ausreichen, um Fahrrad zu fahren.«

»Du bist ja niedlich! Mal sehen, was du sagst, wenn ich

dich das erste Mal Brot holen schicke, während ich eine Schleuse passiere. Manchmal sind es fünf oder sechs Kilometer bis zum nächsten Dorf. Möchtest du die zu Fuß gehen?«

Ich brachte den Rucksack, die Tasche mit der Fotoausrüstung und die Jansport-Tasche auf das Boot, das Sebastiano mit einem unverständlichen Namen bezeichnet hatte.

Ein Mädchen mit einem langen aschblonden Zopf ging an Bord. Sie bedeutete uns, ihr zu folgen, und begann, mir die einzelnen Hebel und Seile zu erklären. Ich verstand kein Wort, hatte aber nicht den Mut, ihr das zu sagen. Also dackelte ich brav hinter ihr her und nickte stumm. Das Wasser ließ das Boot sanft auf und ab schaukeln. Dann kam Sebastiano mit zwei blauen Mountainbikes mit Shimano-Gangschaltung wieder, und ich machte dem Mädchen klar, dass es besser sei, ihm auch alles zu erklären – nur so zur Sicherheit. Aber Sebastiano winkte ab. Er wusste, wie alles funktionierte. Er war schon mal mit so etwas unterwegs gewesen. Er sprach fließend und rasend schnell Französisch.

»Sie sagt, dass es in dieser Saison nicht viele Kunden gibt.«

»Komisch«, sagte ich. »Weißt du wirklich, wie man so ein Ding über Wasser hält?«

»Nein.«

»Wie bitte?«

Er grinste. »Lös den Knoten!«, sagte er.

»Welchen?«

»Den da.«

Ich ging an Land. »Den hier?«

»Ja.«

»Schon erledigt.«

»Und jetzt spring!«, sagte er.

»Wie bitte?«

»Schnell, spring …«

Das Boot entfernte sich erstaunlich rasch vom Ankerplatz. Plötzlich klafften zwischen ihm und mir siebzig, achtzig Zentimeter Flusswasser. Ich nahm vier Schritte Anlauf, sprang und landete mit beiden Beinen wie ein Turner. Ich ging extra tief in die Knie, um ein bisschen anzugeben, und breitete die Arme aus, um Applaus zu ernten.

»Prima!«, sagte Sebastiano – und lächelte.

Neun, dachte ich und fragte: »Muss ich irgendwas machen?«

»In den nächsten Stunden nicht. Du kannst dich an den Bug setzen und den Ausflug genießen. Mach ein paar Fotos, wenn du Lust hast.«

»Echt, darf ich?«

»Pass nur auf, dass dir die Kamera nicht in den Kanal fällt.«

Während meine Beine über den Rumpf baumelten, überlegte ich, wie es wohl wäre, ins eiskalte Wasser zu fallen. Ich streckte mich in meiner Jacke. Zwischen den Wolken kam ein mit einem Mickymauskopf verzierter Heißluftballon zum Vorschein. »Auf Rumänisch heißt Micky Mihai«, sagte ich. »So wie mein bester Freund Mihai.«

Sebastiano nickte.

Vom Heißluftballon aus winkte man uns zu.

In der Stille war nur das langsame, rhythmische Schwappen zu hören (*schwappen* ist ein Wort, das ich im Wörterbuch nachsehen musste, weil ich nicht wusste, wie ich das Geräusch des Wassers beschreiben soll, das weich gegen den Bootsrumpf schlägt). *Schwappen* ist ein Wort, das mir unglaublich gefällt. Laut Opa Viorel kann man sich richtig in ein Wort verlieben, das man noch nie zuvor gehört hat. In ein neues Wort, das man dann plötzlich überall zu hören glaubt und ständig verwendet, sodass man sich fragt, wie man bisher bloß ohne ausgekommen ist.

Das Licht auf dem Wasser.

Der blau gesprenkelte Himmel hinter den nackten Zweigen.

Es war ein herrlicher Tag, einer, an dem man den Glauben an Gott zurückgewinnt.

Man glaubt an ihn und damit basta. Ohne irgendwelche Flumis finden zu müssen.

Ein Dorf, ein Schloss und ein Weinberg nach dem anderen. Wir aßen *cassoulet*, einen deftigen Bohneneintopf mit Speck und Wurst. Wir überwanden den Seuil de Narouze, einen Berg, den der Canal du Midi mithilfe zweier Schleusen auf atemberaubende Weise überwindet.

»Wer die erfunden hat, ist ein Genie«, sagte ich.

»Der Mann heißt Riquet«, erwiderte Sebastiano

Riquet, du bist großartig!, dachte ich.

Ich fiel beinahe ins Wasser, weil ich ein Foto von einem untergegangenen Baumstamm machen wollte. Ich verknipste einen ganzen Farbfilm. Ich lernte, wie man Filter montiert, um Reflexe zu verhindern.

Ich sah, wie jede Menge trockenes Laub die Kanalschleifen verstopfte.

Wir übernachteten auf dem Boot. Es war hundekalt. Um

mich aufzuwärmen, machte Sebastiano Glühwein auf einem Campingkocher, gab Orangenschalen, Zimt und Nelken dazu. Danach schlief ich sofort ein. Wir hatten zwei Schlafsäcke, meiner müffelte ein bisschen.

Wir fuhren noch einen ganzen Tag. Bei Einbruch der Dunkelheit erreichten wir Carcassonne. Die tief stehende, blasse Sonne färbte das Kanalwasser gelb. Sebastiano machte ein Foto von mir, als ich mich vorbeugte, um das schwarze Wasser mit den Fingerspitzen zu berühren.

»Schau!«, sagte er. Ich sah auf, blieb aber mit dem Bauch auf dem dunklen Deck liegen. »Das sind die Stadtmauern von Carcassonne.« Oben auf dem Hügel liegt das Château Comtal. Es wurde im 12. Jahrhundert von der Adelsfamilie Trencavel errichtet. 1209 haben sich die albigensischen Ketzer darin verbarrikadiert. Simon de Monfort hat sie auf seinem Kreuzzug monatelang belagert …

Das Schloss von Vlad, dem Pfähler, sieht anders aus.

»Und wie ist die Sache ausgegangen?«, fragte ich.

»Der Kreuzzug?«

»Die Belagerung.«

Sebastiano zündete sich eine Zigarre an und schützte das Zündholz mit der hohlen Hand. Er wirkte verlegen. »Das weiß ich nicht mehr.«

Der Himmel war voller Vogelschwärme.

Bald werden sie zurückkehren, dachte ich.

Und dann: *Bald werde ich zurückkehren.*

»Es wimmelt nur so von Reisenden auf der Welt«, sagte ich.

Sebastiano nickte. »Viele haben lieber keinen festen Wohnsitz …«

»Viele können sich keinen festen Wohnsitz leisten.«

Sebastiano nickte.

»Aber man kann immer so tun, als wäre dem nicht so«, fügte ich hinzu. »Sich einreden, dass man in Wahrheit nur seinen Wohnradius ausgeweitet hat.«

Sebastiano sah mich mit großen Augen an.

»Dann fühlt man sich nie weit weg von zu Hause.«

»Was für ein schöner Gedanke!«, sagte Sebastiano. »Gelingt dir das?«

»Ich bemühe mich …«

Sebastiano hatte inzwischen bestimmt drei- oder vierhundert Fotos gemacht. Wir redeten nicht viel. Keiner von uns hatte viel zu sagen. Viel zu erzählen vielleicht, aber nicht viel zu sagen. Wir fühlten uns wohl damit. Immer wieder trafen sich unsere Blicke zwischen den Tauen (denn Bootsseile nennt man Taue). Wir deuteten ein Lächeln an, und das genügte.

Schließlich hörte ich auf zu zählen, wie oft er lächelte, weil er ständig lächelte.

Ich wollte gar nicht mehr von Bord der *pénichette* gehen: Am Ende hatte ich die Bootsbezeichnung gelernt. Fehlte nur noch die Mundharmonika. *Das hier ist besser als Tom Sawyer und Huckleberry Finn*, dachte ich. *Besser als der Mississippi.*

»Wie wurdest du vom *Tex*-Virus infiziert?«

»Ich war schon immer ein Fan von Cowboys, vom Wilden Westen und den Planwagentrecks … Aber in Rumänien kannte ich *Tex* noch nicht. Vielleicht gab es den dort auch, keine Ahnung. Ich habe ihn nie am Kiosk gesehen. Bis ich mich vier Tage lang mit *Tex*-Nachdrucken eingedeckt habe. Weil mir kalt war.«

Lola, die Frau, die uns an der Schleuse in Carcassonne in Empfang genommen hatte, war atemberaubend schön, vielleicht sogar noch schöner als Delia oder Asia, jedenfalls anders. Denn Lola war auch aufregend, unglaublich sinnlich: Sie hatte schwarzes, langes Haar. Einen ultraflachen Bauch. Sinnliche Hüften. Sie war groß, hatte dunkle Augen. Eine glatte braune Haut, die an kostbare Tropenhölzer erinnerte. Sie verströmte einen Duft nach Mandeln und Honig, so süß, dass einem richtig schwindlig davon wurde.

Sie wohnte unweit der Stadtmauer, in einem dreistöckigen Haus mit Garten. Und mit einem Gartenhaus aus buntem Glas. Ihre Wohnung lag im Erdgeschoss.

Sie gab einen großen Schöpfer Gemüsecremesuppe mit ölgetränkten Croûtons in meine Steingutschale. »Was soll das heißen, du hast dich damit eingedeckt?«

Ich erzählte und löffelte schlürfend.

»Mein Vater und ich kamen am 22. Januar in Bozen an. In den Straßen wimmelte es nur so von Menschen, und in der Luft wirbelten riesige Schneeflocken herum. Der mit parboiled Reis beladene Laster fuhr quer durch die Stadt in eine Tiefgarage. Dann fuhr er wieder weiter und wurde in einem Lagerraum unweit der Autobahn abgestellt. Als wir den Fiat Ducato verließen, sah ich bergeweise Hefte. Die Wände waren über und über mit Comics bedeckt. Vom staubigen Fußboden bis hin zu den Spinnweben an der Decke, ehrlich, ich schwör's! Es gab Tausende von Comics.«

Sebastiano huschte ins Zimmer, er war nur in einen schwarz-rosa Bademantel gehüllt. »Das wusste nicht mal ich.«

»Erzähl weiter!«, sagte Lola, fast so, als wollte sie Sebastiano rügen. Lola hatte eine eigenartige Stimme: dreckig und gleichzeitig samtig.

»Das war der Lagerraum des Zeitschriftenvertriebs *PG-Service – Distribuzioni Editoriali*. Das stand überall. Keine Ahnung, warum wir dort gelandet waren. Nicht einmal mein Vater wusste, warum. Es hieß, wir sollten warten. Bald würden wir nach Turin weiterfahren. In Turin hatte mein Vater einen Anknüpfungspunkt. Einen alten Freund, mit dem er an der Grenze zu Polen seinen Wehrdienst abgeleistet hatte …« Ich nahm einen Löffel der heißen Gemüsecremesuppe und atmete tief durch. »Aber dann vergingen vier Tage. ›Noch einen Tag länger‹, sagte mein Vater, ›und ich drehe durch, schlage alles kurz und klein.‹ Wir hatten nichts zu essen, es gab keine Heizung, nicht einmal ein Radio. Also begann ich, in den Heften zu blättern. Mein Vater dachte sich aus, dass wir uns im Haus der Wörter befänden, in der Weltbank der Idiome. *Idiom* bedeutet Sprache …«

»Ich weiß«, sagte Lola.

»Ich auch«, sagte Sebastiano.

Ich sprach mit vollem Mund weiter. Die Croûtons schmeckten nach Pizzabrot, sie waren ausgezeichnet. Die warme Suppe machte mich müde. Vielleicht hatte ich auch ein wenig Fieber, oder es war nur die Müdigkeit. Lola hatte weiße, feingliedrige Hände. Ich wünschte mir sehnlichst, dass sie mir damit über die Stirn strich.

»Die Weltbank der Idiome. Mit den Comics hätten sie deshalb begonnen, so mein Vater, weil die international sind. Wenn man die Wörter nicht versteht, sind da immer noch die Zeichnungen. Nachts sank die Temperatur unter null. Also deckte mich mein Vater mit Comics zu. Er hatte ein paar hundert aufeinandergeschichtet, um mir ein Bett zu bauen und mich so vom kalten Boden zu isolieren. Wenn es Zeit zum Schlafen wurde, legte ich mich hin, und er deckte mich mit weiteren dreihundert zu, ja begrub mich förmlich darunter. ›Welche willst du?‹, fragte er, woraufhin ich sagte: ›Die *Tex*-Comics.‹ Denn die gefielen mir am besten. Dann zog er irgendein Heft heraus und begann zu lesen, bis uns die Augen zufielen. So verliefen meine ersten vier Tage in Italien.«

Ich hoffte, Lola mit meiner Geschichte zu beeindrucken.

Geschichten dienen in erster Linie dazu, Frauen abzuschleppen, dachte ich.

»Mein Vater war mal in Texas«, sagte Lola. »Dort sieht es fast genauso aus wie in der Wüste unweit von Ouarzazate.«

»Wo liegt Ouarzazate?«, fragte ich. Den letzten Rest Suppe trank ich direkt aus der Steingutschale. Sebastiano sah mich tadelnd über seine transparente Brille hinweg an – so wie er es bei seinem Sohn Luca oder bei seiner Tochter Sofia gemacht hätte. Wie um mich für meine schlechte Kinderstube zu rügen, denn so benimmt man sich doch nicht bei fremden Leuten.

Das war schön.

Das hat mich gefreut.

Doch ich riss Augen und Mund provozierend weit auf, so nach dem Motto: Ich mache verdammt noch mal, was ich will, verstanden?

»Ouarzazate liegt in Marokko«, sagte Lola.

Leck mich!, dachte ich.

An jenem Abend wurden noch viele Worte gewechselt.

Mein Zahnfleisch begann erneut zu bluten wie ein abgestochenes Schwein. Ich machte zwanzig Liegestütze. Und dreißig Bauchpressen. Dann kehrte ich in die Küche zurück und hob den Pulli hoch, damit man kurz meinen nackten Oberkörper sah. Währenddessen spannte ich Bauch- und Brustmuskeln an, obwohl das gar nicht nötig war. Aus den Augenwinkeln versuchte ich zu ergründen, ob Lola mich bemerkt hatte.

Sie unterhielt sich mit Sebastiano.

»Meinst du, der macht das?«, fragte Sebastiano.

Lola nahm ihre Haare und schlang sie im Nacken zusammen. Dabei bog sie den Rücken durch. Ihre Brüste zeigten wie zwei Geschosse in Richtung Garten. »Wenn ich ihn darum bitte, bestimmt.«

Sebastiano faltete die Hände über dem Bauch. Er trug keinen weißgoldenen Ehering mehr am Ringfinger. »Das sind ja gute Nachrichten«, sagte er.

»Was denn für Nachrichten?«

»Raúl wird dich nach Madrid begleiten«, sagte Lola.

»Wer ist Raúl?«

Lola zog einen Fuß unter sich. »Der Typ mit den Heißluftballons«, sagte sie.

… Weißt du, was mich dazu inpsiriert hat, das Palkat für die Thaeterturppe Nimic Da zu enwerften, Emil?

Das Palkat der Stadt, in der du jetzt gülcklich und zufierden mit deinem Vater und dieser heiligen Assunta lebst, die euch aufengommen und euch gelohfen hat. Das Palkat Turins.

Wozu ein Palkat?, wirst du dich veilliecht fragen.

Ganz einfach, weil man eine Vision braucht. Weil wir als Brüger und Knüstler ethisch und äthestisch gesehen in schweirigen Zeiten leben. Weil man sich Herausfroderungen stellen muss. Und weil wir davon übezerugt sind, dass unsere Epoche und auch wir selbst görßere Herausfroderungen brauchen.

Bevor ich die Augen schloss und versuchte zu schlafen, las ich mir das Ganze neunmal durch, ohne auch nur ein Wort davon zu verstehen. Ich konnte nicht schlafen.

Kopf und Schultern Sebastianos schauten schüchtern hinter der quietschenden Flurtür hervor. »Schläfst du schon?«

»Fast.«

»Viele Grüße von meinen Kindern.«

»Deine Kinder kennen mich doch gar nicht.«

»Ich habe ihnen von dir erzählt.«

»Hast du ihnen auch gesagt, wo du bist?«

»Ich dachte, wir waren uns einig, oder täusche ich mich da?«

»Du täuschst dich. Du machst einen Fehler.«

»Das hat nichts mit meinen Kindern zu tun.«

»Ich würde nicht wollen, dass mein Vater meiner Mutter so was antut.«

»Aber ich bin nicht dein Vater.«

»Zum Glück.«

»Leck mich und gute Nacht.«

»Leck mich.«

Ich schlief in der Küche. Zwischen dem grünen Holztisch und einem großen steinernen Kamin, der den ganzen Abend kalt geblieben war. Das Haus besaß eine separate Heizung. Lola hatte ein Schlafsofa mit schiefem Lattenrost und einer durchgelegenen Matratze ausgezogen. Sebastiano schlief bei Lola im Zimmer.

Ich stehe jetzt auf, dachte ich.

Lieber nicht.

Nachts lassen sich gewisse Gedanken nur schwer unterdrücken.

Ich zählte die von der Decke hängenden Heißluftballons. Es waren dreizehn. Lola stellte Ballons her. Perfekte Nachbildungen. Das war auch der Beruf ihres Vaters und der des Vaters ihres Vaters gewesen. Es gefiel ihr, die Familientradition fortzusetzen. Außerdem gab es in der Miniaturheißluftballonbranche nicht viel Konkurrenz. Ein Ballon besaß die Form eines Wikingerboots. Sie alle waren mit durchsichtigen Angelschnüren an den Dachbalken befestigt und schienen tatsächlich zu schweben.

Etwas störte die vollkommene nächtliche Stille. Ich hörte einen Wagen. Reifen knirschten auf dem Kies in der Auffahrt. Der Motor wurde ausgestellt, und kurz darauf klopfte jemand an die Tür, die zum Gewächshaus hinausging.

Lola machte auf.

Sie sprach mit honigsüßem Tonfall, sagte meinen Namen. Dann öffnete sie die Tür zu dem Zimmer, in dem ich schlief, und wühlte leise in einer Schublade. Ich schloss die Augen und drehte mich langsam zur Wand, damit sie glaubte, ich schliefe. Lolas Duft schwängerte den Raum. Er war auf eine merkwürdige Art anders und doch genauso wie der meiner Mutter. Ansonsten roch es nach Gemüsecremesuppe mit Croûtons. Und nach einer holzofenartigen Wärme. Nach Heidel- und Wacholderbeeressenz. Ich musste an den Architekten denken. Er sprach ständig über sein Haus wie ein Bauchredner. Ich träumte, ich hieße Luca. Ich träumte, meine Mutter läge neben mir. Sie liebkoste meine Haare mit Händen, die nach Spülmittel rochen, denn ich habe wirklich schöne Haare. Und meine Mutter hatte schöne lange, feingliedrige Hände, das weiß ich noch. Es fühlt sich himmlisch an, wenn schöne Hände durch schöne Haare fahren. Vor allem wenn die Hände einer Mutter gehören und die Haare ihrem Sohn.

Erstens: Ich creme meine Stirn ein

Erstens: Ich creme meine Stirn ein. Dann das Kinn, die Wangen und die Nase. Sanft einmassieren. Wieder abspülen. Bei der Mikrodermabrasion werden die obersten Zellen entfernt. Ich verwende Aluminiumoxidkristalle. Dabei fällt mir ein, dass Toyo Ito in Yamanashi, im Osten Tokios, ein kleines Haus ganz aus Aluminium gebaut hat. Die Aluminiumkristalle bereiten die Haut auf die darauffolgende Behandlung vor. Ich schließe die Augen. Ich entspanne mich. Ich brauche sieben Minuten. Die Badezimmerfliesen haben die Farbe von Reispudding.

Depeche Mode. *Playing the Angel.*

Talkumpuderduft.

Zweitens: Ich tupfe das Gesicht vorsichtig mit einem in Milchsäurelösung getränkten Tuch ab. Ich lasse sie drei Minuten einwirken, ohne sie wieder abzuspülen. Ich habe die Nacht mit Manuela verbracht, habe ihren Geschmack noch auf der Zunge. Ich nehme das kavernöse Echo der Erektion wahr, die sich in die Pyjamafalten bohrt. Warum überrascht mich das immer noch? Wenn ich die Augen schließe, höre ich das stimmlose Knirschen der abgestorbenen Zellen, die sich langsam von der Haut lösen, und auch, wie die alchemistische Peelingmischung in meine Poren eindringt. Sie wieder frei macht. Die Körnung der Epidermis verfeinert.

Ich habe sie gar nicht gehen hören. Ich hätte mich gern bei ihr bedankt.

Badly Drawn Boy. *Pissing in the Wind.*

Minzeduft.

Drittens: Ich sprühe mir Thermalwasser ins Gesicht, das der Haut ihren natürlichen pH-Wert zurückgibt. Ich drücke auf den grünen Knopf der Fernbedienung. Die Stereoanlage leitet sanft zu den knisternden Versatzstücken Björks über. *All is Full of Love.*

Björk. *All is Full of Love.*

Calenduladuft.

Viertens: Ich verteile den Vitamin-C-Brei, den der Heilpflanzenspezialist aus der Sackgasse hinter der Gran-Madre-Kirche zubereitet hat. Er besitzt die Konsistenz einer mit Zucker und Zitronensaft zerdrückten Banane. Er hat dieselbe Farbe, denselben Geruch. Wahrscheinlich besteht er aus einer mit Zucker und Zitronensaft zerdrückten Banane. Zum Mittagessen bin ich mit Manuela verabredet.

»Wo warst du am 11. September?«, fragt Manuela.

»Meinst du an *dem* 11. September?«

»Gibt es noch andere?«

»Meine Mutter wurde am 11. September geboren.«

»Ja und?«

»Na ja, alle wissen ausschließlich, was sie an *jenem* 11. September getan haben. Ich dagegen weiß, was ich an jedem 11. September meines Lebens getan habe. Zumindest, seit ich neun Jahre alt war.«

»Und das wäre?«

»Ich bin aufgestanden. Als ich noch zur Schule ging, bin ich zur Schule gegangen. Als ich anfing zu arbeiten, bin ich arbeiten gegangen. Ich habe beim Friseur vorbeigeschaut, um mir die Haare schneiden zu lassen. Hinter den Ohren ausrasiert und ein rechter Seitenscheitel. Das war die Lieblingsfrisur meiner Mutter, schon immer. Ich habe eine Azalee und eine Flasche trockenen sizilianischen Wein gekauft: eine Beerenauslese. Pünktlich um zwölf habe ich meine Mutter auf die Wange geküsst, ihr alles Gute zum Geburtstag gewünscht und mich an den Tisch gesetzt. Ich habe Zeitung gelesen, während sie gedeckt hat. Mit neun las ich vermutlich Comics. Am 11. September habe ich mich auch in einen Kometen verwandelt. Ich und mein Motorrad, in Kanada. Aber das ist schon lange her. Auch das geschah an einem 11. September.«

Die Sonne spiegelt sich in Manuelas violetten Kontaktlinsen. Ich atme tief durch, und mein Herz füllt sich mit Freude. Über diesen hellblauen, flirrenden Himmel. Über die vom Wind zu langen Fäden verwehten Wolken. Über die klare Luft an diesem strahlenden Herbsttag, die uns einhüllt und kitzelt. Ich bin Siddharta. Und Manuela mit ihrer Tasche aus geflochtenem Leder, den bedruckten Samtstiefeln, der Seidenbluse, der Patchwork-Pochette mit Knipsverschluss, dem von violetter Wolle umrahmten Dekolleté und dem Hut mit den Sonnenblumen ist Mary Poppins. Sie hat schneeweiße Haut. Sie ist wunderschön.

»Und ich habe diese Pochette hier bei DKNY gekauft.«

»Die hier?«

»Genau die hier.«

Ich muss zur Bank. Ich muss ein paar Schecks einlösen.

»Und du benutzt sie immer noch?«, frage ich.

»Ich habe überlegt, sie wegzuwerfen. Aber ich bringe es einfach nicht übers Herz.«

Der Kellner mit der roten Weste serviert zwei Salate mit Krevetten und Pinienkernen. Er schenkt den Müller-Thurgau ein.

»Gegenstände sprechen eine ganz eigene Sprache«, sage ich. »Ich könnte keinen Gegenstand ertragen, der mir jedes Mal dieselbe Geschichte erzählt. Erst recht nicht, wenn es sich um eine so traurige handelt.«

»Was ist dir von diesem Tag in Erinnerung geblieben?«

»Warum willst du das wissen? Trenn dich von dieser Tasche!«

»Ich erinnere mich noch an den Staub. An den ganzen Staub. Er war wie Sand. Die Türme waren wie aus Sand gebaut. Erinnerst du dich noch an das Foto von dieser Schwarzen? Sie sah aus, als hätte sie sich im Sand gewälzt. Im Kostüm.«

»Aus Sand, tonnenweise Zement, Glas und Eisenträgern.«

»Aber so sah es aus.«

»Das schon, ja.«

»Jedenfalls war alles auf diesen Sand gebaut.«

»Irrtum: Es gibt schließlich Atome. Atome ...« Ich wölbe die Hände zu einer Kugel.

»Ebendrum.«

»Was soll das heißen, ebendrum?«

»Alles ist auf nichts gebaut.«

Ich reiße gespielt beleidigt die Augen auf. »Ist das der Eindruck, den ich gestern bei dir hinterlassen habe?«

»Glaubst du, uns kann das auch passieren?«

»Ein Attentat?«

»Ja.«

»Du weißt doch, die Chance, vom Blitz erschlagen zu werden, ist größer, als durch ein Attentat umzukommen.«

»Du weißt aber auch, dass ein Typ, der sich zufälligerweise aus den Türmen retten konnte, bei einem Attentat in Ägypten umgekommen ist?«

»Und du weißt, dass Staub größtenteils aus menschlicher Haut besteht?«

»Ist dir eigentlich klar, was du da redest? Hast du gehört, was du da soeben gesagt hast?«

»Was habe ich denn gesagt?«

»Etwas Unglaubliches.«

Ich muss das Projekt bis zum 16. beim Ingenieur De Martini einreichen, und keinen Tag später. Im Taxi strecke ich die Beine aus. Ich denke an Manuela. Vielleicht sollte ich sie fragen, ob sie mich heiraten will. Aber vielleicht sollte ich vorher lieber überprüfen, ob wir auch wirklich füreinander bestimmt sind. Ob unsere Beziehung stabil ist. Ich riskiere es, mich zu verspäten. Ich wechsle das Taxi, um einen Stau zu umgehen, der durch eine U-Bahn-Baustelle verursacht wird. Mein Bein tut weh. Im Radio läuft die Kultursendung *Fahrenheit*. Es geht um *Fight Club* – um das Buch, nicht um den Film. Ich bitte den Taxifahrer, das Radio lauter zu stellen. Er hat widerlich lange, krisselige Haare. Er mault etwas, aber gehorcht. Ich muss daran denken, wie oft sich Emil und Marek kabbeln, nur um Aufmerksamkeit zu erregen. Ich schaffe es gerade noch rechtzeitig zum Ingenieur. Mein Mercedes ist in der Werkstatt. Irgendwas mit den Sicherungen.

»Also: Das oberste Gebot des *Fight Club* …«, sage ich.

»… lautet, nie über den *Fight Club* zu sprechen«, sagt Marek. »Ja, wir kennen den Film.«

»Am besten, man stellt die Dinge von Anfang an klar.«

»Machst du nicht mit?«

»Nein.«

»Hast du Angst?«

»Weißt du eigentlich, was du da redest?«, frage ich.

Emil sieht mich an und boxt in die Luft. Er mimt einen K.-o.-Schlag. »Hast du schon die Pflaster für Marek bereitgelegt?«

»Emil«, sagt Marek. »So heißt du doch, stimmt's? Emil Constantin Sabau. Nur, damit ich bei der Grabsteinbeschriftung nichts falsch mache.«

»Also, sobald einer von euch schreit, ist es vorbei. Wenn einer von euch in die Knie geht und keine Luft mehr bekommt, ist der Kampf zu Ende. Eine Begegnung dauert so lange wie nötig.«

»Hast du einen entsprechenden Ring gekauft?«

»Den hatte ich bereits.«

»Und davon hast du uns nie etwas erzählt?«

Ohne Boxhandschuhe treffen die Schläge hart auf den Körper. Das Telefon klingelt.

Ich höre die Stimme meines Vaters.

»Hört auf!«

Der Schrei hallte im Treppenhaus wider und wurde vom Quietschen seiner Gummisohlen begleitet. Die einzige Methode, Papa dazu zu bringen, in unser Zimmer hinaufzukommen, in das Zimmer von meinem Bruder und mir, bestand darin, so zu tun, als ob wir uns prügelten. Aber im Eifer des Gefechts haben wir dann irgendwann richtig zugeschlagen. Ohne zu begreifen, dass wir jemand ganz anderen treffen wollten.

Papa ging dazwischen, mit Adern an seinen Schläfen, die so dick angeschwollen waren wie Bewässerungsrohre in einem Zeichentrickfilm von Miyazaki. Sein weißes Hemd war aufgeknöpft, Schutzmaske und Schutzbrille baumelten um seinen Hals. Gestank nach verschmortem Plastik. Unsere Mutter wusste Bescheid und schwieg. Sie hatte ihn gerufen, damit wir aufhörten.

»Hört auf damit!«, schrie er.

Ich wollte, dass er mich am Ohr zog.

Ich wollte Ohrfeigen und endlose Strafpredigten.

Ich wollte Nausicaä sein. Im Tal der Winde.

»He!«

Emil hat Marek brutaler im Gesicht getroffen als beabsichtigt. Das merke ich an seinem verschatteten Blick, der »Entschuldigung!« bedeutet. Marek weicht zurück, die Lippen fest aufeinandergepresst. Er keucht beleidigt, taumelt nach vorn. Marek ist wütend. Er trifft Emil im Gesicht, einmal rechts, einmal links. Emil taumelt rückwärts, drückt den Rücken durch, um nicht zu fallen. In diesem Moment versetzt ihm Marek einen Magenschwinger. Emil klappt zusammen. Wenn er davon erzählt, wird er bestimmt *uuufff* oder so was sagen. Das Licht ist diffus, wie mit der Spritzpistole verteilt. Emils Pupillen sind geweitet, er bückt sich und berührt den Boden, aber bevor er umkippt, blockiert Marek seine Arme. Er legt sie um seinen Hals. Das Telefon klingelt erneut. Ich glaube, ich weiß, wer dran ist. Emil legt seine Wange, sein Gesicht auf die von Schweißperlen bedeckte Brust Mareks. Er versucht, wieder zu Atem zu kommen. Aber Marek nimmt ein Bein zurück, so als wollte er es dehnen, als wollte er die Mauer bei einem Strafstoß überwinden. Er trifft ihn am Brustbein. Emil ringt nach Luft. Er zieht das Zwerchfell zusammen. Mareks Knie hebt ihn zwanzig Zentimeter vom Boden. Wenn er es erzählt, wird er *ummmppfffffff* oder so was sagen. Ein Speichelfaden hängt ihm aus dem Mundwinkel. Marek boxt weiter. Landet ein, zwei, drei Treffer. Emil sinkt in sich zusammen. Das Telefon hört nicht auf zu läuten. Bestimmt ist mein Bruder dran.

Emil schläft erschöpft auf dem Sofa ein. Es läuft ein Kinderfilm, dessen Titel an den Schrei einer Möwe erinnert. Marek ist schon vor einer ganzen Weile nach Hause gegangen. Assunta ist einkaufen, um das Nötigste für ein Arbeitsessen zu besorgen, um das ich sie gebeten habe. Ich setze mich neben ihn. Überlege, ob ich den Fernseher ausmachen soll. Ich beschließe, ihn anzulassen, aber mit niedriger Lautstärke. Ich streiche ihm sanft über den Kopf. Seine Haare gleiten zwischen meinen Fingern hindurch. Sie sind dick und fühlen sich an wie Licht. Die Wohnung ist akustisch isoliert. Sie ist eine Blase. Kein Laut dringt von außen herein. Die perfekte Stille. Nur das Geplapper aus dem Fernseher. Die mühsame Atmung Emils. Und meine Gedanken. Ich verharre so, würde gern für immer so verharren. Das Bein tut mir weh, wahnsinnig weh.

Nach einer Weile beginnt das Telefon erneut zu klingeln.

5

Keine Ahnung, wann das passiert ist.

Vielleicht an Bord der *pénichette*. Mit den Füßen in der Garonne, unter dem weißen Januarhimmel, der jenseits der nackten Finger der Kastanien jubelte.

Es konnte auch in Carcassone passiert sein. Als ich Gemüsesuppe mit Croûtons aus der Steingutschale schlürfte. Als Lola mich auf die Schläfe küsste, bevor sie mich ziehen ließ. Als Sebastiano die Jansport-Tasche und die anderen Sachen, die er mir geschenkt hatte, in Raúls himmelblauen Bedford einlud – Raúl war der Typ mit den Heißluftballons –, während seine sieben Kinder einen Mordslärm veranstalteten.

Es konnte auch auf dem Rücksitz dieses Lieferwagens passiert sein, dessen Kofferraum von Harzeinschüssen durchlöchert war. Als ich zwischen Wäschesäcken, den sich kabbelnden kleinen Gutiérrez und zwölf historischen, auseinandergenommenen Heißluftballons saß. (So verkaufte Lola sie nämlich an Raúl, der sie dann seinen Kindern zum Zusammenbauen gab.) Für sie war das ein Spiel, für ihn eine Ersparnis.

»So spare ich *tiempo*, weil ich es nicht selbst machen muss. *Y dinero*, weil ich diejenigen, die es machen, nicht bezahlen muss …«, sagte Raúl, der herzhaft lachte und ein paar Brocken Italienisch in sein Spanisch mischte.

Der Bedford roch nach Schweiß und gekochten Kartoffeln.

Es konnte in jedem dieser Momente passiert sein.

Raúl hatte das Gesicht eines Löwen und eine rötliche Zottelmähne: breiter Mund, hellblaue Augen. Die Kinder, die sich nur in der Größe unterschieden wie diese russischen Puppen, die man ineinanderstecken kann, hatten alle tiefschwarze Haare und Augen. Man bekam Lust, eine Münze in diese brunnentiefen Iriden zu werfen und darauf zu warten, dass sie unten aufschlug. Vor dem Dielenspiegel Lolas dachte ich: *Ich passe zu ihnen wie ein Maiskolben zu einem Korb mit Auberginen.* Und in Lolas Suppen durften Maiskolben und Auberginen nie fehlen. Ich wusste also, wovon ich sprach.

Alle Gutiérrez konnten ein bisschen Italienisch. Wegen einer Tante oder Cousine, genau weiß ich das nicht mehr. Ich erfand etwas Spanisches, und letztendlich verstanden wir uns.

Die kleinen Gutiérrez waren ehrlich gesagt gar nicht zu siebt, sondern zu acht. Aber die zuletzt Geborene und einzige Tochter der Kinderschar hatte die Mutter mitgenommen. Sie lebte nicht mehr mit Raúl und den sieben Söhnen zusammen, sondern hatte vor einem halben Jahr ihre Koffer gepackt und war mit dem Kinderarzt von Javier, dem siebten Sohn, nach Amerika abgehauen. Mit diesem jungen Arzt hatte sich Señora Baltazar Y Gutiérrez schon bei den ersten Kontrolluntersuchungen direkt nach der Geburt blendend verstanden. »Muss dieses Kind wirklich ständig zum Arzt?«, hatte Raúl manchmal beim Abendessen gefragt, denn seiner

Meinung nach war der kleine Javier genauso schön und robust wie alle anderen auch. Als dann die kleine María zur Welt kam und Raúl erfuhr, dass er nicht der Vater war, sagte er nur: »Wusst' ich's doch! Ich zeuge nur Söhne.« Schließlich hatte der Kinderarzt eine Stelle an der University of Kansas angenommen und war mit Señora Baltazar und der kleinen María in die Vereinigten Staaten gegangen. Im Viertel, in dem die Familie Gutiérrez ziemlich beliebt gewesen war, hatte man sich gefragt, wie eine Mutter nur sieben Kinder im Stich lassen konnte. Antworten gab es viele, aber keine, die wirklich überzeugte. Raúl hatte nicht einmal Zeit gehabt, sich eine kleine Depression zu gönnen. Er musste jetzt Vater und Mutter auf einmal sein. Für Lola war Raúl ein Held.

Als die Stadtmauern Carcassonnes im Nebel verschwammen, suchte Raúl meinen Blick im Rückspiegel, den er gerade verstellte, und sagte: *»Qué tal, Emil? Tranquilo?«*

Ich lehnte mich mit der Schläfe ans Fenster.

»*Tranquilo*«, sagte ich. »Alles in bester Ordnung …«

Raúl setzte den Blinker, um einen Traktor zu überholen. »Wir werden noch vor Abendeinbruch in Madrid sein. Und wir werden uns nur eine einzige Pinkelpause gönnen, *verdad, chicos*? Danach geht es direkt nach Hause.«

Die kleinen Gutiérrez brüllten im Chor *verdad* (was »jawohl« bedeutet). Der Kleinste, Javier, war vier und der Größte, Gabriel, dreizehn und damit genauso alt wie ich. Die dazwischen waren

José (sechs),

Enrique (neun),

Pedro (neun),

Pablo (zehn)
und Martín (elf).
Mehr oder weniger einer pro Jahr.
Im Radio zerlegte ein berühmter afrikanischer Perkussionist gerade seine Trommel. *Paco Ordónez, auch El Muerto genannt, hasst mich, weil ich seine Brüder getötet habe,* dachte ich. *Ich werde mich bei Sonnenuntergang mit ihm duellieren. El Muerto ist ein hervorragender Schütze.* Während der Fahrt zündete sich Raúl eine Pfeife an, die er gedankenverloren mit würzigem Tabak aus einem Lederbrustbeutel stopfte.

Auf der *autopista* kamen wir schnell vorwärts. Reihenweise abgeerntete Weinstöcke sausten an uns vorbei. Der Nebel hatte sich aufgelöst und ließ einen endlos blauen Himmel über einem wunderbar winterlichen Spanien erkennen. Raúl pfiff vor sich hin. Irgendwann hörte er damit auf.
»*Te gustan tapas,* Emil?«
»Was ist das?«
»Du weißt nicht, was Tapas sind?«
Das klang, als hätte er mich soeben dabei ertappt, wie ich einen Käfer mit Mayonnaise bestrich, bevor ich hineinbiss.
»Nein, tut mir leid«, sagte ich.
»Bien, esta noche tapas castizas para nuestro nuevo amigo Emil. Verdad, chicos?«
Alle riefen *verdad*, so als wäre es ein Schlachtruf der Sioux-Indianer.
Alle bis auf Gabriel, den Ältesten, der vor sich hin döste. Ich machte es mir auf dem Rücksitz bequem, indem ich eine winzige Holzfigur unter meinem Hintern hervorzog. Sie war gerade dabei, mit einem winzigen Fernglas ins Nichts zu

schauen. Vielleicht wartete sie darauf, einen Heißluftballon zu besteigen.

»Tapas machen Durst.«

»Ja und, mein kleiner Javier?«

»Man braucht ein passendes Getränk dazu.«

»Und das wäre? Ein Rotwein aus Casigliano? Ein Arneis?«

»Oder Bier.«

»Dunkles oder helles?«

»Dunkles.«

Raúl suchte den Blick seines Sohnes im Rückspiegel und lächelte schief, so als hätte man ihn auf den Arm genommen. »Javier, wie alt bist du?«

Javier sagte doch tatsächlich mit stolzgeschwellter Brust: »Schon vier.«

»Himmel Heißluftballon, *schon* vier?«

»Ich will ein *matrimonio.*«

»Was ist ein *matrimonio*?«

»Oliven mit in Essig und Öl eingelegten Sardellen.«

»Und ich frittierten Stockfisch.«

»Und ich pikante Schnecken.«

Ich verzog angewidert den Mund.

Raúl malte mit dem Zeigefinger einen Halbmond in die Luft.

»Patatas bravas«, sagte er. »Er nennt sie bloß so, weil die Kartoffelschnitze an Schnecken erinnern.

»Von Stockfisch muss ich scheißen!«, sagte Martín.

Raúl kratzte sich am Bart.

»Wie oft muss ich dir das eigentlich noch sagen, Martín? Das Verb *scheißen* wird nicht in Zusammenhang mit Essen verwendet!«

Martín machte sich ganz klein. »… Entschuldigung.«

»Wisst ihr, was *foie gras* ist?«, fragte ich.

Daraufhin machten alle *Würg!*, und zwar jeder auf seine Art: Einer spuckte aus. Ein anderer legte sich die Hände um den Hals. Wieder ein anderer tat so, als müsste er sich übergeben. Raúl lachte sich kaputt. Der Bedford geriet gefährlich ins Schwanken. Ein großer Pick-up überholte uns mit wildem Hupen. Raúl hielt den Daumen hoch.

Wir verstehen uns!, dachte ich.

Wir sprachen übers Essen, bis wir unter der Puerta de Europa hindurchfuhren: Das sind zwei hundertfünfzehn Meter hohe Türme aus Glas, Stahl und Granit, in denen die Caja Madrid ihren Sitz hat. Da wurde es plötzlich still.

Raúl murmelte ein Gebet.

Ich verstand die Worte *Treue*, *Mutter* und *Liebe*.

Anschließend sagten sie Amen. Alle bis auf Gabriel und mich.

Ich wusste wirklich nicht genau, wann es passiert war.

Es konnte jederzeit passiert sein.

Aber als Madrid am Horizont auftauchte und Striche aus Licht zwischen die Wolken zeichnete, war ich nicht mehr Emil Sabau. Ich hatte mich verwandelt, verändert, weiterentwickelt wie ein Pokémon, nein, viel besser als so ein Scheiß-Pokémon: Ich war Tex Willer. Ich ritt einen dreijährigen Braunen. Ich kaute Tabak, spuckte auf Kakteen. Und während der Wind um die staubigen Häuser fegte, versteckte sich El Muerto wie eine Ratte im Abwassergraben. Wunderschöne Frauen lächelten mir zu. Lola. *Cerveza*. Mein Brauner. *Patatas bravas*.

Es war einfach so passiert.

Die Reise hatte eine dermaßen radikale Wendung genommen, dass ich Freudensprünge machte, so als hätte ich Wasser in der Wüste entdeckt. Ich sah mich um und bildete mir ein, überall Opa Viorels Spuren zu sehen. Ich war glücklich, aber auf eine andere Art als an dem herrlichen Tag auf der *pénichette*. Das hier war etwas Greifbareres, Menschlicheres. Auf der *pénichette* war Gott allgegenwärtig gewesen, aber das hier ging nur uns Menschen etwas an.

»Das ist unser Haus!«, sagte Javier.

Er packte meinen Arm und verschmierte die Scheibe mit Smarties, um mir ein Haus mit Spitzdach zu zeigen. Auf einem handgemalten Holzschild, das mit zwei Haken an der Ziegelmauer befestigt war, stand: *Gutiérrez – Miniaturen und Modelle*. Ein Baum auf einer kleinen Verkehrsinsel wies nach wie vor Spuren von Weihnachtsdekoration auf. Wir schlängelten uns zwischen den in Zweierreihen geparkten Autos hindurch.

»Gefällt es dir?«

»Sehr.«

»Wohnst du jetzt bei uns?«

Gabriel schüttelte die Trägheit ab, die ihn fast die ganze Fahrt über im Griff gehabt hatte, und machte ein Gesicht, als hätte er in eine saure Zitrone gebissen. »Emil bleibt so lange, bis er seinen Opa gefunden hat, aber natürlich nicht für immer, du Blödmann«, sagte er.

»Lola hat das gesagt.«

»Lola hat keine Ahnung.«

»Von wegen!«

Martín holte einen großen Pappkarton hervor, *Chinesischer Heißluftballon* stand darauf. »Lass ihn in Frieden, Javier. Das ist ein Arschloch.«

Gabriel sah seinen Bruder böse an. »Provozier mich nicht, Martín!«

»Wenn Mama hier wäre, würde sie dir gehörig den Kopf waschen.«

Javiers Nase vibrierte wie eine Glocke. Er war kurz davor, in Tränen auszubrechen.

Gabriel grinste und schnaubte gleichzeitig. »Zu blöd, dass sie achttausend Kilometer weit weg ist.«

Gabriel war eindeutig schlechter Laune. Unter normalen Umständen hätte ich ihm gern eine reingehauen, weil er so über Lola geredet hatte. Aber das waren keine normalen Umstände, deshalb zuckte ich nur die Achseln.

Wir fuhren in den Hof, um den Bedford zu entladen.

»Gib mir die Hand!«, sagte Javier.

»Aber nur, wenn deine Hände sauber sind!«, erwiderte ich.

Javier musterte beide mit todernster Miene und gab mir die rechte. »Die ist besser«, sagte er.

Ich zwinkerte ihm zu.

Javier versuchte, es mir gleichzutun, kniff aber beide Augen zusammen.

Vom 10. Januar bis zum 10. Februar, Warten auf Godot, Plaza Jacinto Benavente usw. Nimic Da.

Ich las mir das Flugblatt noch einmal durch, das ich seit zwanzig Tagen mit mir herumtrug. Fast fünfzehn davon hatte ich mit Lola und Sebastiano verbracht, während wir auf Raúl warteten. Jetzt blieben mir noch weitere fünfzehn, um Opa Viorel zu finden. Ich hoffte allerdings, dass ein einziger genügen würde.

»Wo ist die Plaza Jacinto Benavente?«

Raúl war dabei, die Teller abzuspülen. Nach dem Tapas-Abendessen hatte er Gabriel freundlich gebeten, seine Brüder ins Bett zu bringen. Gabriel war wortlos aufgestanden, die anderen waren hinter ihm hergetrottet. Raúl war von einem zum anderen gegangen, um ihnen gute Nacht zu sagen. Er hatte Decken zurückgeschlagen, Lichter gelöscht, Türen geschlossen, Unterhosen und Strümpfe eingesammelt und beruhigende Worte gemurmelt.

»Die Plaza Benavente liegt in der Nähe der Puerta del Sol«, sagte er nun.

Dann wühlte er in zwei Schubladen, zog einen zerknitterten Stadtplan hervor, breitete ihn auf dem Tisch aus und beschwerte ihn oben mit zwei Aschenbechern. Während ich die *calles* und *avenidas* betrachtete, zündete er seine Meerschaumpfeife an. Als er die Balkontüren öffnete, um den Rauch hinauszulassen, bohrte sich ein eiskalter Wind wie ein Dolch in meinen Rücken, und ich musste husten.

»Ist es der Rauch oder die Kälte?«, fragte Raúl.

»Ich würde sagen, es ist die Kälte.«

»Ich habe Hustensaft.«

»Ich mag keinen Hustensaft.«

»Den magst du bestimmt. Ich mache ihn nämlich selbst.«

»Du stellst Hustensaft her?«

»Ich stelle alles Mögliche her.«

»Wo sind wir?«, fragte ich.

Er benutzte das Mundstück seiner Pfeife als Zeigestock. »Calle Evaristo San Miguel?«

»Ja, die sehe ich.«

»Das dritte Haus in der Mitte des Häuserblocks ist unseres.«

»Und wo ist der Platz?«

»Hier.« Er zeigte auf die Kartenmitte. »Am Ende der Calle de las Huertas.« Er trug einen großen verzierten, antik aussehenden Kupferring am Zeigefinger.

»Das ist die Iglesia Santa Cruz. Und dieses Gebäude ist die Comunidad de Madrid. Wenn du danach fragst, wird man dir den Weg zeigen. Willst du morgen Vormittag hingehen?«

»Am liebsten würde ich sofort losziehen.«

Eine Rauchwolke vernebelte unsere Köpfe.

»Aber ich bin zu müde«, schickte ich schnell hinterher.

Raúl lächelte. »Ich habe das Sofa in Gabriels Zimmer für dich ausgezogen. Die Bettwäsche ist sauber. Wenn du Hunger oder Durst hast, egal, wann: Der Kühlschrank befindet sich hinter dir.«

»Ich glaube nicht, dass er mich besonders nett findet«, sagte ich.

»Gabriel? Er ist momentan auch nicht sehr nett. Hustensaft?«

In der Wohnung war es unglaublich still.

Ich gähnte.

»Nein danke«, sagte ich.

»Ganz wie du willst.«

Raúl schmatzte mir einen Kuss auf die Stirn und verschwand im Flur. Er ließ mich allein, als wäre ich hier zu

Hause. Der leckere Rauch der Meerschaumpfeife sah aus wie Dampf aus dem Schornstein einer Nachtlokomotive. *Ratatatat.*

»Plaza Jacinto Benavente?«

»A la derecha.«

Die Señora wies mir mit ihrem Schirm die Richtung. Ihr Gesicht ertrank in einem mit Bienen geschmückten Schal. Ein Ford Fiesta fädelte sich auf die Gegenfahrbahn ein, und ein polyphones Hupkonzert ertönte (*polyphon* und *kakophon* sind zwei wunderbare Wörter: Die habe ich aus dem Musiklehrbuch unserer Schule). Es verschluckte mein »Danke«, und ich hob die Hand, um es mit einer Geste zu bekräftigen.

Frühmorgens am 26. Januar war Chaos über die Wohnung der Familie Gutiérrez hereingebrochen, und zwar mit der Wucht eines Tropensturms. Hinzu kamen der Duft nach Kaffee und nach Milch sowie das Dröhnen der Waschmaschine. Die Raserei des Weckers übertrug sich auch auf mich. Und zwar so sehr, dass ich mit den Gutiérrez das Haus verließ, während Raúl versuchte, sich zwischen Gepäck, Schlüsseln und Schulranzen hindurchzuwinden.

»Ich begleite dich, wenn du willst. Wir bringen sie zur Schule. Drehen eine Runde.«

»Ich würde lieber allein dorthin gehen«, sagte ich.

»Ganz wie du willst.«

Ich lief die Gran Vía entlang. Über die Calle de Preciados erreichte ich die Plaza Puerta del Sol. Vor mir lag die Comunidad de Madrid. Es war zehn Uhr morgens. Raúl hatte gesagt, die Puerta del Sol sei der Nullpunkt Spaniens.

Jener Punkt, von dem aus die Nation sämtliche Entfernungen misst.

Hier bin ich!, dachte ich. *Ich bin an Anfang und Ende von allem angekommen.*

Schlafen Straßenkünstler morgens aus, bauen sie etwas auf, proben sie oder was?

Ich blieb stehen, um Wasser an einem Brunnen zu trinken. Es war kalt, aber ich war völlig verschwitzt. Bis zum Plaza Benavente waren es nur vierhundert Schritt. Ein Müllwagen versperrte die Gasse, als er losfuhr, lief ich ihm hinterher. Ich dachte über alles Mögliche nach – was mir eben so im Kopf herumging. Ich besaß keinen Patronengürtel. Der Müllwagen glitt nach rechts wie ein Vorhang.

Ich bin angekommen.

Ich muss zuerst schießen, dachte ich.

Auf der Plaza Benavente schwankten die kahlen Bäume hin und her. Die gleißende Winterluft war schneidend kalt. Es gab eine Bushaltestelle mit durchsichtigen Wänden und zwei Shampoowerbungen, beide für Antischuppenshampoos. Ein Gebäude mit orangefarbenem Putz. Eines mit gelben Fenstern. Eine Bank, einen Gemüsehändler, eine Boutique, ein Café, einen Tabakladen, eine Kneipe. Unzählige schmucklose Laternen. Mehrere Abfallkörbe. Dahinsiechende Blumenbeete. Eine supermoderne Telefonkabine. Den Eingang zur U-Bahn. Viele Menschen. Zwei Mädchen trugen den gleichen Synthetikanorak: die eine in Rot, die andere in Blau. Ein Typ, der aussah wie ein Doppelgänger des Weihnachtsmannes, führte seinen Hund aus, während seine Rechte in einer Plastiktüte steckte. Es gab zig, ja Hunderte von Passanten: hastige, gelassene, psychotische (*psychotisch*, so steht es im Wörterbuch, beschreibt eine Person in einem Zustand großer Erregung, Überschwänglichkeit oder kollektiver Angst).

Es gab so gut wie alles.

Nur von meinem Opa Viorel fehlte jede Spur.

Ich ließ mich auf eine Bank fallen.

»Endlich bist du hier. Hast du dich verlaufen?«

Die Stimme kam von oben. Wie aus einem Lautsprecher, der an einer Straßenlaterne befestigt ist.

Ich werde verrückt, dachte ich.

Eine Hand legte sich auf meine linke Schulter.

Ich sprang auf.

Zog den Colt mit dem Perlmuttgriff.

Und zielte.

»Weißt du eigentlich, wie lange wir hier schon auf dich warten? Seit zehn Tagen. Aber heute wäre der letzte gewesen.«

Asia sprach langsam, um ihre Freude und Erregung zu betonen.

Cora wippte auf den Zehenspitzen auf und ab, die Hände auf dem Rücken verschränkt. Sie trug einen rosa Mantel, der ihre Doc Martens abstaubte: die schwarz glänzenden mit den gelben Nähten.

Lufthansa winselte. Sie freute sich, mich wiederzusehen. Mit den Pfoten bewachte sie eine Flasche Bier.

Mir blieb der Mund offen stehen. Die Sonne beleuchtete die Szene für einen Moment und tauchte sie in einen überraschend herrlichen Glanz. Dann verschwand sie wieder. In diesem Moment berührte ich sie alle drei: Asia, Cora und Lufthansa. Um mich davon zu überzeugen, dass sie es wirklich waren. Anschließend fand ich die Kraft, die Worte auszusprechen, die mir in der Brust herumwirbelten wie vom Wind fortgerissene Zweige:

»Wie, zum Teufel, habt ihr mich bloß gefunden?«

»Lass seinen Arm los!«, sagte ich.

»Hör mal, das ist *mein* Zuhause«, sagte Gabriel.

»Ich sagte, lass seinen Arm los.«

»Du bist nur Gast hier, was bedeutet, dass ich machen kann, was ich will. *Du* hast mir keine Befehle zu erteilen, verstanden?«

Javier sah mich flehentlich an.

»Am besten, wir machen einen Deal, Gabriel: Du lässt seinen Arm los, und ich lasse dich am Leben«, sagte ich mit der tiefsten und ernsthaftesten Stimme, die mir zur Verfügung stand.

Obwohl ich kaum größer war als er, war ich deutlich kräftiger. Und daran gewöhnt, mich zu verteidigen. Ich glaube nicht, dass Gabriel sich jemals geprügelt hat.

Er sah mich verächtlich an. Dann lockerte er den Klammergriff um Javiers Arm, knallte hinter sich die Tür zu und verschwand.

Vielleicht sollte ich das Zimmer wechseln, dachte ich.

Javier schluchzte ein unterdrücktes »Danke«.

»Erzählst du mir eine Geschichte?«

Für die Gutiérrez wurde es Zeit, zu Bett zu gehen. Aus der Küche kam der Geruch nach Bratkartoffeln, die Raúl zum Abendessen zubereitet hatte. Aus dem obersten Stockwerk schallte das übliche Fernsehgeplärr.

»Was?«, fragte ich.

»Eine Geschichte.«

»Ich denk gar nicht dran!«

Ich war todmüde und hatte einen turbulenten Tag hinter mir.

»Kennst du eine?«

»Klar, ich kenne Hunderte.«

»Eine mit Zwergen?«

»Nein.«

»Mit Ektoplasma?«

»Ich kenne eine Geschichte von zwei Teufeln«, sagte ich. »Sie war die Lieblingsgeschichte meiner Mutter.«

»Perfekt.«

»Das heißt nicht, dass ich sie dir auch erzähle. Ich habe nur gesagt, dass ich sie kenne.«

In dem Moment betrat Raúl den Flur. Er kam frisch geduscht aus dem Bad und roch nach Aftershave.

»Emil, beeil dich mit dieser Geschichte! Ich warte in der Küche auf dich. Wir müssen reden.« Er war ganz aufgeregt. »Javier, ab ins Bett. *Rápido.*«

Javier nahm meine Hand. Das einzige Familienmitglied, über das ich eine gewisse Macht zu haben schien, war Gabriel, der Angst hatte, sich mit mir anzulegen. Mir schwirrte der Kopf.

Javier schlüpfte ins Bett, zog die Decke bis unters Kinn und lächelte mich an. Ihm fehlte ein Zahn. Im selben Zimmer schliefen auch Martín und José – das perfekte Bühnenbild für ein Flüchtlingslager: überall Spielsachen, Kleider und Hefte. Ich setzte mich auf einen lila Plastikhocker.

»Hat dir deine Mama Gutenachtgeschichten erzählt?«

»Nein, sie erzählte nachmittags, wenn es geregnet hat. In Brasov regnet es oft während der kalten Jahreszeit.«

»Wo liegt Brasov?«

»In Rumänien.«

»Kommst du daher?«

»Ja.«

»Tun wir so, als ob es regnet«, sagte Javier. »*Tick, tick, tick.*«

»Was ist das?«, fragte ich.

»Das Geräusch der Scheiben, wenn sie gegen den Regen prasseln.«

»Das Geräusch des Regens, wenn er gegen die Scheiben prasselt.«

»Genau.«

»Also«, hob ich an. »Ich erzähle dir jetzt eine Geschichte von Pakala und Tandala.«

»Von den zwei Teufeln?«

»Hör mal, ich erzähle sie dir nur, wenn du keine Fragen stellst, einverstanden?«

Er nickte. Martín und José schnauften schon wie zwei kleine Dampfloks und zischten und pfiffen in regelmäßigen Abständen.

»Hör mir gut zu, denn die Geschichte hat eine Moral.«

»Was ist eine Moral?«

»Du hast mir was versprochen.«

»Aber wenn ich nicht verstehe, was du von mir willst, kann ich es auch nicht tun.«

»Die Geschichte hat eine Bedeutung.«

»Alle Geschichten haben eine Bedeutung.«

»Aber die bringt dir etwas bei.«

»Alle Geschichten bringen einem etwas bei.«

»Ich geh gleich!«, drohte ich.

Javiers winzige Hände schossen unter der Bettdecke hervor, trafen sich auf der Höhe seines Mundes.

»Also: Eines Tages beschließt der Teufel Beelzebub, den Menschen einen Streich zu spielen. Nur so zum Spaß. Aber es fällt ihm nichts wirklich Lustiges ein. Deshalb klatscht er dreimal in die Hände, und ein winziger Teufel erscheint auf der Schwelle. Er hat Augen wie zwei schwarze Bohnen und einen Schwanz, der dreimal so lang ist, wie er groß ist – ungefähr so, verstanden? Beelzebub erklärt ihm, dass er den Menschen einen Streich spielen will. ›Einen echt bösen Streich.‹ Da antwortet ihm der kleine Teufel, der Augen hat wie zwei schwarze Bohnen: ›Tu Folgendes: Lad die Ärmsten der Armen zu einem Festmahl ein. Die, die wirklich nichts zu beißen haben.‹ Beelzebub runzelt die Stirn: ›Ich will ihnen einen Streich spielen, und du schlägst mir vor, sie zu einem Festmahl einzuladen?‹ Der kleine Teufel hebt die Hand: ›Lass mich ausreden: Wir laden sie zum Mittagessen ein. Wir tischen lauter Köstlichkeiten auf. Aber zum Essen geben wir ihnen nur Löffel und Gabeln, die so groß sind wie Heugabeln. Ach, wird das ein Spaß, wenn sie erst anfangen, mit diesem Besteck herumzufuchteln! Sie haben ein Bankett vor sich, von dem sie nie zu träumen gewagt hätten, schaffen es aber nicht, sich auch nur den kleinsten Bissen in den Mund zu stecken.‹ Der kleine Teufel war wirklich ein widerwärtiger Mistkerl. Gesagt, getan. Der Saal brodelt vor Wut und Speichel, hallt wider von nutzlosem Besteckgeklapper. Stell dir bloß vor: Du bist am Verhungern. Und direkt vor deiner Nase stehen jede Menge Köstlichkeiten, ohne dass du es schaffst, dir auch nur einen Bissen in den Mund zu stecken …«

»Warum haben sie nicht die Hände benutzt?«

»Tschüs.«

»Bitte, bitte, ich flehe dich an!«

»Ganz zum Schluss kommen Pakala und Tandala herein. Sie werfen einen Blick auf die Tafel und fragen: ›Was tut ihr da, liebe Leute?‹ ›Wir versuchen zu essen.‹ ›Und warum klappt es nicht?‹ ›Ja, seht ihr das denn nicht, ihr Dummköpfe? Mit diesem Besteck …‹ Pakala und Tandala schauen sich an und antworten im Chor: ›Ihr seid die Dummköpfe! Seht her!‹ Sie nehmen einander gegenüber Platz und beginnen zu essen. Pakala streckt den Löffel über den Tisch und füttert Tandala, und Tandala füttert Pakala. Die anderen tun es ihnen gleich und verzehren alles, was da ist. Beelzebub kocht vor Wut und stürzt sich auf den kleinen Teufel, der Augen hat wie zwei schwarze Bohnen. Er prügelt ihn durch sämtliche Säle der Hölle. Als die Menschen sich von dem Festmahl erheben, sind nur noch Krümel übrig.«

Ich holte tief Luft.

»So, und damit wünsche ich dir gute Nacht.«

Javier riss sprachlos die Augen auf.

»Verstanden?«, fragte ich.

»Was?«

»Die Moral.«

»Ich bin schließlich nicht blöd.«

Ich winkte zum Abschied.

»Du kannst sehr schön erzählen.«

»Das habe ich von meiner Familie geerbt. Mein Opa ist Schauspieler.«

»Opa Viorel? Der, den du suchst?«

»Genau der.«

»Heute hast du ihn nicht gefunden.«

»Nein. Aber stattdessen habe ich jemand anders gefunden.«

»Es ist immer schön, jemanden zu finden.«

»Allerdings.«

»Denn wenn man allein ist, kann man sich nicht füttern.«

»Ganz genau.«

»Hoffentlich bleibst du lange bei uns, Emil!«, sagte Javier.

Daraufhin hätte ich gern noch was gesagt, aber Javier schloss sofort die Augen und zog sich die Decke über den Kopf. Ich hätte ihm gern einen Gutenachtkuss gegeben, doch stattdessen schlüpfte ich aus dem Zimmer. Der Duft von Raúls Pfeife wand sich aus der Küche bis in den Flur wie eine Schlange. Im Essbereich hingen jede Menge Bilder. Raúl behauptete, sein Großvater sei ein berühmter Maler.

Ich muss lernen, Mundharmonika zu spielen, dachte ich.

Vielleicht, dachte ich.

Ich dachte.

In der Küche schlürfte Cora grünen Likör, während Asia mit Raúl plauderte. Der zog ab und an an seiner Meerschaumpfeife und blies Rauchwolken an die Decke, wobei er den Mund verzerrte, um die Mädchen nicht zu belästigen.

»Da bist du ja.«

»Bist du zum Bänkelsänger geworden?«

»Leck mich!«

Cora hob das Glas zur Decke und sagte: »Prost. Schließlich haben wir bloß Milliarden Kilometer zurückgelegt, um dich zu finden. Aber was ist das schon: eine Lappalie.« Sie wickelte sich eine Haarsträhne um den Finger, und der Abend färbte sich pistaziengrün.

Asia erzählte Raúl gerade, wie Nerone und Leon ihre Rechnung beglichen hatten.

»Nachdem Emil weg war, haben wir Nerone zur Vernunft gebracht. Leon versprach, Nerone neues Kokain zu kaufen und das Transportrisiko zu tragen. Aber als wir das Gebäude verließen, fiel Nerone die Treppe hinunter – nicht ganz von allein, das nicht –, aber so konnten wir ihn entwaffnen. Der deutsche Junge wollte ihn verprügeln, den hättest du sehen müssen! Dann nahm er die Pistole und schoss auf Nero. Einen Moment lang dachten wir tatsächlich, er hätte ihn ermordet. Aber irgendjemand hatte die Patronen herausgenommen. Nicht einmal Nerone wusste davon. Stell dir nur sein Gesicht vor! Man schießt mit einer Pistole auf dich, die du höchstpersönlich geladen hast, und zwar mit echten Patronen, aber nachdem das Echo verhallt ist, merkst du, dass du immer noch lebst. Aber einen Moment lang, einen endlosen Moment lang, warst du felsenfest davon überzeugt, das letzte ›Nein, ich flehe dich an!‹ deines Lebens gesagt zu haben …«

»Es grenzt an ein Wunder, dass sich der Deutsche mit den rollenden Augen noch an unser Gespräch erinnert hat.«

»Es grenzt an ein Wunder, dass er noch eines von diesen Flugblättern hatte.«

»Seit wann seid ihr in Madrid?«, fragte Raúl.

»Seit zehn Tagen.«

Sie waren zwei Tage nach mir aus Berlin abgereist. Wegen Geldproblemen hatten sie einen großen Umweg gemacht und waren mit der festen Überzeugung nach Madrid gekommen, dass ich früher oder später schon zur Plaza Jacinto Benavente kommen würde.

»Ihr seid zehn Tage hintereinander zur Plaza Benavente gegangen und habt das Theaterstück von Emils Opa nie gesehen?«

»Es gibt kein Theaterstück. Es gibt keine Bühne. Und keine Flugblätter.«

»Es gibt nichts.«

»Nicht das Geringste.

»Das ist keine gute Nachricht.«

»Aber …«, sagte Asia und stand auf.

»Aber was?«, fragte Raúl.

Sie bewegte sich leichtfüßig wie immer. Wie die Sioux-Squaws, wenn sie auf der Flucht vor Soldaten ihre Zelte abbrechen. Ich hätte sie zu gern umarmt, ja, ihr meine Liebe gestanden. Aber der Tag meiner Ankunft in Madrid war bereits verstrichen, und ich war nicht mehr so mutig wie Tex Willer.

»Wir haben in den Geschäften nachgefragt.« Asia drehte den Wasserhahn auf und füllte ein Glas bis zum Rand. »So erfuhren wir, dass die Nimic-Da-Truppe drei Tage lang aufgetreten ist: am 10., am 11. und am 12. Januar. Dann muss es Probleme mit der Spielerlaubnis gegeben haben, und sie wurden vertrieben. Anscheinend handelte es sich um ein ›schonungslos pazifistisches‹ Stück. Genau so haben sie sich ausgedrückt. Mit heftiger Kritik an der Militärpräsenz Spaniens im Irak. Und eine Art Kundgebung für die *Izquierda*.«

»Und das so kurz vor den Wahlen …«, sagte Raúl.

Ich versuchte, eine Verbindung herzustellen, so wie bei Malen nach Zahlen.

»Ich verstehe kein einziges Wort.«

Raúl lächelte hinter seiner weißen Pfeife. »Meiner Meinung nach sind sie zu einem anderen Platz weitergezogen«, sagte er. »Fragt sich nur, zu welchem.«

»Was soll ich jetzt tun?«, fragte ich.

Cora sah mich so genervt an wie der Hirsch im Schwarzwald. »Frag lieber, was *wir* tun können.«

Ich schaukelte auf den Zehenspitzen hin und her.

So als wollte ich sagen: Klar, Entschuldigung, du hast ja recht.

»Am besten, ich erkundige mich bei ein paar Freunden im Rathaus«, sagte Raúl. »Aber jetzt sollten wir lieber ins Bett gehen, es ist schon spät.«

Er leerte den Pfeifenkopf im Topf mit den Geranien über der Spüle aus. Eines der Gutiérrez-Kinder murmelte etwas im Schlaf. Raúl spitzte die Ohren und lächelte in sich hinein. Ich musste daran denken, dass es jetzt bei meinem Vater in Rumänien auch Nacht war. Asia und Cora hüllten sich in ihre Jacken und Schals. »Morgen früh holen wir dich ab, einverstanden? Dann drehen wir eine Runde. Wer weiß, vielleicht haben wir ja Glück.«

»Wer weiß«, sagte ich.

Asia und Cora wohnten in der Santillán-Jugendherberge auf der Gran Vía. Raúl zog seinen Mantel über und begleitete sie, obwohl sie lautstark protestierten. Ich blieb zu Hause. Lief sämtliche Zimmer ab. Setzte mich im Dunkeln auf die Klobrille. Trank kaltes Wasser aus dem Kühlschrank. Bis ich mich schließlich schweigend auszog.

»Nach rechts?«

»Nach rechts.«

Der Rundgang durch Madrid am Tag darauf war die Hölle. Ich wachte dermaßen aufgekratzt auf wie eine geschüttelte Dose Cola. Ließ mich von der Flut der Gutiérrez'schen Schulvorbereitungen mitreißen. Frühstückte eine Scheibe dick gebuttertes Brot mit Orangenmarmelade. Raúl wünschte mir viel Glück, wobei er mir fest auf die Schulter klopfte. *»Muchas gracias, amigo«*, entgegnete ich. Javier schenkte mir eine Mandarine – falls ich Hunger bekäme. Ich hielt ihm meine Hand hin, und er schlug mit seiner verklebten, filzstiftverschmierten Hand ein.

»Gehen wir zum Campo del Moro?«

»Ja.«

Doch irgendwann fühlte ich mich wie eine abgestandene Dose Cola, die man am Ende einer Party wegwirft. Meine Schritte wurden immer kraftloser. Ein Häuserblock folgte auf den anderen. Eine Abzweigung und eine Ampel auf die andere. Meine Hoffnung wich der Erkenntnis, dass ich eine Nadel im Heuhaufen suchte.

»Genauso gut können wir eine Nadel im Heuhaufen suchen«, sagte ich.

»Quatsch!«, erwiderte Asia. »Weißt du noch, wie du in Berlin das Zimmer deines Großvaters gefunden hast? Indem du in einem Café einen Cappuccino getrunken hast. Und wo hat er gesteckt? Auf unserem Stockwerk. Du hast kein Vertrauen in die Vorsehung.«

»Welche Vorsehung?«, fragte ich.

»Na, die von Renzo und Lucia.

»Kenne ich nicht. Wohnen die in Turin?«

»Das sind Romanfiguren von Alessandro Manzoni. Sein Buch heißt *Die Brautleute*. Habt ihr das nicht in der Schule durchgenommen?«

Schweigen. »Gehen wir in Richtung Prado?«

Ich nickte. »In Richtung Prado, ja.«

Der Nebel streute das Licht des Verkehrs und der Geschäfte. Der kalte Wind zwang uns, die Nase hinter dem Jackenkragen zu verstecken. Ich zog meine Mütze tiefer. Wir flüchteten in eine Bar gegenüber dem Parque del Retiro. Das ist der größte Park in Madrid. Er liegt an der Calle Alfonso XII, wer auch immer das ist. Ich überlegte, mir ein Steak mit Pommes zu bestellen so wie Tex. Aber Raúl wartete mit dem Mittagessen auf uns und war gespannt auf Neuigkeiten. Ich bestellte einen Pfefferminztee. Einen kochend heißen. Um das Eis und die Enttäuschung zum Schmelzen zu bringen.

»Nichts.«

Wir setzten uns an den Tisch.

Raúl empfing uns mit den Worten: »Wascht euch die Hände!«

»Emil hält unsere Suche für reine Zeitverschwendung«, sagte Asia.

Raúl lächelte. »Steak und Kartoffeln für alle, einverstanden?«

In diesem Haushalt gibt es ständig Kartoffeln, dachte ich.

Ich wusch mir die Hände. Das warme Wasser entspannte mich.

Was wohl mein Vater gerade isst?

»Ich habe inzwischen mit meinen Freunden gesprochen«,

sagte Raúl. »Die aus dem Rathaus. Anscheinend ist die Nimic-Da-Truppe, nachdem man sie von der Plaza Benavente verjagt hatte, vier Tage lang unweit der Ronda de Segovia aufgetreten. Aber auch dort hat sich die Polizei eingeschaltet. Es gab eine Demonstration. Sprechchöre gegen die Regierung. Kommunistische Flaggen. Pazifistische Hymnen. Nach zwei Tagen sind sie in der Calle de Lavapiés wieder aufgetaucht.« Er drehte das Gas aus und griff mit Topflappen inform zweier Heißluftballons nach der Pfanne.

»Und wisst ihr, in welchem Viertel die liegt?«

Wir schüttelten den Kopf. Einer nach dem anderen. Der reinste Dominoeffekt.

»Na ja, die Lavapiés ist eine Straße, die direkt von den Embajadores abgeht, dem ausgeflippten Multikultiviertel schlechthin. Wenn man da mit der Polizei kommt, um ein paar pazifistische Straßenkünstler zu vertreiben, löst man sofort einen Volksaufstand aus, ja, bringt ein Pulverfass zum Explodieren. Und das dürfte der Regierung einen Monat vor den Wahlen ganz und gar nicht gefallen.«

»Also sind sie noch dort«, sagte ich.

Raúl riss die Augen auf und weitete seine Pupillen wie eine Katze. »Wahrscheinlich.« Dann konnte er ein breites Grinsen nicht mehr zurückhalten und strahlte über das ganze Gesicht.

Asia und Cora machten Freudensprünge.

Raúl riss einen großen Bissen aus dem Steak, tunkte ihn in Chilisauce, für die man einen Waffenschein gebraucht hätte, und verschlang ihn wie eine Schlange ein Ei.

Raúl parkte den himmelblauen Bedford zwischen einem Brunnen mit Bronzehahn und einer Mülltonne, die erst vor Kurzem angezündet worden sein musste, da sie noch nach Rauch stank und Ruß von den verkohlten Griffen auf den Asphalt rieselte.

Bob Marleys Stimme drang aus einem Fenster im Erdgeschoss. Es war ganz vernebelt vom Rauch, den eine Gruppe Halbwüchsiger erzeugte: Zufrieden zogen sie an einer Wasserpfeife aus blauem Glas.

Langsam stiegen wir aus, wir waren zu neunt.

Amüsiert verfolgten die Bewohner von Lavapiés jede unserer Bewegungen. Eine in eine bunte Seidentunika gehüllte Schwarze applaudierte sogar, als der Letzte ausstieg – wahrscheinlich Gabriel, weil er immer ganz hinten saß.

Tausende von Gedanken schwirrten mir durch den Kopf.

Aber es gelang mir nicht, sie alle in meinem Kopf zu beherbergen. Um einen hinzuzufügen, musste ich mich von einem anderen trennen, und das konnte ich nicht. Also stampfte ich sie ein, ließ sie ziehen und fing sie wieder ein, machte sie ganz klein und sprang von einem zum anderen wie ein Akrobat – stets in der irrigen Annahme, sie alle auf einmal kontrollieren zu können. Aber das war unmöglich.

Raúl schwängerte die Luft mit Pfeifenrauch. Javier nahm meine Hand und lächelte. »Wie sieht Opa Viorel aus?«, fragte er.

»Das weiß ich nicht«, erwiderte ich.

»Wie, das weißt du nicht?«

»Ich weiß es nicht, weil ich ihn noch nie gesehen habe.«

»Nicht mal auf einem Foto?«

José stolperte über einen Kanaldeckel und wimmerte. Cora nahm ihn in den Arm, und er lehnte den Kopf an ihre Schulter.

»Doch, aber auf einem alten Foto«, sagte ich.

Gabriel drängte sich zwischen Javier und mich. »Aber du musst doch wissen, ob er groß ist oder bucklig oder ein Muttermal in Form einer Erdbeere im Gesicht hat«, sagte er.

»Ja«, erwiderte ich. »Ich kann mir ungefähr vorstellen, wie er heute aussieht. Er hat große Ähnlichkeit mit meinem Vater.«

Eine Prostituierte zwinkerte Raúl zu.

Es war ein schöner Abend mit einem klaren, vom Wind leer gefegten Winterhimmel. Flamencoklänge.

Raúl erzählte uns, dass Lavapiés vor achthundert Jahren das Zentrum der jüdischen Kultur Madrids gewesen sei. Dann habe es sich mit seinen *corralas* – den Häusern mit den langen Balkonen – zum volkstümlichsten Viertel schlechthin entwickelt. Damals habe man Komödien und Zarzuelas auf den Straßen aufgeführt. »Lavapiés ist heute ein Spinnennetz aus Gassen und kleinen Straßen. Aber an einem gewissen Punkt verbreitern sie sich zu einem Platz, an dem noch heute Tag für Tag Stücke aufgeführt werden.«

Eine Polizeisirene zerriss die Luft.

»Hier entlang, schnell!«

Ich hatte Kopfweh vor lauter Aufregung. Wäre aus einem Fenster geschossen worden, hätte ich nicht mehr die Kraft gehabt zu reagieren. Nicht einmal, wenn Mephisto geschossen hätte. Nicht einmal, wenn ich El Muerto begegnet wäre. In diesem Moment hätte ich höchstens vier Liegestütze geschafft.

Es kam mir vor, als stünde die gesamte Bevölkerung Madrids hinter uns. Wie bei einer Art Prozession. Und nicht nur sie, sondern die Bevölkerung ganz Spaniens, ganz Europas, der ganzen Welt. Außerdem alle Menschen, die mir auf meiner Reise begegnet waren.

Plötzlich hatte ich den Geschmack von Lolas herzhaften Suppen auf der Zunge, Sebastiano machte Hunderte Fotos von mir und dieser verrückten Zeremonie, die noch nie zuvor gefeiert worden war, und der Deutsche mit den rollenden Augen sagte: »Was?«

Ja, du hast recht, dachte ich. *Danke.* Ich hatte das Bedürfnis, mich bei allen zu bedanken. *Danke, ihr habt es verdient. Danke. Bitte keinen Applaus – ich bin es, der euch applaudieren muss! Danke. Ohne eure Hilfe hätte ich das niemals geschafft. Danke, für alles. Für Delias Slipbündchen. Für Mareks Garage. Nur der Architekt kann mich am Arsch lecken. Er ist der Einzige im ganzen Universum, der mich am Arsch lecken kann.*

Asia legte mir eine Hand auf die Schulter. Ihre Berührung war so sanft, dass ich sie kaum spürte. Mit dem Daumen massierte sie meinen Nacken. Ich spürte ein Kribbeln entlang der Wirbelsäule und strahlte sie aufgeregt an. Lufthansa stürmte los.

»Schau nur, wir sind da.«

Prella, der Notar, zündet sich eine Zigarre an

Prella, der Notar, zündet sich eine Zigarre an und fragt: »Und im Eingangsbereich?«

»Tolomeo«, sage ich. »Ein Entwurf von De Lucchi und Fascina für Artemide. Die Lampe besteht aus beweglichen eloxierten Aluminiumarmen. Zwei stelle ich neben die Tür und eine neben den Spiegel.«

»Im Wohnzimmer?«

»Wandleuchten aus chrombeschichteter Keramik von Salvatore+Marie. Ich habe eine mitgebracht, schauen Sie, hier.«

»Schön.«

»Ein bisschen mehr Begeisterung wäre schon angebracht: Sie ist sagenhaft.«

»Teuer?«

»Nein. Hundertdrei Euro. Das Paar.«

»Und wie viele benötigen Sie?«

Das Handy vibriert in meiner Jackettinnentasche. »Entschuldigen Sie mich bitte. Hallo? Ciao, Emil. Ich bin bei einem Kunden.«

»Es ist wegen meinem Vater.«

»Was ist passiert?«

»Er ist im Gefängnis.«

»Wie, im Gefängnis? Wo?«

»In Rumänien. Er hat versucht, über die Grenze zu kommen. Sie haben seinen gefälschten Pass bemerkt und haben ihn weit weg gebracht. Wohin, weiß ich nicht, das will er mir nicht verraten. Bestimmt haben sie ihn in irgendein widerliches Loch gesteckt. Und jetzt? Was mache ich jetzt bloß?«

Mein geliebter Sohn Emil,

ich weiß gar nicht, wie ich dir das, was jetzt kommt, beibringen soll. Ich schreibe dir mit einem geliehenen Stift und gebe mir Mühe, so gut ich kann. Ich hatte etwas versprochen, dir etwas versprochen. Und das ist mehr als nur irgendein Versprechen: Ein Versprechen, das ich dir gebe, ist eine Art Sackgasse. Sie zwingt mich, alles daranzusetzen, es einzulösen. Aber manchmal sind alle Anstrengungen umsonst, und unsere Hoffnungen erfüllen sich nicht. Der Ort, an dem ich jetzt bin, ist ganz anders als die Abschiebehaftanstalt, die ich dir in einem vorherigen Brief beschrieben habe und die die Italiener auch Abschiebezentrum nennen, obwohl das Blödsinn ist, weil man dort keineswegs im Zentrum ist, sondern im völligen Abseits. Ich bin jetzt in einem rumänischen Gefängnis – wo genau, verrate ich dir nicht. Komm bloß nicht auf die Idee, mich zu suchen! Mein Pass hat nicht funktioniert. Deshalb bin ich gezwungen zu warten. Vielleicht sperren sich mich für fünf Jahre ein, so genau weiß ich das noch nicht – eine Zahl, bei der mir das Herz blutet. Ich werde dir auch weiterhin oft schreiben. Hoffentlich verträgst du dich gut mit Assunta. Bleib bei ihr! Bedank dich noch mal bei demjenigen, der euch aufgenommen hat. Lern fleißig und üb weiterhin Italienisch. Ich hab dich lieb.

Dein Vater Gheorge

Emil sitzt auf den Stufen vor dem Haus. Ich beobachte ihn. Er starrt auf die Berge.

»Kann ich irgendetwas für dich tun?«, frage ich.

Tränen sind heißer als Haut. Emils Tränen nehmen immer denselben Weg: Sie bilden ein Rinnsal, das von den Wangenknochen über die Wangen bis zum Kinn verläuft.

Auch mein Vater hat einen Brief geschrieben. An dem Abend, an dem er sich verabschiedet hat. Er war an meine Mutter gerichtet, aber nicht an meinen Bruder und mich. Nur an meine Mutter. Er hatte ihn mit schwarzem Isolierband an ein altes Möbelstück in seiner Werkstatt geklebt. Eines, worin er jene Hefte aufbewahrte, in denen er jeden Schritt, jedes noch so kleine Detail seiner Experimente notierte. Er hatte dafür gesorgt, dass der Brief so weit wie möglich von der Tür entfernt war, weil er wusste, dass wir die Tür eintreten oder sprengen mussten, um ihn herauszuholen. Mit Dynamit. Er hatte ihn mit dem Isolierband regelrecht eingerahmt, damit die Druckwelle der Explosion ihn nicht mitreißen konnte. Nichtsdestotrotz war es sein Abschiedsbrief. Und deshalb hätte er ihn an uns alle adressieren müssen. Aber nein, er richtete ihn nur an meine Mutter.

Für Rebe stand da. Rebecca.

Meine Mutter hieß Rebecca.

Sie hatte am 11. September Geburtstag.

Mein Vater pflegte ihn mit Styroporblumen zu begehen, die er extra zu diesem Anlass anfertigte. Das waren die einzig beseelten Dinge, die mein Bruder und ich ihn je anfertigen sahen. Und das, obwohl er jede freie Minute inmitten von Plastikausdünstungen verbrachte und verschiedene

Kunststoffverbindungen goss und formte – immer auf der Suche nach der großen Erfindung, die ihn berühmt machen würde. Und zwar mithilfe einer von ihm entwickelten und patentierten Methode – der einzigen, unfehlbaren Methode, mit der man etwas noch nie Dagewesenes, ja vielleicht sogar noch nie zuvor Gedachtes, entdecken kann: mithilfe des Zufalls.

Wenn meine Mutter Geburtstag hatte, erzählte er bei der morgendlichen Blumenübergabe stets, dass das erste Styropor rein zufällig entstanden sei – *rein zufällig!* –, und zwar 1839 aufgrund der spontanen Polymerisation einer dem Licht ausgesetzten Styrolprobe: eine Reaktion, die allerdings erst 1845 verstanden und beschrieben worden sei. Und dass eine weitere stark verbreitete Kunststoffverbindung, das Polyethylen, 1898 erstmals ebenfalls *rein zufällig* vom deutschen Chemiker Hans von Pechmann synthetisiert worden sei, als dieser Diazomethan erhitzte. Dass seine Kollegen Eugen Bamberger und Friedrich Tschirner die weiße, wachsartige, an den Wänden des Behälters zurückgebliebene Substanz analysiert und dabei lange CH_2-Ketten entdeckt hätten. Dass die erste industrielle Herstellung Eric Fawcett und Reginald Gibson 1933 in den Laboratorien der Firma ICI Chemicals ebenfalls *rein zufällig* gelungen sei: Das Polyethylen habe sich gebildet, nachdem ein Behälter mit Ethylen und Benzaldehyd einem Druck von mehreren hundert Bar ausgesetzt gewesen sei, wobei die Forscher auch diesmal ein wachsartiges Material an den Wänden des Behälters entdeckt hätten. Dass die Reaktion allerdings durch im Behälter verbliebene Sauerstoffspuren gestört worden sei, sodass man sie bis 1935 nicht erfolgreich habe wiederholen können, bis ein weiterer Chemiker der ICI-Laboratorien, Michael Perrin, eine reproduzierbare Herstellungsmethode im industriellen Maßstab entdeckt habe.

Solche Dinge erzählte er uns auch gern beim Abendessen.

Aber nur wenn er mit uns aß.

Ansonsten bestand seine Freizeit aus unzähligen Experimenten mit dem Zufall, dem er jeden Atemzug, jeden Huster und jeden Schweißtropfen widmete.

Mein Vater hatte Industriechemie in Pisa studiert und sein Studium mit einer Arbeit über die Synthese und Charakterisierung von Polymeren für biomedizinische Anwendungen abgeschlossen. Trotzdem hatte er stets nur mit der Von-Natur-aus-wissenschaftlichen-Zufallsmethode, auch VNAWZM genannt, forschen wollen, die, wenn man seinen Worten glaubte, bereits konkrete Früchte getragen habe. Die Geschichte werde ihm recht geben.

Aus diesem Grund war er siebenmal entlassen worden.

Im Keller unseres Hauses mischte er bis tief in die Nacht thermoplastische Harze mit Heidelbeer- und Himbeersaft, verschmolz Plexiglas- mit Rohrzuckerwürfel, die extra aus Gegenden importiert wurden, von denen ich noch nie etwas gehört hatte. Er produzierte PVC-Kugeln, die er tagelang in Tinte aus ausgedrückten Füllerpatronen schwimmen ließ. Wenn unsere Mutter ihn dann hin und wieder rief, weil mein Bruder und ich vorgaben, uns auf dem kalten Schlafzimmerboden umzubringen, tauchte er brüllend auf, nur um dann wieder wie ein seltamer Froschmann aus einem blöden Jules-Verne-Buch abzutauchen.

Und zwar ohne zu wissen, dass er in diesem Keller sterben würde. Nicht einmal wir wussten das.

Bei der Einrichtung seines Labors hatte er jede nur erdenkliche Sicherheitsmaßnahme getroffen, weil er fest davon überzeugt war, seine zufälligen, unvorhersehbaren Erfindungen gegen ein Heer von Geschäftemachern verteidigen zu müssen. Daher waren die Laborwände mit einer drei bis fünf Zentimeter dicken Dämmschicht sorgfältig von der Außenwelt isoliert worden. Daher war die Luftzufuhr erhöht, der Luftschacht aber in seinem Durchmesser verringert worden: ganz einfach um zu vermeiden, dass jemand hindurchkriechen konnte. Und daher war die Eisentür des Kellers nicht nur akustisch isoliert und so dick wie der Kiel eines Panzerkreuzers, sondern auch noch mit einem Schloss versehen. Das sorgte dafür, dass die Tür von außen wie von innen nur mit einem Spezialschlüssel in der Form eines Davidsterns geöffnet werden konnte, den unser Vater stets an seinem Gürtel trug.

An jenem kalten Dezembersonntag beschloss meine Mutter, mit uns Kindern eine Woche im Val Varaita zu verbringen, und zwar ohne sich die Mühe zu machen, das unserem Vater, also ihrem Mann, zu sagen. Stattdessen schrieb sie mit dem rosa Lippenstift, den sie im Innenfach ihrer Handtasche aufbewahrte, ein paar Zeilen auf eine Brottüte und hinterließ diese Nachricht auf dem Küchentisch, den sie wenige Sekunden zuvor noch wie besessen mit einem Lappen poliert hatte. Wir verschwanden wie Ektoplasma im Winternebel.

Im Nachhinein erklärten wir uns die Sache folgendermaßen:

Während wir bereits mit dem Wagen auf der Bundesstraße 24 unterwegs waren, verließ unser Vater sein unterirdisches Labor, um etwas zu trinken. Als er die Nachricht sah, verschlug es ihm den Atem: nicht etwa, weil wir ihn allein gelassen hatten – das ganz bestimmt nicht –, sondern wegen des unverhofften Glücks, das um Mariä Empfängnis verlängerte Wochenende allein verbringen zu können.

Er legte den Schlüssel auf den Tisch. Öffnete die Tür zur Speisekammer. Es gab ausreichend Lebensmittel, sodass er nichts einkaufen musste. Er entdeckte eine Schachtel mit Keksen, nahm einen heraus, führte ihn zum Mund und biss hinein. Als er außer der mürben Konsistenz und dem Ingwergeschmack noch etwas Unerwartetes wahrnahm, wartete er eine Sekunde, ging dann zur Spüle und spuckte aus. Schimmel. Die Kekse waren verschimmelt. Niemand von uns mag Ingwerkekse.

Sofort musste er an Fleming und das Penizillin denken.

Warum eigentlich nicht?

Euphorisch eilte er, immer zwei, drei Stufen auf einmal nehmend, die Treppe hinab. Mit weit ausholenden Schritten, weil er es absurderweise kaum erwarten konnte, den verschimmelten Ingwerkeks in irgendein Polymer zu tauchen, um zu schauen, was dann passierte.

Nachdem er die Labortür mechanisch hinter sich geschlossen hatte, merkte er erst gar nicht, was er da getan hatte.

Der Schlüssel war auf dem Küchentisch liegen geblieben.

Während der nächsten Stunden fiel ihm nichts auf.

Bis ihn ein Druck auf der Blase daran erinnerte, dass er dringend eine Pinkelpause einlegen musste. Also ging er zur Tür. Fasste sich an die Hüfte. Als sein Daumen dann ins Leere griff, statt den Schlüsselbund zu finden, der normalerweise an seinem Gürtel hing, machte er auf dem Absatz kehrt, weil er glaubte, den Schlüssel auf der Konsole mit den Proben vergessen zu haben. Doch eine leise Vorahnung, so als krabbelten ihm Ameisen Wirbelsäule und Nacken hinauf, um dann im Haaransatz zu verschwinden, ließ ihn erschauern, bevor ihm dämmerte, was tatsächlich geschehen war.

Als er sich schließlich eingestehen musste, dass zwischen den Proben kein Schlüssel lag, verzerrte Panik sein Gesicht, als verwandelte es sich unter den Händen eines unsichtbaren Bildhauers in ein Modell aus eingeschmolzenem Plastik. Er verkniff sich seinen Harndrang. Drehte eine Runde nach der anderen in seinem dreißig Quadratmeter großen Labor – angestrengt keuchend und in das staubige Licht der Neonröhren getaucht. Er suchte, fieberhaft. Und als die Gewissheit zu einer Verbindung erkaltete, der weder Säuren noch Illusionen etwas anhaben konnten, setzte er sich zwischen die Ingwerkekskrümel und die rosagelben PVC-Kugeln auf den Boden. *Vielleicht kommen sie rechtzeitig zurück*, dachte er. *Vielleicht kommen sie rechtzeitig zurück.* Anschließend machte er sich in die Hose.

Emil trinkt kleine Schlucke aus dem Glas. Ein transparenter Tropfen läuft ihm verstohlen das Kinn entlang. Ich fange ihn mit dem Zeigefinger auf. Ich betrachte ihn gerührt, drücke ihn fest gegen den Daumen, damit er von der Haut aufgesogen wird.

»Assunta und du, ihr seid bei mir gut aufgehoben«, sage

ich. »Du kannst weiterhin zur Schule gehen und bald anfangen zu arbeiten. Ich könnte dir helfen.«

»Wie denn?«, fragt er.

»Auf Baustellen werden immer Hilfsarbeiter und Lehrlinge gebraucht.«

»Auf Baustellen? Die Baustellen und die Schule können mich mal! Ich will nicht mehr zur Schule gehen.«

»Red keinen Blödsinn!«

»Mein Vater hatte es mir versprochen. Er hatte es mir versprochen, Scheiße noch mal!«

»Es war nicht seine Schuld.«

»Und ob! Es ist allein seine Schuld, dass meine Mutter gestorben ist. Dass wir nach Italien gegangen sind. Dass Opa Viorel fortgegangen ist, das hätte er niemals zulassen dürfen! Dieses ganze Chaos ist allein seine Schuld. Mein Scheißvater kann mich mal am Arsch lecken!«

Emil springt auf, als würde die Stadt bombardiert. Seine Hände zittern. Er wirft das Glas aus dem Fenster, gegen die Ziegelmauer, die den Hof begrenzt. Die Scherben blitzen kurz in der Luft auf.

»Beruhige dich.«

»Und ich soll fünf Jahre hierbleiben? Ohne ihn? Ohne eine einzige Menschenseele?«

Das Bein tut mir weh. Plötzlich habe ich das Gefühl, meine Haut würde von einer Rasierklinge zerfetzt. Ich beiße die Zähne zusammen.

»Ich bin doch da«, sage ich.

Emil schlägt die Hände vors Gesicht. »Du? Wer bist du schon, Scheiße noch mal?«

Ich?

Ich bin der Interior Designer meiner selbst. Ich erschaffe Welten. Ich kann die perfekte Welt erschaffen. Ich kann sie entwerfen und die dafür am besten geeigneten Materialien auswählen. Ich mache ein Rendering davon. Färbe das Plastik in natürlichen Farben ein. Los, verkleiden wir alles mit Aluminium! Emil weint. Ich packe ihn an den Schultern, damit er gegen mich fällt. Er lässt zu, dass ich ihn an mich ziehe. Ist gefügig. Seine Hände klammern sich an meine Schulterblätter wie an Haltegriffe. Seine Haare bohren sich in meinen Mund, in meine Nase. Emils Haare duften gut, nach einer guten Naturseife. Ich spüre seine verzweifelten Schluchzer. Emil verbirgt sein Gesicht, ringelt sich zusammen wie ein Kind.

Er ist ein Kind.

Der Schmerz im Bein ist völlig vergessen. Mein Finger fährt über sein T-Shirt. Ich möchte ihn beschützen, ihn für immer beschützen. Er braucht jemanden, der ihn beschützt. Ich ertaste ein Lederband, es passt zu der blauen Jeans, die ich ihm geschenkt habe. Die mit dem schwarzen Kautschukgürtel von Diesel. Meine Finger sind warm. Sein Rücken ist kalt. Mein Kinn ist warm. Seine Nase ist kalt. Ich schiebe die Finger meiner rechten Hand in seine Jeans, in Richtung Pobacken. Ich kralle sie hinein. Ich schiebe sein T-Shirt bis zum vierten Rückenwirbel hoch. Ich streichle ihn. Emil versucht sich loszureißen. Ich drehe ihn um, stecke ihm die Zunge in den Bauchnabel. Mit einer Hand halte ich ihn fest. Mit der anderen knöpfe ich mein weißes Hemd auf. Zwei Knöpfe springen ab. Das Telefon klingelt. Es klingelt an der Tür. Der Alarm eines Autos. Eine Polizeisirene. Ich versuche, seinen Körper zu lesen. Er ist in Blindenschrift geschrieben. Ich bin blind. Ich bin ein Stethoskop. Ich zähle die Schläge seines Herzens. Drücke die Handfläche auf den nackten Oberkörper Emils. Er fällt zur Seite, zu Boden, direkt vor das Sofa. Ich richte mich auf. Er zittert.

»Was soll der Scheiß?«

»Entschuldige.«

»Was soll der Scheiß?«

»Entschuldige.«

»Was soll der Scheiß?«

»Entschuldige, ich flehe dich an!«

Ich strecke eine Hand nach ihm aus, will… Keine Ahnung, was ich will. Vielleicht will ich ihn wieder an mich ziehen, das Band zurückspulen. Sagen, dass alles in Ordnung ist. Aber in seinem Blick ist nichts, was mir hilft, die richtigen Worte zu finden. Emils Hand schließt sich. Wie die eines Kindes, das Murmeln versteckt. Sie trifft mich ohne Vorwarnung ins Gesicht, auf die Nase.

Emil ist dreizehn.

Emil ist stark. Er macht jeden Tag fünfzig Liegestütze.

In diesem Moment dringt die Sonne durch die Wolkendecke: ein Hoffnungsschimmer. Ein sagenhafter Lichtstrahl erhellt den Garten.

Rücken und Knorpel der Nasenscheidewand zersplittern wie ein Nusskern.

Wenn er davon erzählt, wird Emil *Krack!* oder so was sagen.

Ich gehe zu Boden. Versuche, das Blut mit den Fingerknöcheln zu stillen. Emil beobachtet mich wie einen Spezialeffekt. Auf dem Weiß des Marmorfußbodens, zwischen den Cognacflaschen, sieht das Rot fast schon unwirklich aus. Wie frischer Lack. Ich komme auf die Knie, versuche mein Gleichgewicht wiederzufinden, als Emil eine Hantel aus dem Fitnessraum aufhebt. Sie muss unter einen der aufblasbaren Sessel von Koeke gerollt sein und ragt eine Handbreit darunter hervor.

Ich sehe den Schlag nicht kommen.

Ich sehe nicht mal, wie er seinen Anfang nimmt.

Ich versuche, etwas zu sagen. Emils Gesicht ist ganz verzerrt vor Schreck und Wut. Seine Haare sind zerzaust. Es hat aufgehört, an der Tür zu klingeln. Keine Polizeisirenen mehr, kein Alarm. Aber das Telefon hat wieder angefangen zu läuten. Hoffentlich ist mein Bruder dran. Ich würde gern seine Stimme hören. Die Hantel versetzt meinem Wangenknochen einen trockenen Schlag, es hört sich an wie Holz, das splittert. Sie hebt mich hoch. Ich beschreibe einen hohen Bogen in der Luft, wie im knallblauen Himmel Kanadas. Einen perfekten Bogen. Jetzt sprenkeln Bluttropfen den Kometenschweif, sie funkeln in der Luft wie Edelsteine. Das Glas der Firma Ellenic explodiert unter meinem Körpergewicht. Es riecht nach Anisschnaps. Eine riesige, klaffende Platzwunde entstellt mein Gesicht. Es wäre besser, ich hätte ein Gesicht aus Plastik. Plastik kann man recyceln. Wie viel Blut ist in meinem Körper, Papa?

6

Lavapiés.

Das Viertel war der reinste Vulkankrater.

Menschen ergossen sich aus ihren Häusern und verschmolzen in den Gassen miteinander wie glühende Lava. Spanier, Araber, Amerikaner, Südamerikaner, Maghrebiner, Senegalesen, Polen, Albaner und einige, die an Orten geboren worden waren, die ich nicht einmal auf der Weltkarte im Geografiesaal gefunden hätte.

»Es gibt hier bestimmt auch Rumänen«, sagte ich.

Javier nickte, als wüsste er Bescheid.

Lufthansa sauste schwanzwedelnd los. Unter einer Parkbank, die über und über mit roten und violetten Filzstiftbotschaften bekritzelt war, hatte sie den Leichnam einer Bierflasche entdeckt.

Es roch nach Weihrauch und Zwiebeln. Vor den Haustüren standen aus Parks geklaute Holz- oder Plastikstühle. Und am Himmel Abermillionen Sterne, die ich nicht sah, aber spürte. Genau wie die Bewohner von Lavapiés, die in meiner Wahrnehmung hinter den Rollläden atmeten. Ich sah, wie sie sich von Balkonen und Feuerleitern herabließen, aus Garagen hervorkamen.

Überall Menschen, die sich unterhielten und spielten: Karten, Schach, Domino.

»Das ist der Nabel der Welt«, sagte Asia.

Ihre Augen waren zwei glühende Kohlen, die in unregelmäßigen Abständen aufglommen.

»In meinem Bauchnabel sammelt sich immer Schmutz an«, sagte ich.

»In meinem auch«, pflichtete mir Javier bei. »So Fussel.«

Ein als Graf Dracula verkleidetes Kind, das bereits den Karneval vorwegnahm, schenkte Cora eine gelbe, erloschene Kerze. Cora bedankte sich und zündete sie am Tisch eines Straßenrestaurants an.

Wegen der vielen Menschen tat sich Raúl schwer, seine Söhne im Auge zu behalten. Er paffte und stieß dichte Rauchwolken aus, wobei seine Wimpern leicht zitterten.

Javier klebte die ganze Zeit an mir wie ein Beiwagen.

Ich drückte seine Hand, so als wollte ich sagen: Gleich haben wir es geschafft!

Er lächelte, so als wollte er sagen: Ich weiß.

Ich musste an meinen Vater denken und fragte Raúl: »Wo ist der Platz?«

»Hinter der nächsten Ecke.«

Und so war es auch.

Plötzlich kam ich mir vor wie ein Pionier im Wilden Westen. Ich hatte die eisigen Berge überwunden, den Siedlertreck verteidigt und meine Leute vor Angriffen der Cheyenne beschützt.

Meine Lippen verzogen sich zu einem Lächeln.

Auf dem Platz lungerten Kinder herum. Zigeuner verkauften Waisen. Jungen versuchten, Fußballwettkämpfe auszutragen – zwischen den Beinen jener Touristen und Madrilenen, die vor dem Cine Doré für Karten anstanden.

Stumm prägte ich mir jede Ecke ein. Jedes Gesicht. Jede Spiegelung. Ich versuchte, jemanden wiederzuerkennen, den ich gar nicht wiedererkennen konnte. Jemanden zu finden, den es nicht gab. Zur Not musste ich ihn eben erfinden!

Mein Lächeln erlosch wie der Kerzenstummel, den Cora zwischen den Pflastersteinen auf den Boden gestellt hatte.

Eine Stille, so klebrig wie Marmelade, senkte sich über den Platz, der eindeutig keine Bühne, kein Podest und keine rumänischen Straßenkünstler aufwies. Das war auch Raúl nicht entgangen, der zu reden begann, als setzte er ein kurz zuvor begonnenes Gespräch fort.

»... Wisst ihr, ich war oft im Cine Doré, als ich noch jung war. Dort gibt es rote Samtsitze, weil es mal ein Theater war, ein bedeutendes Theater. Heute gehört es der Filmoteca Espanola, die übrigens eine der angesehensten Kinematheken Europas ist.«

»Raúl!«, sagte ich.

»Ja?«

Ich gab Javier einen Schubs, sodass er auf seine Brüder zutaumelte. »Deine Filmoteca Espanola geht mir so was von am Arsch vorbei!«

Cora beugte sich vor, um sich den Schnürsenkel eines Doc-Martens-Stiefels zuzubinden. Asia, die nur einen Schritt von mir entfernt stand, strich mir übers Haar. Ihre weichen Finger verharrten bei meinem Jackenkragen. Raúl leerte seinen Pfeifenkopf über dem Straßenpflaster, wobei er einen Pfeifenputzer zu Hilfe nahm.

»Im Grunde hat mir das Cine Doré nie gefallen«, sagte er.

Dann schob Asia sich in ein Lokal. Kurz darauf stand sie mit dem Besitzer wieder auf der Schwelle, in dessen Glatze sich die Worte *tapas e copas* der roten Leuchtreklame spiegelten.

Die beiden zogen sich in den Halbschatten zurück und wechselten ein paar Worte.

Dann kam Asia zurück.

»Er hat mir das hier gegeben«, sagte sie.

Raúl und Cora legten sich gegenseitig einen Arm um die Schultern. Javier fuhr die Ellbogen aus und drängte sich zwischen uns. Er stellte sich auf die Zehenspitzen, um besser lesen zu können, wobei er ganz vergaß, dass er noch gar nicht lesen konnte.

Wir lasen schweigend.

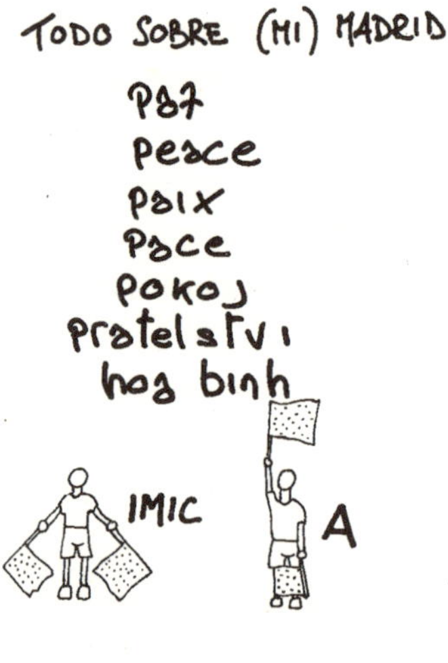

»Heute Morgen wurde dieses Flugblatt verteilt. Als die Läden gerade erst aufmachten. Sie waren zu dritt.«

»Das ist Almodóvar«, sagte Raúl.

»Und das bedeutet?«

»Das ist ein spanischer Regisseur. Einer seiner berühmtesten Filme heißt *Todo sobre mi madre*. Wir haben ihn sogar zu Hause.«

»Ja und?«

Raúl stopfte seine Pfeife. »Nichts und!«

Nichts, dachte ich.

Aber ich vergaß, meine Gedanken leiser zu stellen. Und ohne es zu wollen, dachte ich so laut, dass die Stimmen auf dem Platz verstummten. Ich sonderte mich ab, verlor mich in der Menge. Ich sah mich um. Es wurde auf mich geschossen. Ich ging hinter den Felsen am Ende des Canyons in Deckung. Ich desinfizierte die Wunde mit Weinbrand, verschloss das Austrittsloch der Kugel mit Schießpulver. Ich wuselte wie ein Dingo zwischen den Beinen der Menschen umher. Entriss ihnen Informationen, indem ich Sprachen sprach, die ich gar nicht beherrschte. Ein eiskalter Wind sägte an den Säulen der Stadt. Ich sah, wie sich eine Autowerkstatt, in der es von dunkelhäutigen Mechanikern nur so wimmelte, in ein arabisches Restaurant, das *Babilonia*, verwandelte. Sein Besitzer hieß Ayad, ein irakischer Sunnit aus Mossul, der vor fünfzehn Jahren vor Saddam Hussein geflohen war. Er bot mir einen Obstsaft an. Schüttelte den Kopf. Legte die Hände zusammen und betete für mich.

Vertraute Stimmen riefen meinen Namen.

Raúl mit einem Atem, der nach Tabak roch. Cora so, als hätte sie eine Ratte verschluckt. Javier kaute darauf herum, ohne ihn hinunterzuschlucken.

Ich tauchte hinter ihrem Rücken auf und fragte Raúl: »Diesen Film, hast du den wirklich?«

»Klar.«

»Vielleicht hilft es uns weiter, wenn wir ihn anschauen?«

Asia stieß einen Pfiff aus. Lufth kam angerannt und glitt auf dem nassen Sraßenpflaster aus. Eine Sekunde später erschienen die kleinen Gutiérrez und wollten wissen, was los sei. Nur Gabriel blieb auf Distanz und war stinksauer über diesen »sinnlosen, beschissenen Abendausflug«. Er war müde, und am nächsten Tag fand ein superwichtiges Schulfußballturnier statt. Raúl nahm ihn beiseite. Fuchtelte mit dem Zeigefinger vor ihm herum. Umarmte ihn. Doch Gabriel wollte nicht, sondern schüttelte ihn ab.

»Wir sollten lieber gehen.«

Wir liefen zum Wagen und hinterließen eine Spur der Enttäuschung. Wie Schnecken ihren Schleim.

Im Auto schlief Javier ein, wobei er den Kopf an meine Schulter lehnte.

Ich versuchte, ihn umzubetten.

Ich wollte nicht berührt werden.

»Lass mich in Ruhe.«

»Lass seinen Arm los.«

»Das ist mein Zuhause …

»Ich sagte, lass seinen Arm los.«

»*Mi casa, entiendes?* Ich kann hier machen, was ich will.«

»Machen wir einen Deal, *entiendes*? Du lässt seinen Arm los, und ich lasse dich am Leben.«

»Verlass dieses Haus, du Waise.«

Ich ließ ihm gar nicht erst die Zeit, seinen Griff um Javiers Arm zu lockern. Noch bevor mir klar wurde, was ich da eigentlich tat, lief warmes Blut aus Gabriels Nase, und wir kugelten über den Boden, knallten gegen die Türen und Möbel im Flur.

Im Küchenradio lief eine spanische Version von *Banane e lampone.*

Raúl packte uns an unseren Pullovern und hob uns hoch.

»So nicht!«, sagte er nur.

Die Füße berührten den Boden. Gabriel verschwand in seinem Zimmer.

Javier weinte leise in sich hinein.

Es tut mir leid, dachte ich.

Sprach es aber nicht aus.

»Es war Sommer, als kurz vor dem Abendessen jemand kam, der behauptete, ein Freund von Opa Viorel zu sein«, sagte ich. »Ein *Kollege*, so hat er sich ausgedrückt. Grillen sprangen zwischen seinen Haaren umher. Er hieß Gheorge wie mein Vater. Wir gaben ihm etwas zu essen und einen Schlafplatz im Schuppen. Er bedankte sich. Am nächsten Tag bot mein Vater ihm eine Tasse Kaffee an. Gheorge sagte, er wolle sich hier in der Gegend eine Arbeit suchen. Mein Vater erlaubte ihm, so lange zu bleiben, bis er eine gefunden hätte. Gheorge blieb, allerdings ohne jemals eine Arbeit zu finden. Abends machten wir oft lange Spaziergänge über die Felder. Dabei erzählte er mir wunderbare Geschichten. Und einmal vertraute er mir zwischen zwei Geschichten an: ›Ich kann etwas, das außer mir nur noch fünf andere Menschen auf der Welt können.‹«

Asia schälte gerade einen Apfel.

»›Schweben‹, sagte er. Dann erklärte er mir, dass er in Wahrheit einen Schüler suche und keine Arbeit. Er fühle sich alt und wolle seine Kunst weitergeben. Seiner Meinung nach war ich dieser Schüler. Also zeigte er mir eine Reihe von Tricks, mit denen man sich entspannen kann. Um die Energie zu kanalisieren.«

»Und dann?«

»Eines Morgens war es mein Vater leid, ihn um sich zu haben und zwang ihn auszuziehen.«

»Wahnsinn.«

»Tja. Gheorge verschwand zwischen Sonnenauf- und Sonnenuntergang. Einen Monat später fand man ihn ertrunken im Teich.«

Asia atmete zwischen ihren Fingern hindurch, so als wollte sie ein Grinsen ersticken, das mich sonst vielleicht beleidigt hätte.

»Ich weiß, dass du mir nicht glaubst«, sagte ich.

Sie überlegte ein paar Sekunden. Nachdem sie den Apfel fertig geschält und einmal abgebissen hatte, meinte sie: »Zeig es mir!«

Es klingt verrückt, aber das war das erste Mal, dass sich jemand traute, mich darum zu bitten.

In diesem Moment ging die Tür auf.

»Niemand zu Hause?«

Als Erstes sah man die schmale Silhouette der *Hindenburg* – Hitlers Luftschiff, das 1937 aufgrund einer elektrischen Ladung Feuer fing. Gleich darauf erschienen der Schatten von Sebastianos braunem Mantel samt Sebastiano, seiner Brille und seinem Lächeln. Und eine große Kamera, die ihm um den Hals hing.

Zu guter Letzt Lola.

»Ich musste Raúl die *Hindenburg* bringen«, sagte sie, »und Sebastiano soll Fotos vom Prado machen. Also dachten wir, wir überraschen euch.«

Wir musterten sie verstohlen und runzelten lächelnd die Stirn, denn es stand ihnen ins Gesicht geschrieben, dass sie meinetwegen gekommen waren. Wahrscheinlich hatte Raúl ihnen gesagt, dass die Hoffnung, Opa Viorel zu finden, Aas für die Kojoten geworden war.

Ich schloss mich in Gabriels Zimmer ein. Ich machte sechzig Liegestütze. Hätte ich den Mut gehabt, Assunta anzurufen, hätte ich vielleicht einen neuen Brief meines Großvaters mit einer neuen Adresse vorgefunden. Dieser Mistkerl von einem Architekten hätte ihn mit seinem ganzen Geld problemlos gefunden, da war ich mir sicher.

Abends wurde es schwül. Weiße, dichte Wolken zogen über den blauen Himmel wie Schlachtschiffe. Die Pflanzen im Garten brachten einzelne, mutige Knospen hervor.

»Lasst uns draußen essen!«, sagte Raúl. »Drinnen ist es nicht auszuhalten.«

Also deckten wir den Tisch – zwei Holzbretter auf vier wackeligen Tischböcken, die Raúl in seiner Werkstatt aufbewahrte. Die kleinen Gutiérrez trugen die Stühle. Cora die Teller. Lola kochte gemeinsam mit Raúl ein Gulasch mit Oliven und Paprika, das die ganze Straße mit seinem Duft überschwemmte. Sebastiano präsentierte mir seine neue Kamera, die er gerade erst gekauft hatte. Dann zeigte er mir eine Zeitschrift, in der ein halbseitiges Foto von mir prangte. Es zeigte mich ausgestreckt auf der *pénichette*, während ich die Füße in die Garonne hängen ließ. Ich wirkte gedankenverloren, träumerisch. Für immer glücklich.

Das bin ich nicht, dachte ich.

»Vor einigen Tagen haben wir erfahren, dass die Nimic Da eine Aufführung auf der Plaza del Dos de Mayo veranstaltet haben«, sagte Raúl. »Unter dem Torbogen.«

Lola sah von ihrem Teller auf.

Raúl spuckte kleine Fleischstückchen aus und nagte an einigen Knochen.

»Die Plaza del Dos de Mayo liegt gleich hinterm Haus.«

Ich nickte.

»Wo ist Lufthansa?«

Bis vor Kurzem hatten wir sie noch bellen hören. Plötzlich kehrte sie von der Straße zurück, die übliche Bierflasche im Maul. Sebastiano nahm sie ihr ab.

»Du tust dir noch weh!«, sagte er.

Asia hatte ihm die Geschichte von der Veranda des Vaters ebenfalls erzählt. Dieselbe, die sie mir vor zwei Monaten erzählt hatte, in der Bahnhofshalle von Turin.

Die Flasche war schwarz, auf ihr prangte ein großes smaragdgrünes Etikett mit dem Friedenszeichen. Das Bier hieß Cerveza de la Paz. Dort, wo sich normalerweise der Name der Brauerei befindet, stand: »Trinkt Bier, statt in den Krieg zu ziehen« oder so was Ähnliches. Ich weiß noch, dass wir alle lachten.

Bis auf Sebastiano.

»Wusstet ihr, dass die Flaggen, die Emils Großvater auf sein Flugblatt drucken ließ, der Ursprung dieses Zeichens sind?«, sagte er und zeigte auf den Kreis mit dem umgedrehten Y.

»Sprichst du vom Friedenszeichen? Warum?«

Lufthansa winselte und verfolgte einen Schmetterling. Javier nahm sie am Halsband, damit sie hinter dem Haus mit ihm spielte. Er hatte alles aufgegessen, was sein Vater ihm fein säuberlich auf den Teller gelegt hatte. Martín war schon ins Bett gegangen. Gabriel, der Einzelgänger, zielte auf einen Eisenkorb.

In diesem Moment dachte ich: *Alle Menschen, die mir wichtig sind und die ich auf meiner Reise kennengelernt habe, sind um diesen Tisch versammelt.*

Und als Sebastiano schließlich sagte: »Ich hab's!«, kam es uns so vor, als hätte er das nur gedacht, und der Gedanke hätte sich uns mittels Telekinese oder Telepsychose oder wie der Scheiß heißt übermittelt. Und als er Raúl bat, einen Stadtplan zu holen, und mich das Flugblatt, das wir in Lavapiés gefunden hatten, hätte er genauso gut sagen können: »Ich ernenne euch zu Rittern der Tafelrunde.« So magisch war das. Raúl und ich gingen die Treppe hinauf und wieder hinunter. Wir räumten den Tisch frei. Breiteten eine Karte Madrids im Maßstab 1:5000 auf der Stofftischdecke mit den Mohnblüten aus. Zwischen Krümeln und Olivenkernen. Sebastiano nahm einen großzügigen Schluck Rotwein. Dann präsentierte er uns das Etikett der Bierflasche, die Lufthansa unter irgendeinem Müllcontainer gefunden hatte: wie ein Priester die Hostie während der Wandlung. Und gleich darauf das Flugblatt der Nimic Da, das wir in Lavapiés gefunden hatten.

»Schaut!«

Mit dem Finger zeigte er auf den Schriftzug »Todo sobre (mi) Madrid« und dann auf das Wort »Pace« in all diesen Sprachen.

»Was, wenn Opa Viorel ein riesiges Friedenszeichen über Madrid legen will?«

»Mit Straßenmalerei?«, fragte Javier, und seine Augen begannen zu strahlen.

»Vielleicht«, erwiderte Sebastiano und strich ihm zärtlich über den Kopf. Dann legte er das Flugblatt auf Raúls Karte und beschwerte es mit zwei Gläsern, damit es sich nicht wieder zusammenrollte. Er ließ sich einen Stift geben und fuhr die inneren Linien des Friedenszeichens auf dem Stadtplan nach.

»Die Flaggen stehen für zwei Buchstaben des Morsealphabets, für das N von Nimic und das D von Da. Aber auch das Friedenszeichen beruht auf der Stellung dieser beiden Flaggen. Es wurde Ende der fünfziger Jahre von einem Engländer erfunden, anlässlich der Campaign for Nuclear Disarmament. Und jetzt schaut her …«

Die vier Endpunkte und der Mittelpunkt des Zeichens, das Sebastiano auf den Stadtplan gezeichnet hatte, waren die Puerta del Sol (das absolute Zentrum, der Kilometer null Spaniens, direkt neben der Plaza Benavente), Lavapiés, die Ronda de Segovia, Plaza del Dos de Mayo und …

Sebastiano grinste breit und zufrieden. Er zückte die Kamera und fotografierte den Tisch, genau wie früher.

Ich war so aufgewühlt, dass mir ganz schlecht war.

Ein lauwarmer Wind ließ die Ränder des Stadtplans aufflattern. Es war nur ein kurzer Windstoß, der sofort wieder nachließ.

Raúl stieß Pfeifenrauch aus und beugte sich mit dem zufriedenen Gesichtsausdruck eines Löwen über den Tisch, der sich soeben satt gefressen hat. »Der Atocha-Bahnhof«, sagte er.

Ich schnupperte an meinem Handgelenk.

Zwei Tage später reisten Sebastiano und Lola wieder ab. Asia unmarmte Lola und versprach, sie irgendwann zu besuchen. Sebastiano packte Javier unter den Achseln und hob ihn in die Luft, schwenkte ihn wie eine Flagge. Cora saß mit Gabriel auf der Treppe. Ich sah, dass sie Händchen hielten. Und beide sagten Ciao, indem sie einen Arm zum Himmel streckten.

Wir organisierten einen Wachdienst. Wenn Opa Viorel und die Nimic-Da-Truppe am Atocha-Bahnhof auftauchten, würden wir das mitbekommen. Der Wachdienst bestand aus mir, der ich den ganzen Tag angespannt auf einer Bank vor dem Bahnhof herumlungerte, aus Cora und Asia, die mich zur Mittagszeit ablösten, und aus Raúl, der sich nach dem Abendessen neben mich setzte, seine Meerschaumpfeife rauchte und bis ein oder zwei Uhr nachts blieb. Bei Sonnenaufgang war Asia die Erste, die wach wurde, weil sie nur wenig Schlaf brauchte. So gegen fünf war sie bereits bei mir. Mit heißer Milch, an der wir uns die Hände wärmen konnten.

Die Zeit zog sich endlos hin.

Acht Tage vergingen, ohne dass auch nur das Geringste passierte. Javier begann, mich *hermano* zu nennen, was Gabriel völlig auf die Palme brachte. Der wechselte jetzt schon die »Straßenseite«, wenn er mir nur im Flur begegnete.

Ich zählte die Stunden, bis zu dem Tag, an dem Asia mir sagte, Cora und sie würden am nächsten Tag nach Turin zurückfahren.

»Es muss auch mal ein Ende haben, findest du nicht?«

»Vielleicht.«

»Vielleicht erzählen wir uns eines Tages, wie die Sache ausgegangen ist.«

»Heute ist der Zehnte.«

»Ja, genau.«

»Der letzte Tag.«

»Ja.

»Cora und du, ihr reist morgen auf jeden Fall ab, stimmt's?«

»Ja. Aber du solltest bleiben.«

»Und mein Vater?«

»Der wird dich eines Tages suchen.«

Asia betrat den Bahnhof, um sich die Abfahrtszeiten aufzuschreiben.

An jenem Tag blieb ich auf der Bank sitzen, ohne zum Mittagessen nach Hause zu gehen.

Am Nachmittag schauten Raúl, Martín und Javier vorbei. Javier schenkte mir eine Dose Sprite. Er küsste mich laut schmatzend aufs Ohr. Ich tat so, als wollte ich ihn verfolgen und verprügeln.

Nicht einmal zum Abendessen ging ich nach Hause.

Die Schatten wurden länger. Die Lichter Madrids gingen an. Ich wusste nicht, wie spät es war. Aber ich wusste, dass ich besser blieb.

Ich aß nichts, weil ich gar nicht dazu in der Lage gewesen wäre. Mein Magen knurrte genau in dem Moment, in dem der Wind über den Platz fegte, wie um ihn zu säubern. Auf der Suche nach einem Ort, wo sie sich niederlassen konnten, bildeten Blätter und Papierfetzen einen Trichter. Die Schatten änderten ihre Form. Der Windstoß hob den Hut eines Herrn mit leuchtend weißen Haaren in die Höhe, der ihn wieder auffing, als übte er für eine Zirkusnummer. Er trug schwarze, abgelaufende Schuhe, eine schwarze Hose, einen schwarzen Rollkragenpullover und eine schwarze Jacke aus grober Wolle. Er hatte blaue Augen, genau wie ich, das sah man schon von Weitem. Denn jedes Mal, wenn er den Blick zum Himmel richtete, funkelten sie. Er verteilte rote Flugblätter, wobei er stets eine Verbeugung andeutete. Eine alte Dame mit einem Wollschal um die Schultern nahm eines. Sie ging an mir vorbei, vom Licht des Sonnenuntergangs gemeißelt.

»Was steht da?«, fragte ich.

»*Espectáculo.*«

Sie zeigte darauf. Dort stand *Espcetcualo.*

Was für ein Spektakel!, dachte ich.

Und musste lachen.

So als wäre ich auf eine Quelle gestoßen, und der Bohrer würde sich gerade durch die letzte Erdschicht über dem Grundwasser arbeiten.

Mein Herz war eine Lokomotive.

Mein Gehirn eine Salzwüste.

Meine Beine Brei aus Schlamm und Zucker.

Als ich aufstand, wäre ich beinahe hingefallen. Der Wind stützte mich, liebkoste meine Wangen. Der Alte sprang von einem Passanten zum nächsten. Er verteilte Flugblätter, als hätte er Geld zu verschenken.

Ich musste an Asia denken, die bald abreisen würde. An Gabriel, der von nun an auf Raúl und Javier aufpassen musste. An Tex. An seinen nach Kit Carson benannten Sohn Kit, der seine Mutter Lilyth verloren und oft genug riskiert hatte, auch noch den Vater zu verlieren, aber letztlich stets mit ihm wiedervereint wurde. Ich musste daran denken, dass Kit Carson im Grunde auch eine Art Adoptivopa war. Auch wenn ihn der kleine Kit Onkel nannte. *Ich würde nur ungern Viorel heißen,* dachte ich. *Viorel ist echt ein bescheuerter Name.*

Die Luft färbte sich rosa.

Es roch nach Sommer, duftete nach Gras.

Der Alte tanzte.

Ich ging ihm entgegen.

Er hörte auf zu tanzen.

Die Flugblätter fielen zu Boden.

Der Wind trug sie davon, ließ sie aufflattern.

»Deine Flugblätter, Opa!«, sagte ich.

»Mach dir keine Sorgen, er wird sich schon darum kümmern«, sagte er.

Er meinte den Wind.

Jene Nacht senkte sich über die Häuser und Menschen wie die magischste und wohlriechendste Nacht aller Nächte.

Ich rannte die Calle de Atocha und die Calle Mayor entlang. Kam an der Puerta del Sol vorbei. Bog in die Calle de Preciados und in die Gran Vía ein, so als würde ich niemals aus der Puste kommen. Aber dem war nicht so, weshalb ich aus dem letzen Loch pfiff. Und als ich mich in der Calle Evaristo San Miguel 60 an die Klingel lehnte, kamen alle ans Fenster, um zu sehen, was los war.

Ich brachte kein Wort heraus.

Aber sie verstanden mich trotzdem.

Jemand lachte, jemand umarmte sich, jemand versuchte, seine Tränen zu verbergen. Raúl stopfte seine Pfeife. Dann vergaß er, dass er sie bereits gestopft hatte, leerte sie und stopfte sie erneut. Javier und Lufthansa hüpften und tanzten durch die Küche wie Indianer um ein Lagerfeuer. Gabriel verschwand in seinem Zimmer. Asia griff ganz selbstverständlich zum Telefon der Gutiérrez und rief Lola an, so als wäre sie ihre Schwester. Sebastiano war nicht erreichbar. Wir versuchten, ihn auf dem Handy anzurufen. Er war zu seinen Kindern zurückgekehrt.

Adelante, dachte ich. *Vorwärts.*

»Ich gehe zu ihm«, sagte ich.

»Dann verabschieden wir uns hier«, sagte Asia.

Ich biss mir auf die Unterlippe und nickte. Opa Viorel brauchte noch ein paar Tage, er musste noch einiges erledigen. Anschließend würden wir nach Rumänien aufbrechen.

»Ich weiß, wo diese Mistkerle deinen Vater eingelocht haben«, hatte er gesagt.

»Deinen Sohn«, hatte ich noch hinzugefügt.

»Das ist dasselbe.«

Raúl würde ich morgen sehen, aber Asia und Cora? Wer weiß. Der Abschied fiel uns schwer. Cora putzte sich heftig die Nase. Asia wurde durchsichtig. Ich berührte alle ihre Piercings, zum Zeichen, dass ich stets ein Teil von ihr sein, ja sie durchdringen werde, damit sie mich nicht vergisst. Weder morgen noch sonst wann.

»Sehen wir uns morgen am Bahnhof?«

»Das weiß ich noch nicht«, erwiderte ich.

»Einverstanden« sagte sie.

Und lächelte.

Dank

Der Autor möchte sich bei Francesco Colombo bedanken, der diese Seiten immer wieder gemeinsam mit ihm gelesen hat. Und bei Chiara Ferrero, die ihn empfing, als er mit dem Manuskript beim Verlag vorstellig wurde.

Der Autor würde sich auch gern bei Emil bedanken und ihm viel Glück wünschen. Er wird es versuchen, indem er weiterhin als Erzieher arbeitet und ihn in den jungen Menschen sucht, denen er nach und nach begegnet. *Vayas con Dios*, Emil.

Zu seiner Mutter sagt der Autor einfach nur danke, ohne dem noch etwas hinzuzufügen. Müsste er sämtliche Gründe dafür auflisten, wüsste er gar nicht, wo er anfangen sollte. Außerdem könnte es sein, dass ihn dann noch die Rührung übermannt.